U0117355

满族口头遗产传统说部丛书

平民三皇姑

张立忠 讲述

张德玉 讲述

张一 整理

赵岩 整理

吉林人民出版社

图书在版编目（CIP）数据

平民三皇姑 / 张立忠讲述；张德玉，张一，赵岩整理 . -- 长春：吉林人民出版社，2019.5

（满族口头遗产传统说部丛书）

ISBN 978-7-206-16920-5

Ⅰ . ①平… Ⅱ . ①张… ②张… ③张… ④赵… Ⅲ . ①满族—民间故事—中国 Ⅳ . ① I277.3

中国版本图书馆 CIP 数据核字（2019）第 293963 号

出 品 人：常　宏
产品总监：赵　岩
统　　筹：陆　雨　李相梅
责任编辑：李桂红　李相梅　孟广霞
装帧设计：赵　谦

平民三皇姑
PINGMIN SANHUANGGU

讲　　述：张立忠　　　　整　　理：张德玉　张　一　赵　岩

出版发行：吉林人民出版社（长春市人民大街 7548 号　邮政编码：130022）

咨询电话：0431-85378007

印　　刷：吉林省优视印务有限公司

开　　本：720mm×1000mm　　1/16

印　　张：18　　　　　字　　数：314 千字

标准书号：ISBN 978-7-206-16920-5

版　　次：2019 年 5 月第 1 版　　印　　次：2019 年 5 月第 1 次印刷

定　　价：60.00 元

出 版 说 明

　　满族口头遗产传统说部是具有较高社会价值和文化价值的满族文化的百科全书。整理发掘满族说部的项目工作被文化部列为中国民族民间文化保护工作试点项目，并被国务院批准列入第一批国家级非物质文化遗产名录。

　　"满族口头遗产传统说部丛书"是千百年来满族各氏族对祖先英雄事迹和生存经验的传述，一代一代口耳相传，保留下来的珍贵的满族遗存资料。经过近三十年抢救整理，从二〇〇七年到二〇一七年的十年间，根据整理文本的先后，我社分四次陆续出版了五十部说部和三本研究专著。此套丛书无论从社会价值和文化价值来看，都是一套极具资料性、科研性和阅读性融为一体的满族文化的百科全书。

　　此次出版对以下两个方面做了调整：

　　一、在听取各方专家建议的基础上，对原丛书进行了筛选，选取最有价值、最有代表性的四十三部说部，删去原版本中与文本关系不紧密的彩插，对文本做了大幅的编辑校订，统一采用章回体表述方式，并按照内容分为讲述萨满史诗的"窝车库乌勒本"、讲述家族内英雄人物的"包衣乌勒本"、讲述英雄和历史人物的"巴图鲁乌勒本"、讲述说唱故事的"给孙乌春乌勒本"等，突出了说部的版本特色。

　　二、保留研究专著《满族说部乌勒本概论》，作为本丛书的引领，新增考古发掘的图片和口述整理的手稿彩色影印件。

　　特此说明。

吉林人民出版社

编 委 会

主　　编：谷长春

副 主 编：杨安娣　富育光　吴景春
　　　　　荆文礼　常　宏

编　　委：（以姓氏笔画为序）

　　　　　于　敏　王少君　王宏刚

　　　　　王松林　朱立春　刘国伟

　　　　　孙桂林　陈守君　苑　利

　　　　　金旭东　赵东升　赵　岩

　　　　　曹保明　傅英仁

序

任何民族的文学都包括两大部分。一是个人用文字创作的、以书面传播的文学，一是民间集体口头创作的、口口相传的文学。后一部分文学是前一部分文学的源头，是根性的文学。中国作为东方文明的古国，口头文学的历史去之遥远。就像西方文学始于古希腊罗马的神话故事，我国文学史上第一部作品是《诗经》，即民间口头文学集，这表明口头文学是一个民族文学的源头。在漫长的历史中，这两部分文学一直同根并存，相互滋育，各自发展，共同构成一个民族文化与精神的极为重要的支撑。

中华民族有着巨大文学想象力和原创力。数千年间，各族人民以口头文学作为自己精神理想和生活情感最喜爱和最擅长的表达方式，创作出海量和样式纷繁的民间文学。口头文学包括史诗、神话、故事、传说、歌谣、谚语、谜语、笑话、俗语等。数千年来，像缤纷灿烂的花覆盖山河大地；如同一种神奇的文化的空气在我们的生活中无所不在；且代代相传，口口相传，直到今天。

我们的一代代先人就用这种文学方式来传承精神，表达爱憎，教育后代，传播知识，娱悦生活，抚慰心灵；农谚指导我们生产，故事教给我们做人，神话传说是节日的精神核心，史诗记录文字诞生前民族史的源头。它最鲜明和最直接地表现中华民族的精神向往、人间追求、道德准则和价值取向。中国人的气质、智慧、审美、灵气、想象力和创造力，充分彰显在这种口头的文学创造中。

这种无形地流动在民众口头间的口头文学，本来就是生生灭灭的。在社会转型期间，很容易被忽略，从而流失。

特别是在这个现代化、城市化飞速推进的信息时代，前一个历史阶段的文明必定要瓦解。口头文学是最脆弱、最易消亡。一个传说不管多么美丽，只要没人再说，转瞬即逝，而且消失得不知不觉和无影无踪，所以联合国教科文组织把口头传统和表现形式，包括作为非物质文化遗产媒介的语言列为非物质文化遗产之一。

在中国，有史诗留存的民族并不很多，此前发现的有藏族史诗《格萨尔王传》、蒙古族史诗《江格尔》、柯尔克孜族史诗《玛纳斯》、苗族史诗《亚鲁王》。作为满族民族历史和文化传统的重要载体——"说部"，是满族及其先民世代相传的极其宝贵的精神财富。它最初用"乌勒本"（满语 ulabun，为传或传记之意）指称，后受汉文化影响，改称为"说部"或"满族书""英雄传"。说部最初用满语讲述，至清末满语渐废，改用汉语并夹杂一些满语讲述。在漫长的历史进程中，满族各氏族都凝结和积累了精彩的"乌勒本"传本，如数家珍，口耳相传，代代承袭，保有民族的、地域的、传统的、原生的形态，从未形成完整的文本，是民间的口碑文学。"满族说部迥异于其他文类，不仅涵盖了口头传统，也吸纳了民俗学中多种民间文艺样式，包容性极强。"

我以为，对于无形地保留在人们记忆与口口相传中的口头文学，抢救比研究更重要。它是当下"非遗"工作的重中之重，要清醒地认识到文化和文明于人类的意义。当社会过于功利的时候，文化良知就要成为强音，专家学者要在抢救非物质文化遗产中勇于承担责任，走进民间帮助艺人传承与弘扬民间艺术，这也是知识分子的时代担当。

让人感到欣喜的是，经过吉林省的专家学者近三十年的抢救、发掘和整理，在保持满族传统说部的原创性、科学性、真实性，保持讲述人的讲述风格、特点，保持口述史的原汁原味的基础上，将巨量的无形的动态的口头存在，转化为确定的文本。作为"人类表达文化之根"的满族说部，受东北地域与多族群文化的影响，内容庞杂，传承至今已逾千万字。此次出版的《满族口头遗产传统说部丛书》为四十三部说部和一本概论。"说部"分为讲述萨满史诗的"窝车库乌勒本"、讲述家族内英雄人物的"包衣乌勒本"、讲述英雄和历史人物的"巴图鲁乌勒本"、讲述说唱故事的"给孙乌春乌勒本"四大部分。概论作为全套丛书的引领，从学术研究的角度对乌勒本产生的历史渊源、民族文化融合对其的影响、发展和抢救历程等多方面深入思考。

多年来"非遗"的抢救、保护、研究和弘扬，已取得卓越的成就。但未来的路途依然艰辛漫长，要做的事情无穷无尽。像口头文学这样的文化遗产的整理和出版，无法立即带来什么经济利益，反而需要巨大的投资和默默无闻的付出，能在这个物质时代坚守下来，格外困难。

文化传统和传统文化不是一个概念，我们的终极目的不是保护传统文化，而是传承文化传统。传统文化是固定的、已有既定形态的东西。我们所以要保护它，是因为这些文化里的精神在新时代应以传承，让我们的文化身份不会在国际资本背景下慢慢失落。

现在常把文化自觉与文化自信并提，这两个概念密切相关同时又有各自的内涵。文化自觉是真正认识到文化的重要性和自觉地承担；文化自信的关键是确实懂得中华文化所具有的高度和在人类文明中的价值。否则自信由何而来？

对传统文化的抢救与整理，不仅是为了传承，更为了弘扬。我们的民族渴望复兴，复兴的重要精神支撑在我们的传统和文化里，让我们担负起历史使命，让传统与文化为民族的伟大复兴发挥它无穷的力量。

冯骥才

二〇一九年五月

满族口头遗产传统说部丛书　序

目录

《平民三皇姑》故事流传情况

张德玉

　　《平民三皇姑》故事是流传于辽宁省新宾满族自治县大四平镇大四平村一带的长篇民间传说。在大四平，凡是七八十岁的老年人，几乎都知道这个故事。在新中国成立初期，皇姑开矿的事，几乎家喻户晓。一九八八年，在文化部全国民间文学集成辽宁卷新宾资料本中，选载了两小段皇姑开矿的传说故事。特别是皇姑被抢一节，更是传扬广泛，人人皆知，成为五十多年前大四平一带人们闲谈的定然话题。无论是讲述人，还是听讲的人，莫不对三皇姑的淡然镇静所慑服，无不对三皇姑为开发大四平一带经济所做出的贡献而格外崇敬。凡是听过三皇姑开矿传说的人，都有一种共同的心理疑惑，皇姑贵为皇帝的姐妹，为什么能来大四平开矿做一个平民百姓？她来到大四平后，根本就没有一丁点儿的皇室宗人的架子和气质，能和普通的村民野夫一样，生活在穷乡僻壤，这得有多大的胸怀！她开煤矿挣了银钱，却没有去享受富贵生活，而是投资发展地方经济，投资教育，修桥筑路，扶贫济困。据传说，她临回盛京的时候，并没带走什么钱，几乎是两手空空。正因为如此，人们对这位三皇姑才感恩戴德，敬爱有加，颂扬连连。直到今天，七八十岁的老人，一说起这位三皇姑来，仍然是很崇敬。我想，这也许正是《平民三皇姑》传说故事流传百年而不衰的根本原因吧！

　　《平民三皇姑》满族说部讲述人张立忠老人，是记录整理人张德玉的父亲，生于光绪三十四年十月二十，故于一九八八年四月二十九日，享年八十岁。张立忠一生就生活在大四平村，虽然没读过书，不会写字，但从小放羊时，跟村人"老饱学"孙笙学认字，因此，能熟读《三国志》《三国演义》《水浒传》《封神榜（演义）》《石头记》"三言二拍"，以及各类武侠章回小说、唱本。尤其令人惊异的是，张老人特别博闻强记，口齿伶俐，讲述清晰，这也为《平民三皇姑》传说故事流传下来创造了有利条件。

　　《平民三皇姑》传说故事中屡屡讲及的张桂森老人，其子张元昌、张满昌，其孙张书金、张书田，就是讲述人张立忠老人的父祖，张书田就是张立忠老人的父亲，张满昌就是讲述人张立忠老人的爷爷。张氏家族与三皇姑有着密不可分的亲密关系。三皇姑的活动事迹，可以说件件都与张家有着瓜葛。张家人和张家的事，也成为三皇姑传说中人和事的一部分，成为本说部故事的有机组成部分。特别是那些服侍三皇姑和一起开矿的满族当事人，经常随同三皇姑到张桂森家中来，常常向他们讲起三皇姑的故事，使他们耳闻目睹、记忆犹新。因此，《平民三皇姑》传说故事得以完整无缺地流传下来，就因为张氏家族祖辈就是故事中的主人公之一，并得到三皇姑身边的满族说部讲述人的亲自传授，由张满昌传给其子张书田，张书田传给其子张立忠，张立忠又传给其子张德玉，其孙女张九九（原名张一）、赵岩，最终由讲述人张立忠老人之子孙记录、整理而成。《平民三皇姑》一书的出版，使本说部广泛流传并永远传承下去，真是大好事。

《平民三皇姑》的故事发生地和发生的时代背景是什么样子的呢？

我们先从清代柳条边说起。

大四平村，地处辽宁省东部山区。清代初期，皇室为了保护其"龙兴圣地"的兴京（今新宾满族自治县）和其特殊的经济利益，而于顺治年间修筑了柳条边墙。后来到了康熙年间又扩展柳条边，将辽沈大片地区圈禁起来，初设十六边门，后增到二十个，各边门设官兵驻守，禁汉人等入边。直到道光年间，圈禁才有所松弛。

大四平村地处清代柳条边的边外，位于清代兴京、清代祖陵永陵以南八十公里，当时属于桓仁县辖境，位于桓仁县西北边儿上，西为本溪县境，正是三县交界之地。大四平境内的草帽顶子山是辽宁第三高山，海拔一千二百多米，是辽宁大河太子河的发源地。因此，山林茂密，资源丰富，尤其是地下的矿产资源品种多、藏量大、易开采。

大四平的煤炭等矿的开采时间据笔者实地调查和查阅大量文献，可以肯定地说，是同治至光绪初年。其原因是：一、开采最早的沙金，在响水沟子里，据几代人传说，距今约一百五十年，实地调查亦如此；二、砟子（无烟煤，火硬、抗炼，可做铁匠炉用煤）开采，首先是王氏王金甲，光绪初年开采，并同时开采铁矿，烧炼生铁，距今一百五十年左右；烟煤等开采，有文献记载的，是光绪初年，等等。发现煤炭并掘采自用取暖，调查和文献记载相符，时间亦为光绪初年，再早，也只能是同治之时。

东北封禁时期，大四平（清代名四平街）尚未开发。封禁松弛后，才有山东等省"闯关东"的人进入大四平，而最早来大四平的山东、河北人，主要是奔矿业而来，其次才是开垦田土以农为业者。而这些人户后来就成为大四平的"坐地户"，后迁入者即成为"开山户"。当时来大四平开矿、烧炭、炼铁、做缸盆、开店铺的几大姓，王金甲（王金奎、王金斗三兄弟）、刘新功、于氏、刘氏、吕氏、李氏、柳氏、孙氏、张氏、孟氏等等，他们的后人至今仍居住在大四平，成为大四平一带地方的老户、大户。

据《奉天通志》《奉天矿产调查书》（二十世纪初出版）等记载，四平街煤矿的发现和开采早于田师傅煤矿，也正因为当时的大四平工业发达、人烟稠密，又有三皇姑去开矿，清廷才批准于大四平设立"四平街九品巡检司公署"衙门，以便管理地方。也正因此，而于光绪二年始筑建"四平街关圣帝君娘娘庙"（庙碑文）。

根据上述，笔者认为，三皇姑在今大四平开采煤铁，发展四平街一带经济，是可信的，是确有其事的。一九五八年，辽宁省抚顺市、新宾县都曾在今大四平开采煤矿，一九六八年抚顺市又建立了抚顺市小四平煤矿。一九七〇年至今，乡镇、村屯及个人，在大四平开矿办企业的有几十户，特别是小四平煤矿（国有煤矿）和西河掌村办煤矿的井下巷道都打通了皇姑矿的巷道，小四平煤矿还曾挖了皇姑的一个焦窑，井下巷道、掌子，还时常捡到皇姑矿工人的生产用具，等等，这些都证明了皇姑开矿的事实。

然而，这三皇姑究竟是谁？是道光皇帝的哪个女儿？她为什么被逐出皇宫？为什么来开矿？这些已无从查考，史学界更不认可。因而，有关三皇姑的故事，只能是传说而已。

引　　言

　　三皇姑的传说故事发生在辽宁省新宾满族自治县的大四平村一带，她在大四平村的三道岭子开煤矿，炼焦炭，运往辽阳、沈阳、铁岭等地贩卖，使大四平一带经济繁荣，成为辽东柳条边外最为发达的地方。

　　三皇姑的传说故事流传到现在，有一百多年了[①]。不信，你们算算，我今年都七十六七岁了，我是八九岁的时候听我的爷爷爹爹讲的。那时，我的爷爷就六十多岁了。我爷爷见过皇姑，那时皇姑常到我们家吃小米粥、小米水饭，就小咸菜。我爷爷见到皇姑时，那时她三十来岁，长得杨柳细腰，白白嫩嫩，中上等个儿，脸上有几个浅皮麻子。她住在西河掌村（一九六○年前属大四平村西掌屯）和小四平村（一九六○年前属大四平村小四平屯）交界的三道岭子上。至今算来，足足有一百年。

　　这位三皇姑在大四平开煤矿、炼砟子[②]、开铁场，究竟干了多少年不知道。她回盛京，是因为被抢了。三皇姑走后，有关她的传说故事一直流传到今儿个[③]。

　　清朝时候，大四平村叫四平街。清廷逊政后，大四平及周围百里地方的人根据村南门东侧的一株古榆树，榆树干有个大窟窿，里边能坐四个人看小牌，站两个人卖呆儿[④]，人们就叫大四平村为窟窿榆树村。光绪三年七月，朝廷批准盛京将军的奏章，在大四平村设立了四平街九品巡检司公署衙门，置有九品巡检，俗称小县署，直接归盛京将军管辖。光绪三十二年实行新政时裁撤巡检衙门，改设桓仁县第六区公所，下辖十六保四十八村。解放战争时，辽东第三地委将大四平村（含小四平屯、西沙掌屯、东瓜岭村等）划归新宾县管辖至今。

---

① 张立忠老人讲述此传说是一九八二年。

② 炼砟子：即炼焦炭。

③ 今儿个：辽东方言，即今天。

④ 卖呆儿：辽东方言，看热闹。

　　大四平村北三里多的地方，在大地里有一条东西横亘的大土棱子，今天仍高有四尺，顶宽六尺，底宽四丈。这就是清初朝廷为封禁保护新宾"龙兴重地"而设筑的柳条边墙。边墙下（北）为边里，上（南）为边外。二十世纪五十年代前，当地人仍称边墙北的东升堡子村为边里，称边墙南的大四平村为边外。清代，柳条边封禁区内不准随便出入。因大四平属边外之地，大四平村东南八里的小四平屯当时叫沟里。沟里西河掌和马架子这一带地方，地下埋藏有丰富的煤、铁、铜、金、石棉、石灰石等矿藏。清代柳条边封禁松弛，也就在道光、咸丰以后，关内人大批涌入大四平等地，开煤矿、开铁矿、沙金子、炼焦炭、炼生铁、烧石灰、做买卖、开店铺的，就有数十家，那时候的大四平一带已经十分繁华兴旺了。

　　三皇姑就是在这个时候来到大四平的。在大四平期间，发生了一连串儿的故事，百余年来，给大四平地区留下了生动而美好的回忆。

第一章　一夜皇妃

在新宾的永陵往西，路过木奇、上夹沙、古楼到抚顺、沈阳，有一条古路。传说那是汉武帝时的玄菟古路，在清代，皇帝到永陵祭祖上坟，就走的这条路，人们就把这条路叫"御路"。

那还是在道光九年的时候，道光皇帝旻宁要来永陵祭祖巡幸，说是九月来，可在八月，这条路上就忙活开了。不信你看，那穿着清兵兵服、戴着腰刀的兵士，沿着御路吆五喝六，挨家逐户地告诫："有耳朵的人，大家听着！皮匠铺不准熟皮子，馃子铺不准炸馃子，鞭炮铺不准卖鞭炮。谁要不听警告，违犯了，谁的小脑袋就得掉！弄不好，惊了驾，熏了皇上，全家人的小命就保不住了！"

"王麻子！把你家的二傻子锁好，到时候别让他惊了龙辇，砍他的头不说，你们全家人的脑袋也得跟着掉！听清楚了没有？"

"刘老格，把你家的儿马子拴到后院去，千万别让它出院子乱跑！撞了龙辇凤舆可不得了！"

"徐老爷子！你家的这条大狼狗也得拴好，不能让它吠叫，更不能让它乱跑，吓着了娘娘，惊了御驾，惹祸可不小！"

…………

那御路上，花轱辘大车车厢子上围着粪帘子，装满细小的黄沙，一车车的黄沙，卸在御路上。熙熙攘攘的修路人，铲包的铲包，填坑的填坑，平沙的平沙，扫平的扫平……干得热火朝天。不时地，有监工的兵卒大声呵斥，叫把小石子儿拣出去，这地方不平、那地方漏土的。御路两侧那巨大苍劲的古老榆树，像两队卫士一样，守护着御道神路。

在永陵街的北边，从长白山发脉而来的龙岗山，由东向西延伸而去，在龙岗山的腰部长出一道平缓的较小的山冈，从东北走向西南，这架山，在清朝就叫作启运山，清朝皇帝的祖陵就葬在这架龙岗的肚脐子南怀下。这里群山拱卫，众水奔流，沃野平畴，草木葱郁，土厚田肥。启运山峰峦参差，苍松翠柏，林木繁茂，草苍河、苏子河犹如一条玉带，晶莹剔透，缠绕陵前。

那清代皇家祖陵永陵的寝宫，红墙烨烨，金瓦灿灿，碧树葱葱，河水粼粼，使色彩斑斓的陵寝与大自然的景观融为一体，构成了一幅神奇的图画。

道光九年的九月十六日，道光皇帝东巡祭祖来到了新宾。御路上，官兵看守着农民挑水喷洒御路，免得皇帝的銮驾车马路过时扬起灰尘。

清兵在各沿路村屯一边敲锣，一边喊着《净街词》：

> 车马停蹄，
> 行人止步；
> 闲散人等，
> 闪开大路。
> 家家关门，
> 处处闭户。
> 如有违者，
> 定打不误。

在另一村屯，清兵敲锣喊着另一种《净街词》：

> 清水泼街，
> 净土铺路。
> 闲散行人，
> 回避无误。
> 商买店家，
> 关门闭户。
> 违者必罚，
> 严加管束。

那行进在御路上的长长的东巡队伍，真是旌旗猎猎，羽盖灿灿，车马卫队，络绎数里。正是：

雷动云从，

山呼海啸。

一路上，岫嶂嵯峨，溪涧曲折，深村密树，四面纷迎。

这就是大清皇朝的第六代皇帝道光，率领各亲王、皇子、后妃、大臣，总有数千人到皇家祖坟永陵祭祖先来了。长长的祭祖队伍，真是地动山摇，浩浩荡荡。

村人隔树远远地窥视。山上坡下，密密匝匝，探头观望。各家各户紧闭门窗，人们只在窗眼儿中大睁着眼睛。

这支数千人的队伍，就是清朝道光皇帝祭祖巡幸的队伍。这是中国两千多年封建社会最后一个王朝的皇帝到他们的祖陵祭祖来了。

在道光时期，大清王朝历经了两百多年的封建统治，已经结束了兴盛时期，逐渐转向了衰落。特别是自和珅主掌朝政的乾隆时期开始，内有聚敛之臣，外有贪渎之吏，结党营私，贪赃枉法，腐败之风更趋蔓延。宣宗旻宁道光皇帝自承续大统嗣位登基以来，吏治败坏，贪污成风。国势日衰。与此同时，封建官场中讲求奢侈享乐之风日盛，勇于忠正直言者稀少，就更加速了政治的腐败与没落，国力也更加衰败。可是，贵族官僚们却并未降低他们的享乐欲望，致使国家财力日蹙，劳动人民生活更加艰难。做官的本着"多磕头，少说话"的处世哲学，不思进取，明哲保身，吏治败坏，国家财政更加困难，阶级矛盾更加尖锐。

这时候，外国资本主义列强更加紧了对中国的侵略。道光二十年，爆发了第一次鸦片战争，鸦片大量输入，白银大量外流。官僚机构和军队的腐化，更增加了劳动人民的负担，使国内的社会矛盾更加深化。

道光啊道光，国库的银圆都被他那些贪渎的大臣们"盗光"了，成了空壳了。正是在这种形势下，他为了不做"忘本而泯良"的不肖子孙，躬亲展谒，缅怀故里，敬仰祖先创业功德，祈望列祖列宗庇佑大清江山永固，才率百官臣僚，皇后皇妃、太子儿女，来祖陵祭谒来了。

御路南北两侧，五步远站立一兵，手把腰刀，僵立笔直，面朝外，背向路，严肃警戒着。

说话间，一拨子又一拨子的马队过去了。紧接着是步勇，再跟着是仪仗队，什么旗罗伞扇，金瓜斧钺，肃静回避牌，还有黄龙旗，说不清道不明都是些什么，可真是浩浩荡荡，好不威风。

突然，路南一个农家小院子里，一只大芦花公鸡突噜噜飞了起来，哏哏嘎嘎地叫着。这下子可吓坏了屋内的主人，这若惊扰了圣驾，可不是闹着玩儿的，那是要掉脑袋的啊！

这小农家住着三口人，老汉、老太太领着一个十六七岁的叫芦花的姑娘生活。老人是陈满洲人，正白旗，喜塔腊哈拉①，在清代一直被视为国舅家族。

芦花姑娘一看，不好，惊了圣驾，吃罪不起。她推开房门，冲进院子，扑向大公鸡。没想到，平时她一唤就跑过来的大公鸡，今天怎么叫也不听话，竟然嘎嘎叫着，呼啦啦地张开翅膀，惊叫着飞了起来，眼瞅着就要飞出院子，飞上御路。这还了得，只见芦花姑娘轻轻地唤着，"咕，咕咕咕"。大公鸡听了呼唤，似乎老实了些，飞落在土坯矮墙上站住了。正这时，芦花姑娘一边叫唤着"咕咕咕"，一边快速又轻盈地向公鸡扑去，一下子将大芦花公鸡抓住，抱在了怀里。

芦花姑娘抱着五彩芦花大公鸡，向御路上瞅去。那既看不见头也瞅不着尾的长长的皇帝东巡祭祖的队伍，兵勇步行，武官骑马，文官坐轿，那最为华丽的大辇车，看来就是皇帝的圣驾吧！一个生活在山乡僻壤的十六七岁的姑娘，哪里见到过这样的阵势，这样的排场！她不由得站在墙里呆呆地看着，真是大开眼界了。

许是天老爷有意安排吧，再不就是命中注定。正在这时，那东巡祭祖来的道光皇帝坐在龙辇上，不知怎的来了精神头儿，听到哏儿嘎鸡叫声，很觉好奇，就掀开轿帘向外张望。巧的是，他一眼就看见了一座农家小院的矮墙内站着一位如花似玉的少女，怀里抱着一只五彩凤凰鸡。那少女白里透红的脸庞，黑亮黑亮的眼睛，那又惊又喜又痴呆的神情，看得道光皇帝心里直痒痒。在皇宫中，他看惯了那些雍容华贵、粉面油头、穿绸着缎、装模作样的后妃彩女、宫娥丫鬟，已不觉新鲜动人，哪里见过这样姿色天仙、清纯秀丽、玉洁冰清的纯情少女！不觉心驰神往、痴迷感恋。正在他心醉遐想的工夫，不由得车辇已过，他仍回头凝望。

那芦花姑娘见一顶硕大无比、富丽华贵的车轿里，坐着一个身穿绣龙黄袍、头戴皇冠的壮年汉子，正痴痴地注视自己，不由得脸儿一红，抱着大五彩芦花公鸡就匆匆地进了茅屋。

俗话说，没有谁能扭动龙头的。据传，乾隆皇帝坐着龙舟下江南的时候，沿岸的官府士绅跪在两岸迎送皇帝，可乾隆皇帝连瞅都不瞅一眼，

---

① 哈拉：满语，姓。

他坐在船头，一直注目的是江南美丽的山水花景，那官绅齐刷刷跪地山呼万岁的情景，并没有使他流连多看几眼。但见岸上有一江南美女，却令他一直盯住不放，彩舟已过，仍观望痴痴。刘墉笑了笑说："牵动龙头唯有色啊！"确实不假，这道光皇帝不正如此吗！

道光皇帝到了永陵，先谒拜了祖茔，然后才返回夏园行宫驻跸。

在夏园行宫，有永陵总管率官兵百余人及清皇族的舅氏喜塔腊氏宗族百人，依次在行宫前分两侧跪地，恭迎道光皇帝。

道光皇帝的生母就是喜塔腊氏，这次在行宫前恭迎他的舅氏宗人喜塔腊氏族党百人。那个芦花姑娘也在跪迎队伍中，因为她也是喜塔腊氏。

说来也是，清朝的开国皇帝小罕王努尔哈赤的亲生母亲，是老罕王王杲的女儿，名叫额穆乞，姓喜塔腊哈拉。清朝进关以后，追封爱新觉罗先祖时，封孟特木为"肇祖原皇帝"，封福满为"兴祖直皇帝"，封觉昌安为"景祖翼皇帝"，封塔克世为"显祖宣皇帝"，这"四祖"的媳妇封为皇后。从罕王努尔哈赤的妈妈那个时候起，王杲和觉昌安两个人就结下了姻亲关系，喜塔腊哈拉和爱新觉罗哈拉，就因为儿女亲家连扯到一起。到了道光皇帝东巡祭祖的时候，已经过去了两百七八十年了，这回两个家族又连扯上了，成了萨敦哈拉①。小罕王的爷爷在世的时候，这座启运山叫尼雅满山，觉罗哈拉住在东边，喜塔腊哈拉住在西边。尼雅满山，把两姓人连在了一起。

芦花姑娘正在族亲中跪地恭迎皇帝，就听那沙沙的、轻轻的脚步声渐渐走来，跪在地上的她，不觉好奇地轻轻抬头歪脑偷窥缓缓走来的道光皇帝，而道光皇帝这时也正走到了她面前，四只眼睛相对，芦花姑娘马上低下了头。道光皇帝驻足看了她几眼，只见那万缕青丝，格外润泽秀丽，那美丽的会说话似的眼睛，更加牵动人心，那雪白脂腻的脖颈，那玉葱似的双手，更令他心摇神驰。当芦花姑娘那梨花如雪样的脸微微向上仰起的时候，他更觉这下凡仙子含有三分春色，格外秀色可餐。道光皇帝驻足细审，脚步也格外沉稳。这种情景，被紧跟其身边的大臣长龄和贴身太监看在眼里，笑在心里。

当晚饭后，道光小憩后对身边的太监说："我刚刚做了一个梦，梦见了一只凤凰落在了一个小农家院子里。"

那太监立即献媚地说："喜兆，喜兆，这是说皇上有龙凤之喜。"他

---

① 萨敦哈拉：满语，异姓姻亲。

沉吟了一下说："皇上，您放心，这事由奴才安排，保皇上心满意足。"

那太监走了。道光皇帝坐在灯下，批阅加急送来的奏章，等待着凤凰的到来。

那太监出来以后，即去见了巡幸期间总理行营事务大臣、大学士长龄。长龄在太监的引陪下来见了皇上，细询做梦的情形，才缓缓地退了出去。二人来到御路南侧的那家农家小院，太监站在屋门前，轻轻地沙哑着嗓子问："有人吗？"

一位老妇开门一看，见是两位官人，不知何事，有些惊吓地颤声问："官人何事？"这时，那老汉也来到门口说："二位大人，有何事见教？"

太监抢话说："恭喜了！二位老人家！"

两个老人听了，惊恐地睁大了眼睛，连话都说不出来了，还是那姑娘胆子大，急忙从里屋走出来说："二位大人，请问我家发生了什么事？"

"什么事？"那太监嬉皮笑脸地说，"你是芦花姑娘吧？你大喜了！你被选中秀女了！"

长龄发话说："芦花姑娘，你们是喜塔腊氏？"

那老汉这时才缓过神儿来，轻轻松松地回答说："是，我们是国戚喜塔腊氏，是爱新觉罗哈拉的舅氏家。怎么，皇上选秀女？可我家是平民百姓啊！"

那大臣长龄说："二老，不要惊慌，让芦花姑娘快快随我们去见皇上。"

二位老人仍木立呆站着，不知是喜是忧。太监催促着说："芦花姑娘，快换上这套衣物，随我们去行宫服侍皇上啊！"

芦花姑娘无惊无喜，良久注目二老，又注目太监和长龄大臣，不知所措。那太监再三催迫，老太太和老头不知如何是好，只好默默地点点头，示意女儿。芦花姑娘这才慢慢腾腾地回屋里换了衣服，跟随长龄和太监一步一回头地出了家门，上了等在路边的彩轿子。

夏园行宫的建筑，虽说赶不上宫殿富丽堂皇、庄严华贵，却也远非贵胄豪宅可比，那也是天上神灵仙子所居之所啊！岂是凡夫俗子所能光顾的。

行宫的建筑格式像宫殿一样，前后共为四进院落。头一进院落是"福绥堂"五间，是皇帝驻跸时办公的"殿堂"，又称为"前殿"。"福绥堂"三个楷书大字，是乾隆皇帝的御笔。"前殿"之前有"宫门"三间，"宫门"与"福绥堂"之间还有一道"垂花门"。堂内陈有一部四套的《受时通考》，即为书画、瓷器、木雕等。

第二进院落主体建筑是"宣德斋"，也是五间，又称为"后殿"，同"福绥堂"一样，多布挂对联、书画和精美的瓷器、木雕、珐琅器、玉器等。这里就是皇帝东巡祭祖时与皇后的寝宫。

第三进院落是七间"照殿"，这里是后妃们起居之所。

再后就是"御花园"，与"照殿"中间有个"穿堂"，可直接出入花园。这里是随驾的大臣们搭帐篷之处，里面还有"前阿哥所""后阿哥所"各三间，有供臣工们候朝的"朝房座二"，以及"顺心房""更衣房""御膳房"，等等。

夏园行宫的西边近旁有"关帝庙"正殿三间，东西配殿各三间，山门三间，东门一间。

行宫共有房屋九九八十一间。

芦花姑娘进了行宫，好奇地看啊看啊，这看那看，看不够地看，瞅不完地瞅，觉得什么都是千姿百态，绚丽多彩，什么都是新鲜异样，闻所未闻，见所未见，新奇无比。因为天色已晚，各院各处都点燃了宫灯花烛，各宫各殿都是烛光流彩、华堂光亮，就如进了神仙的殿堂。

芦花姑娘被领进一间屋子，那里早有几个宫女守在一个木制的大浴缸旁，见芦花姑娘进来了，上前脱光她的衣服，服侍她洗浴完毕，又往她身上喷了些香水之类的东西，用一块大黄绢将她一卷，进来两个小太监，上前将芦花姑娘扛起就走，送到皇帝的寝宫"宣德斋"。

芦花姑娘进了"宣德斋"，被轻轻地放在了暖烘烘的炕上，太监们都蹑手蹑脚地退了出去，说："皇上，早点儿安寝，龙体保重啊！"

"宣德斋"里只剩下了皇帝道光和芦花姑娘两个人了。这时，道光皇帝上前俯身细细端详起这"山珍野味"，只见芦花姑娘那黑淘淘的大眼睛，正直愣愣地看着他，身子一动不动，只眼珠偶一转动，才显现出是一个鲜活的人躺在炕上。

芦花姑娘正值豆蔻年华，尤具山野村女的灵秀之美，那洛神风韵，那仙家的美丽风姿，是那样的婀娜动人。她那身材体格纤秾合度，修短得中，高矮肥瘦，恰到好处，真是增之嫌长，减之嫌短，亭亭玉立，格外招人怜爱。

道光皇帝迷恋地爱抚着被放倒在炕上的芦花仙子那薄薄睡衣下的洁

脂玉体，早已按捺不住那骚动的春心。在宫廷内，皇帝妻妾如云，可从没见过如此清纯如玉、靓丽如冰的，真是冰清玉洁。虽是山村野女，却真是纯朴雅丽。他那刚刚四十七岁的风华壮年，在这样美人可心的雏凤玉女面前，哪里等待得了。他急匆匆地脱去衣物，上得炕去，颠鸾倒凤，极尽绸缪。一夜之间，三次云雨。就这样，芦花姑娘便成了道光皇帝的"一夜皇妃"。

第二天，天还没放亮，道光就醒来了。他用一只胳膊支起上半身，借着满屋子的宫灯烛光，又俯身细细端详起被他折腾了一宿的芦花姑娘，见她熟睡的样子，如同闭月羞花的美容仙貌，那白里透红的双颊和露出被外的香肩酥胸，如膏如脂，像剥了皮的鸡蛋一样，雪结霜凝。他又不由得荡情游意，翻身又压了上去，那尖尖的下巴，在芦花姑娘的颈上胸上直戳直撞，那热热的嘴，在芦花姑娘的嘴上、唇上、脸上，又啃又亲，弄得芦花姑娘无所适从，犹如一根棍儿一样，任由他摆布。

道光刚刚鱼水完毕，小太监就在帘外轻轻地唤皇上该起来了。

道光翻身坐起，见芦花姑娘正两眼愣愣地看着自己，心想："怎么才能把她带回宫里去呢？"他犯了合计。

这时，芦花姑娘已经起来了，穿上了内衣，两个宫中丫鬟前来侍候她到另一个屋里去梳洗装扮。完事之后，芦花来见道光皇帝。

道光皇帝正坐在"福绥堂"里想着心事，盘算着怎样把芦花带回皇宫，是带还是不带？不带吧，有些舍不得，带吧，可又怎样对皇后和大臣们言明呢？

正在这时，两个宫女陪伴着芦花姑娘来到了"福绥堂"，听候皇上的发落。她拖着长长的宫服长裙，跨门槛的时候，觉着新衣服拖在地上挺可惜的，就不自觉地将长裙两手提起。道光皇帝见了，微微皱了下眉头，心里很反感。于是，他决定，不能带回京城。他对小太监说："去拿三样带子来。"

太监刚一听，没弄明白皇上是什么意思，要拿三样带子来做什么。于是，不管明白不明白，叫干什么就得干什么，哪敢多嘴！

太监急匆匆出去见了总理大臣长龄，说了皇上要三样带子的话，长龄略一沉吟，说："皇上是想撂下这芦花姑娘回京城了。唉！可怜的姑娘啊！"

那小太监一听，才恍然大悟，原来皇上是要芦花姑娘自己选择命运，自己决定自己和一家人的前程啊！那太监出去不大一会儿工夫，就找来了一根黄色的缎带、一根红色的绸带和一根橙色的皮带子，把三根带子放在"福绥堂"中的几案上，让芦花姑娘从中任意选取一根带子。

芦花姑娘已经知道了宫中的点滴礼节，她迈动着小小的步子，慢慢地挨近几案，心里怦怦乱跳，不知叫挑根带子是什么意思。

那长龄冷峻的脸孔，盯着芦花姑娘，他明白，即使芦花姑娘挑中了黄色的缎带，进到宫去又能怎样，几天后就会失宠，就得闷老皇宫。进不了宫，就得老死在行宫，也是同样的命运。皇帝睡过的女人，哪里还有择婿改嫁的权利和自由呢！皇帝又怎肯将她救命婚配给下人呢！咳，可怜的姑娘，那不知好歹的公鸡怎么那么巧，正是皇帝经过的时候跑出来呢！人啊，只能由命运去摆布了。

那太监想的可不一样，他多么希望芦花姑娘能看中那黄带子啊！她拿到黄缎带子就可封她家为皇亲国戚，就可享受荣华富贵。拿不了黄带，拿了红带子也好啊，那她家也可获封高官厚禄。他一寻思，唉，芦花的老爹爹是种田的农人，况且也老了，能封什么高官！只不过能当个方绅地主而已。可千万别挑中那皮带子啊，拿了皮带子，也只能给个良田百亩啊！芦花姑娘，选好选赖，就看你有没有福分、有没有造化了。

可是，芦花姑娘并不知道其中的奥妙，是荣华富贵，还是平民农家，就在她顷刻间的选择了。只见她伸出那秀美的纤纤玉手，先拿起了黄带子，那太监绷紧着神经，暗中使劲递眼色，让她拿住，不要放下，可芦花姑娘只专心致志地挑选着带子，根本没有注意到太监的表情。她用手轻轻地抚摸着缎带，又往脸上贴了贴，觉得光滑轻柔，两手又抻开抖了抖，心想，这带子华丽可爱，却不实用，就放下了。又拿起了绸带，跟缎带差不多，用手捋了一下，看了看又放下了。最后又拿起了皮带子，虽然不如黄带、红带那样鲜艳柔丽，可皮带子经久耐用，在山野农村，谁能系上一根皮带子，那就是当官做老爷的了。一根皮带子怎么也能系一二十年啊，那黄、红两带，连一个月也系不上，就得挣坏了。还是皮带子好！于是，她轻启樱口，柔声和气地说："我要这根皮带！"

那总理大臣和太监长长出了一口气，"咳"了一声，心里话：就是这命了！

道光皇帝因为一直骑虎难下，游移不定，这下见芦花姑娘是自己选择的命运，享福受罪，也与己无关了。他看了看芦花姑娘，对长龄说："赐她家良田百亩，让她在行宫养老吧！"

道光皇帝回京城去了，芦花姑娘流下了凄凉的泪水！

第二章　龙生凤女

芦花姑娘只当了一夜皇妃，却种下了龙种：怀孕了。消息一匹匹快马传到了京城，可皇宫中却没有下文。

十个月后的道光十年夏六月，芦花姑娘生下了龙种凤女，喜报飞送京师，仍然杳无音信。

道光皇帝在夏园行宫一夜快活逍遥之后，便扬长而去，回到京城皇宫里，早把夏园行宫里的芦花姑娘丢到九霄云外去了，哪里还眷恋山花野味鲜草呢！芦花姑娘在行宫里，有如冷宫静室，出入有官兵把守，没有皇帝旨意，谁敢允准她出宫？想回家探望年迈的爹妈双亲，没有圣旨敕命，谁敢放行！爹妈要看女儿，也是两眼望穿，难以见面。幸好有个佐领张佳氏张格力得对"妃子"芦花姑娘很是同情，时不时地夜晚偷偷引芦花的阿玛讷讷①进行宫里见见女儿，说说体己话。那张佐领是负责夏园行宫安全保卫的，在他的巧计安排下，芦花姑娘一家三口这才有团聚的机会。

行宫里红墙黄瓦，高深莫测，芦花姑娘在行宫里有如坐监牢狱一样，度日如年，但是吃喝歇睡，有人专门服侍，倒也清闲安逸。张佐领又特意安排了几个大家闺秀，轮流进宫，教芦花习文演艺，琴棋书画，谈天说地，讲古道今，芦花倒是长进许多，还真就读习了"四书五经"《论语》《孟子》，成为永陵一带的汉文名流。在这样的书文琴棋中，芦花打发着日月，安度着光阴。

后来，一连几个月没见爹妈的面，她不知发生了什么事，就叫进了张佐领询问，才知爹妈已经懊糟②过度，积郁成疾，谢世多日了。

芦花听后放声大哭，张佐领连忙制止说："皇妃千万莫出声，让人知

---

① 阿玛讷讷：满语。阿玛，爹爹；讷讷，妈妈。
② 懊糟：辽东方言，长时间难言的痛苦，病染身体。

晓，密报京城，你我都得掉脑袋啊！"芦花强忍强憋，好歹没哭出声。她哀求张佐领说："能不能让我出去，给我阿玛讷讷磕个头，烧张纸，也算尽了女儿的孝道。"

张佐领沉吟了半晌，说："皇妃得听我的。"芦花点点头。张佐领说："今晚子时，我领你出宫，到你阿玛讷讷坟上磕完头就得回来，不能哭。让人知道了，我的脑瓜子就得搬家了。"芦花说："我听你的。"

当天半夜，芦花在她爹妈的坟上烧了纸，祭拜了爹妈，趁佐领不注意，在坟旁的一棵树上上了吊。张佐领一时走神儿，一听坟上没了动静，就着夜光纸火一看，皇妃已经用一条丝带套上了脖子！他一看，大吃一惊，一个箭步跑上前去，一手抱住皇妃，一手挥刀，一下子砍断丝带，救下了皇妃，也不管什么忌讳了，背起皇妃就回了行宫。

后来，人们听说芦花皇妃在这架山上上过吊，说皇上是龙，皇妃娘娘是凤，就给这座山起名叫凤凰山。

皇妃被张佐领救下来后，就再也没有出宫的机会了。

据传说，芦花皇妃娘娘活了九十多岁。她死后不久，就发生了日俄战争，老毛子俄兵把夏园行宫的宝物珍品洗劫一空。紧接着，苏子河又发了大水，一下子把行宫的八十多间房子吞去了一多半，后来又有几场洪水，整个行宫涤荡无存。从此，辉煌了一百三十多年的夏园行宫，随着大清王朝一起，成了历史。

说书人讲话了，这是后话，扯远了，现在咱们还是接着说芦花皇妃生了凤女的事。

芦花皇妃所生之女，是道光皇帝的三女儿，就是三公主了。生下女儿后，芦花皇妃才有了精神，她几乎把全部的精力都用到了三公主身上。从此，她人也精神了，情绪也好多了。皇宫里没有音信更好，她左右也进不了京，进不了皇宫，所以，也不盼望女儿被招进宫，也不希望皇宫来文传信儿。

三公主一天天长大起来，天天在行宫里玩耍，也常常让佐领张格力得领出行宫玩玩耍耍。正巧的是，张佐领的妻子生了个男孩，起名叫三格子，比三公主大半年，是正月时生的。两个孩子几乎形影不离地比肩而长，张佐领就天天教他们骑马射箭，刀剑棒棍，拳脚功夫，两个孩子的武艺大大长进。

有一天三公主的坐骑突然惊叫嘶鸣，高高地抬起前蹄，陡然如立。

这突如其来的惊吓，使三公主大惊失色，不觉从马上一下子摔了下来。张佐领和他的儿子三格子，飞马来到近前，好在三公主只是崴了一下脚脖，蹲了一下屁股。张佐领放下心来，立即将她送回行宫，并报告了永陵总管。

永陵总管听说三公主从马上摔了下来，吓得目瞪口呆，一时竟说不出话来。待他缓过神儿来后，立即下令："备马！"

总管来到夏园行宫的"照殿"，见三公主躺在炕上，好像没有大碍，也就长长地吁了一口气，放心了。他命郎中一定要认真医治，精心养护，让那几个宫女小心照料，出了差错，小心脑袋。他严厉地训斥了张佐领，说他拿脑瓜子开玩笑。三公主只是右脚脖子有点儿肿，右胳膊擦破了点皮儿，没多大事，只是屁股蹲得尾巴根子疼。她见总管暴骂了张佐领，就替张佐领说情，说不关他的事，是自己不小心。那三格子拽着三公主的手，好像疼在他的心里。

芦花皇妃说："没有事，总管不必动怒。将养几天就好了。"

一场惊险，就这样过去了。

二十多天后，三公主与三格子两个孩子又在行宫西的草地上玩了起来。他们抓蝴蝶，捉乖子①，伸胳膊炝腿儿练拳脚，又用细木棍当刀剑，练起了武术。张佐领紧跟在旁边，一边保护，一边教导。两个孩子练得也格外较劲儿、认真，玩得十分开心。

练了一大气儿，张佐领叫停下歇歇。这时，张三格子一边拍手，一边唱着儿歌，三公主听了喜笑颜开，脸如桃花。

三格子唱道：

> 日头出来红彤彤，
> 大门挂彩，
> 二门挂红，
> 剩下三门倒有一张弓。
> 一张弓倒有三支箭，
> 个个箭头冒红绒。
> 第一支箭射到南京去，

---

① 乖子：辽东方言，一种大个儿的叫得很响的蝈蝈。

第二支箭射到北京城。

剩下第三支箭没有场射，

一射射到南天宫。

玉皇大帝正坐殿，

一见红箭喜盈盈。

玉皇大帝心欢喜，

金口玉言传旨令，

开口就封了个状元红。

一岁两岁娘怀抱，

三岁四岁离怀中，

五岁六岁上街去玩耍，

七岁八岁做学童。

念到十一并十二，

龙虎年赶考进了京。

一纸卷子呈上去，

皇帝御笔一挥就批了个状元红！

三格子唱完，哈腰拾起一个小片儿石片儿，向静静的苏子河河面上横抛出去，石片儿在水面上一连打起七八个水漂儿。三公主说："三格子，你若考上个状元，可就能做上驸马了！"

"驸马？"三格子说，"我才不稀罕呢！"

"那你要什么？"三公主紧问一句。

三格子说："我要，我要……我就要你！"

"去你的吧！"三公主说，"我才不给你呢！"

"我不信！"三格子一口咬定地说。

沉吟了半天，三公主又问："你长大了干什么？"

"我爹说了，叫我好好练武，长大了当兵，立功当都统！"

三公主立即赞扬说："好样的！有志气，我就喜欢这样的！"说着竖起了大拇指，"你做了都统，我就是一品诰命夫人了！"

三格子一听，乐得蹦了个高儿，说："说话算数！"

"算数！"

"拉钩！"

"拉钩就拉钩！"

两个孩子各自伸出右手小拇指，勾在一起，说："拉钩上吊，一百年不许变！"

"再来一遍！"三格子说。

三公主说："再来一遍就再来一遍！"

两个孩子又拉钩说："拉钩对嘴，一百年不后悔！"

这一年，三公主已经七八岁了，该是进学堂的时候了，盛京将军又上奏章说明了情况。道光皇帝看了奏折，回想起在夏园行宫的一夜风流，那可心可爱的芦花姑娘却为他生下了一个金枝玉叶的凤女，心想，不管她的额娘如何微贱，可这凤女却是自己的龙种。于是，产生了恻隐之心，御批奏折道："命盛京将军速派人护送三公主进京。"

说不准是哪一月哪一天了，一顶四人抬的小花轿来到了夏园行宫，一个武官官员和四个清兵护卫进了行宫。兴京副都统、永陵总管等大小官员齐聚行宫。

芦花皇妃连一句话也说不出来，只是把孩子紧紧地抱在怀里，紧紧地攥住三公主的两只手，眼泪不停地往下流。

时辰到了，不得不让小凤女上轿了。小公主出了行宫大门，两眼死死地盯住三格子，什么话也不能说。那三格子呢，两手捂住嘴，怕叫出声来，两眼一直盯着小公主的一举一动。盯着盯着，冷不丁地喊出一句："长大了我一定进京去找你！"

小公主听了，把头伸出轿外，也斩钉截铁地说："我等着你！"

芦花皇妃站在行宫的大门旁，一手扶住小三格子，一手扶住大门框，只是不出声地哭泣，望着渐渐远去的女儿，听着撕心裂肺的女儿的哭声，真是欲喊不能，欲哭无泪，像有一团棉花团儿堵在喉头。从此，她在那红砖碧瓦的高高的行宫大墙内，挨着无聊的时日，打发着寂寞无奈的光阴。据传说，芦花皇妃活到九十来岁，才离开了这个不平的世界。清王朝逊政以后，也就没有人知道这位皇妃的生平事迹了，而皇妃的故事，却一直流传在民间。

芦花皇妃死后，据说，当地人把她葬在她爹妈的坟旁，而这座坟所在的山，就被当地人叫作"凤凰山"了。这座凤凰山不仅因为它林木茂盛而为当地人所喜爱，更因为它形势俊美而受到人们的钟情。这座山就坐落在辽宁省新宾县永陵镇西南六七里的苏子河南岸，而陈满洲人喜塔腊氏至今仍住在凤凰山下。

现在回过头来，再说说三公主的事。

三公主是道光皇帝的第三个女儿，比皇太子奕詝大两岁。她进宫以后看哪都新奇，听什么都有趣儿。刚进宫时，有宫女领她洗了澡，换了衣服，被领去见父皇。道光一看，百灵俊俏的女儿，小脸儿活脱脱从她妈妈的脸上扒下来似的，想起与她妈妈一夜风流，竟生下了这么个亭亭玉立的小美人儿，他打心眼儿里高兴，可又一想到她妈妈那茅草房、矮土墙的农家，与他华贵绝顶的皇宫，真是无法相比。想到这，心也就冷了下来。

三公主站在道光皇帝面前，大大方方，不胆不怯，不拘不禁，看着眼前的这个瘦瘦的脸、尖尖下巴的人，心里问道："这就是我的阿玛？"

道光皇帝让她近前，捧住她的脸，看了又看，又拽住她的手，拍拍她的背，说："你额娘①在家可好？"

三公主听了，一时没有话来答对，说好吧，好什么好，就是不好！说不好吧，跟皇宫里比不好，跟姥姥家比，好。让我怎么说呢？只好不吱声。

道光抬头对那个太监说："让三公主跟太子一块儿进上书房去吧。好好照顾她的生活，别让她受屈。"

"喳！"那太监领着三公主出去了。

在上书房，三公主的书桌挨着太子奕詝的书桌，奕詝看来了个俊俏的小格格，陪同自己一块儿学习，很是兴奋。在课间歇息的时候，奕詝问："你是谁？叫什么？怎么来这里的？"一连串儿的问话，显得对这个小公主十分关怀，十分热情。

三公主大大方方，一一作答。小奕詝高兴得上前拽住三公主的手，兴奋地说："太好了，太好了！这回可有伴儿了！还是个小姐姐！"

三公主仍是矜持着，心想，这若是三格子该多好啊！

可是，很快两个孩子就熟识了，就无话不谈了。

三公主看弟弟奕詝身体瘦弱，就鼓励他说："你该学学拳脚功夫，不仅能舒筋活血，锻炼筋骨，强健体魄，更能磨炼意志。"

奕詝说："你一个黄毛丫头，还懂得意志！真还不能小看了你。"

"这是我师父说的。"三公主说，"我师父可能耐了！骑马呀，射箭

---

① 额娘：满语，妈妈。

呀，耍刀舞枪什么的，在我们那边，是数一数二的，不信，你看!"说着，三公主就来了一趟拳。

奕讠看了，心里直痒痒，说："好，我叫皇阿玛给找个师父，早晚教我武术，你也跟着学，别撂荒了。"

"好!太好了!"三公主乐得直搓手。

一来二去，姐弟俩一边学"四书五经"，一边学武术功夫，随着时日的推进，两个孩子的情谊也不断加深。

一天，师父放了他俩的假，奕讠怂恿姐姐说："今天咱们去逛逛关帝庙怎么样?"

三公主高兴得连忙说："好啊!"

两个孩子在小太监的带领下来到了一座关帝庙前。他们拜了关圣帝君，又拜了王母娘娘。三公主说："咱们许个愿吧!"

"好!奕讠说，很是兴奋。

两个孩子跪在娘娘面前，两手合十，默祝默祷。奕讠说："王母娘娘在上，保佑我的姐姐三公主找个如意郎君。"

三公主祷念："愿天神保佑我的弟弟奕讠健健康康的。"

就这么一晃几年过去了。三公主在皇宫中就这么无忧无虑、无声无息地生活着。那道光皇帝成天忙于国事，也早把她忘在了脑后，皇后嫔妃谁也不知她的存在，她虽然贵为公主，却如同平民百姓，虽如平民百姓却享受宫中金玉生活。就这样，她没有嫁人，也就没有婆家。而她更逍遥自在。她在日夜盼望着自己青梅竹马的三格子。

一天，病中的道光皇帝忽然传见太子奕讠，他良心发现地对奕讠说："我对不起三格格，让她额娘孤守行宫。你登基后，一定要遂三格格的心愿，给她找个她满意的郎君。"

太子奕讠连连点头应允。

道光三十年，奕讠承继大统，登基坐殿，当上了皇帝，次年改元，就是咸丰皇帝。有一个年轻英俊的武勇侍卫做了咸丰皇帝的贴身保镖。

一天，咸丰皇帝在御花园中赏花，巧遇三公主也在园中。三公主见了那个侍卫，瞪大了两眼，惊喜得差点儿喊出来，原来这侍卫竟是她朝思暮想的三格子。而那三格子也一眼认出了三公主，一探身想上前说话，可又强控制住了。

咸丰皇帝虽然没太注意，可也有所觉察。他问那侍卫："你是哪里生人?"三格子看了一眼三公主，见三公主点点下巴，他回话说："奴才是兴龙故地生人。"

"噢?"咸丰又问，"那你是……"还没等咸丰说完，三公主就抢话说："皇上，你还记不记得在关帝庙许愿的事?"

咸丰说："记得啊!"

三公主说："我那时许愿是求天神保佑皇上身体健健康康的，你许愿是请天神让我找个如意夫君。对吧?"

咸丰说："对呀!"

三公主说："我的如意夫君，就是……就是他呀!"三公主指了指那侍卫，大胆地说。

咸丰皇帝一听，立时站住了脚，愣愣地看看三公主，又看看那侍卫。三公主连忙跪下，那侍卫也跟着跪了下去。三公主刚要说什么，咸丰忙止住说："快起来! 随我去南书房说话。"

到了南书房，咸丰斥退左右，让三公主详说明白。随后咸丰点了点头，说："你是我的三姐，我们一块儿学文习武，就凭你在王母娘娘面前请求天神保佑我健康长寿的情义上，我也得满足你的要求。再说了，先帝临终时还嘱托我好好关照你，我怎么也不能让先帝失望啊! 这事我得好好想想，等待时机。不过，请姐姐放心，我会办好的。"

三公主和三格子跪地谢恩，咸丰连忙叫他们起来，说："这事不要跟任何人说，你们也不要见面，免得徒生事端，在皇宫里是没有自由的，切切记住。"

三公主实在按捺不住满心的喜悦，几乎是轻轻地哼着山乡俚曲儿出的南书房。她心里很纳闷儿："这三格子是怎么进的皇宫，又是怎么当上皇上的近身侍卫的呢?"

压下三公主的事先不表，单说说兰儿进了皇宫的事儿。

那兰儿，是何许人也?

听客们有所不知，这兰儿就是后来权倾朝野、当了一国之主的慈禧太后。她本是安徽候补道员惠征的女儿，因为家中囊底羞涩，两手空空，苦不堪言，幸得同僚汉人吴棠经常接济相助，才可艰难度日。

这惠征姓叶赫那拉氏，生有一个女儿叫兰儿，长得娇小玲珑，顾影自怜，胜人一筹，生性特别，不动针线女红，只管看书、写字、读史、吟诗，把西子、太真、飞燕、灵甄的故事，倒记得头头是道，滚瓜烂熟。有时她跟爹爹谈古论今，竟说得老惠征无言以对，不禁怒道："一个小小女孩，说什么上下古今，本朝旧例，只有须眉男子，好试博学鸿词，若巾帼女流，任你如何学识渊博，也是没有什么用处的！"

兰儿听了，却从从容容地说："阿玛知道不知道，古诗说，'贱日岂殊众，贵来方悟稀'，这不正是西子的写照吗？'生男勿喜女勿悲，生女也可壮门楣'，这不是杨贵妃的遗歌吗？女儿现在虽然贫苦，安知后来不争胜古人！"

一席话说得她爹爹暗暗惊异，但还是面子上不让人，斥责女儿道："快去厨房帮你讷讷烧火做饭去吧！阿玛现在已经落拓得衣食不整，你还想去当皇后妃嫔啊！哼！"

光阴易过，寒暑迭更。不觉几年过去，兰儿的爹爹早已谢世，家境贫寒，无以衣食，全赖吴棠多有周济，方可勉强度日。忽然有一天，京城传来喜事，皇宫要选旗人秀女，兰儿正被选中，云程发迹，兰儿应旨入宫。咸丰帝一眼看中，连日寝幸，不久，就被封为贵人，生了龙子以后，又晋为懿贵妃，住进了储秀宫。

第三章　姐弟治贪

　　道光皇帝一生共生了九个儿子、十个女儿。九个儿子活了五个，十个女儿也活了五个。说起来，道光皇帝的第九子，也就是他的老儿子，咸丰皇帝的老兄弟，名叫奕谟·奕唐阿，因为是老根子，人们就习惯地叫他"奕老疙瘩"。可这叫法只能在背地里叫，大面上还是不敢轻易出口的。因这奕老疙瘩叫得普遍，叫得久远，人们倒忘记了他的真名，只知道奕老疙瘩，你说怪不怪。

　　这个奕老疙瘩从小就脾气乖张，性情耿直，敢作敢为。他的阿玛道光皇帝在世的时候，叫他到上书房好好读书习文，可他就是煞不下心，钻不进去，专爱跟宫中的侍卫高手学耍棍棒，演练拳脚。他疾恶如仇，好打抱不平，那些欺人诈财、抢男霸女的事若叫他遇上，你瞧着吧，不管他是谁，哪怕他是天王老子、王公侯爵，他也照打不误，直打得他跪地求饶，发誓改过，不再作恶，才肯罢手，若不，非打个半死不活不可。他本来就长得五大三粗，肩宽腰圆，那两只拳头，就如同铁打钢铸的一样坚硬有力，谁若挨上一下子，轻者叫你红肿，疼上十天半月的；重者保你一命呜呼，去见阎王。在京城里，那些心术不正的人，一听他的大名就打战，平民百姓一听他的名，就交口称赞。因为他不学文化，二十来岁了，也没弄个什么官职头衔，他倒乐得清闲自在，整天在宫里宫外游走闲逛，玩鸟赏花，无拘无束，自在逍遥。

　　正因为如此，他既看惯熟知官场内幕，又接触市井平民，了解百姓疾苦。后来，他发现了许多长官要员贪勒敛财，欺压良民，败坏纲纪，气得寝食难安，决计要治治这些蠹虫，为民泄泄愤，为国正正气。

　　可是，得怎么治这些贪官恶吏呢？

　　他在脑子里怎么转悠也想不出个好办法来，急得他团团转。

　　有一天，这奕老疙瘩闲来无事，来到了三公主的寝宫，见三公主正与两个宫女练拳脚，他来了兴致，进了院子，让两个宫女退下，他跟公主练了起来。几招过后，三公主说："咱们坐会儿吧！"就叫宫女去备几样小菜，要和老兄弟喝口酒。二人就在厅里边喝酒边聊了起来。

这奕老疙瘩聊着聊着就来劲儿了，他说："这朝政算是颓废了！谁要当官升职，不给王公重臣上礼，就是有劈天裂地的能耐也白搭，三姐，你说这是什么世道！"

"是啊！"三公主附和着说，"这样下去，不仅天下要乱，而且国也将不国了！"

奕老疙瘩为难地说："我总想要整治他们，可就是想不出个好办法。"

三公主想了想，说："有办法，我看先这样，你反正没事干，就天天带几个人跟着，只要看到谁给谁送礼，进了哪个王府、哪个大臣的家，你就大胆地闯进去，拿他一半儿的礼就走人，什么也不说，看他们能怎么着你！"

"好！这是个好主意。就这么办。"奕老疙瘩兴奋地摔了一个酒盅。可他一想，又为了难，说："那一半儿的礼拿回来放哪啊？放我那，我不也成了贪官了吗？"

三公主说："这好办啊！拿回来交给户部啊！充了公，让户部去处理。不过，你得一一记账，谁给谁送礼，为了什么事，你拿了一半儿，何时交给了户部，谁接收的，都记清楚。"

奕老疙瘩一听，心下高兴，说："好姐姐，这招指定管用。"

几天后，奕老疙瘩了解到礼部有个"空缺"要补，他就不顾其他地盯住礼部的头头家，白天黑夜地跟梢。这天，他见一个五品官员带几个家丁抬着一个精致的箱子奔礼部侍郎家而来，进了礼部侍郎的家。他一看，心中高兴：来了！他领两个人，不声不响地跟在后边。等了有一袋烟的工夫，他大摇大摆地走了进来，守门的家丁想拦都拦不住，因为他是没挂冕的王爷啊！谁敢跟他放横！他就这样带着两个跟随闯了进去。到了侍郎的客厅，一看他们正打开礼品箱子，在看箱中的金银珠宝呢！他们抬头一看，是奕老疙瘩闯了进来，惊得张口结舌。奕老疙瘩高兴地笑着说："哟！巧了，没说的，俗话说：见面劈一半儿！我就不客气了。"说着就对两个跟随说："伙计们，动手吧！"

那两个跟随听话地打开了带来的口袋，装了起来。

回宫里后，他把这些东西封好记好账，在自己的住处存了起来，没上交。他是留个心眼儿，要把这些东西积攒多了，找个宽敞大屋，搞陈列，明摆放，写上标签儿，注上说明，鼓动皇上带领王公大臣来观光观光，让那些贪官污吏暴露公开，看你皇上怎么办！他把这个想法跟三公主一说，三公主很是担心，怕把事情闹大了不好收场，皇上的脸面也不好看。两人一合计，决定先存放着，到时候再说吧！

奕老疙瘩就是这样天天探听、监视，次次"见面分一半儿"，弄得那些王公大臣们毫无办法，气得干鼓肚，直瞪眼，咬碎牙，也无可奈何。一个个的高官大吏，王公侯爵，实在坐不住了。一天，他们不约而同地聚到一起，商议着对付这奕老疙瘩的办法。他们议论来讨论去，最后想出了一个道道儿，就是跟踪奕老疙瘩，只要他一出宫上街，就派人跟踪，咱们得到信儿，就可以防着他了。他们左打算右合计，决定让九门提督派人盯奕老疙瘩的梢，给他们通风报信儿。大家一致称赞："嗯！这个办法行，就这么办！"于是，九门提督撒开人马专盯这奕老疙瘩，看他还有什么花样儿！

这下可真治住了奕老疙瘩，他的一言一行都有人监视，想甩都甩不掉，想溜都溜不了。在宫内有人盯梢，在市街上，有人跟踪，弄得他直挠后脑勺。

这天，他又来找三公主了，说了这些情况，两个人一边喝着茶，一边唠着嗑。三公主想了想，若有所思，却又胸有成竹地说："我看，咱们就先治治这个九门提督，把他治住了，你就可以得心应手了。"

奕老疙瘩问："治九门提督？怎么个治法？"

三公主说："好办。你就……"于是在他的耳边说了一阵。

奕老疙瘩满意地开心笑了，点着头说："真是个好法子！"

一天一大早，奕老疙瘩穿戴上青衣小帽，骑一头四蹄踏雪的小毛驴儿，三公主也骑一头灰色小毛驴儿，两个人悄悄出了京城北门"德胜门"。辰时，他们来到一个破房场。不大一会儿，管事儿的押着二十辆驴车也来到了。奕老疙瘩对管事的说："掀开蒙在车上的苫布，打开朱漆大躺箱，装满瓦块石头。"

管事的一一指挥赶车的人，按奕老疙瘩的旨意去做。那些下人一边干着活儿装着箱，一边心中纳闷儿，不解何意，只是觉得这么好的金贵的大躺箱，装满了石头瓦块，弄脏了箱子，实在可惜。

不大会儿工夫，二十只箱子全装满了。这时，奕老疙瘩说："盖好箱盖，贴好封条。"盖好封好了。这时，奕老疙瘩抽出腰刀，顺箱盖缝儿把一箱箱的封条割断，又叫人用苫布苫好，说："从崇文门进城！"管事的走在车队的前头，奕老疙瘩和三公主骑着小毛驴儿远远地跟在车队的后头瞭着。

到了北京城南门崇文门的时候，已经是日落酉时了，正赶上一个参领在崇文门当值。这些守门的官兵一个个早都吃惯了嘴，捞惯了财，卡惯了油，看见这么多的"货物"要进城，他们哪能轻易放过，不挤出一把油水来怎肯罢休！只见那参领上前就把车拦住了，喝问道："拉的什么？停车检查！"

管事的上前装模作样地说："别介呀！都是旗人，用得着这样吗？来。"说着从怀里掏出一个小包递给那个参领，说，"给弟兄们打壶酒喝吧。"

那个参领掂了一下包，觉得不是很重，就打开包一看，是五两银子，立时不高兴地冷着脸说："你哄小孩子呀！打发要饭的啊！来，给我查！"

"等等！"管事的拦住说，"我是跟包的[①]，我们掌柜的一会儿就到，他来了好商量，咱们不要伤了和气。"

参领把那个布包揣在怀里，对守门的旗兵们说："快，把车扣下，把人带到里边去！"那些守门的旗兵轰轰隆隆地把全部赶车人都带到里边去了，把车都扣在院子里。那个参领还乐颠颠地算计呢，今儿个准能捞到块大肥肉，于是，屁颠儿地跑到里边，向九门提督报告了扣车的事。

过了不到一袋烟的工夫，奕老疙瘩和三公主骑着小毛驴儿到了。守门的旗兵向里边报告说货车的车主老板到了。九门提督出来一见，原来是奕老疙瘩和三公主，当时就惊出了一身冷汗。

奕老疙瘩若无其事地进了崇文门守门旗兵的大院，一看，院里停满了他的车，随口问道："怎么，我的车都在这儿啦？"三公主近前一看，故作惊愕地问："咱们的人呢？"

"啊，他们都在里边歇脚哪！"那个参领赶忙说。

九门提督瞪了一眼参领，厉声说："还不快把上差请出来！"

那个参领虽然不认识奕老疙瘩，更不认识三公主，但一看这阵势，知道是碰上茬子了，遇上了蝲蝲蛄了，就赶紧把跟包的和赶车的二十多人全都放了出来。

① 跟包的：辽东方言，押车的人。

奕老疙瘩装腔作势故意训斥押车管事的说:"还磨蹭什么,不赶快进城!"

那三公主更是随声附和:"天要黑了,大家麻溜点儿!"

那管事的说:"回王驾千岁的话,把门的这位大人把车全给扣下了,说要挨车检查。"

"检查就检查嘛!"奕老疙瘩说,"提督,检查吧!"

九门提督赶忙说:"不用,不用!"

奕老疙瘩手一挥:"还是检查检查好,检查是为公,不检查就有私了!"

三公主叫住那个参领,说:"还等什么,检查吧!"

奕老疙瘩不冷不热地对管事的说:"把箱子打开,让他们检查嘛!"

管事的"喳"了一声,上车就掀开了苫布。这一掀不要紧,见箱子的封条已经被割开了,就故意大吃一惊:"啊?怎么封条开了?"

"什么?"奕老疙瘩也大惊,两眼圆睁。三公主也随即厉声吩咐:"快看看箱内东西少了没有?"

管事的一掀箱盖,惊叫了声:"哎哟,怎么都变成石头砖块了?"

奕老疙瘩大惊道:"啊?变成石头砖块了?快看看别的箱子!"

赶车的呼啦一下,纷纷把自己赶的车的苫布都掀开,一看,封条都开了,箱子里全都是石头砖瓦。旗兵们一看,个个都傻了眼,那个参领看了早吓瘫了,九门提督一下子明白了,奕老疙瘩和三公主是来讹人哪!就凑上前去笑嘻嘻地说:"王驾千岁,您今儿个高兴,来拿本官开心哪!"

"放屁!"奕老疙瘩抡圆了膀子,"啪!"一下打在九门提督的脸上,开口骂道,"拿你开心?本王驾早该来找你开心了。你当我不知道哇,你当上九门提督这些年,仰仗你这个看门狗,欺诈勒索了多少人民血汗,民脂民膏?今天竟然搜刮到本王驾、三公主的头上来了,看来,你这个提督是不想干下去了!"

三公主也冷厉地说:"管家过来,把货单子给他,愿意顺顺溜溜地把这事了了,三天内照单子把货物还给我们。否则,三天后我们到皇上那告你去,那些跟你一把联儿的官员的猫腻,都记在我们的小本子上,你们那些见不得人的勾当,可都一条条一件件记得清楚着哪!"

奕老疙瘩接过话说:"不用跟他唠叨了,三姐,我们走。"

说完,两个人上了坐骑,扬鞭打驴,领着管家和那二十个赶车人,颠啊颠地进了城。

那九门提督拿起货单一看，什么珍珠玛瑙、翡翠珠宝，什么绫罗绸缎、金银玉器，甚至还有什么金边夜壶、烟嘴如意……简直应有尽有。他越看越气，越气越急，也不知心里是什么滋味，既像吞了一条蜈蚣，又如猫爪挠地一般。这可真是棒子手遇着个勒死狗的，跟他打官司，他是皇上的老兄弟，他坐着，我跪着，先就矮他半截子。再者说了，皇上怎么也不会相信他的王爷兄弟、公主姐姐会用朱漆躺箱装石头瓦块啊！最说不清的是那守城的参领还把车全赶进了院子里，又把赶车的全扣押在了屋子里，我就是浑身长满了一百张嘴，也说不清啊！没法子，只好打掉牙往肚子里咽了！赔！可这二十大躺箱的珠玉财宝我怎么赔得起啊！

这时，那个参领出主意说："把各个门守城的协领、参领和佐领们都找来，让大家凑份子。"提督听了，咳了一声，也只好这么办了。第二天，好歹总算凑够了，屁颠儿地给奕老疙瘩和三公主送去了。

打这以后，那九门提督再也不敢派人监视奕老疙瘩了，那奕老疙瘩照样做着他那"见面劈一半儿"的营生。

这下子那些王公大臣们可受不了了，就经常到皇帝面前说奕老疙瘩的坏话，他们更借各个机会向兰儿吹风，让兰儿向皇帝再吹枕头风，好把奕老疙瘩支出京城，省得在眼皮底下碍眼。可咸丰皇帝觉着奕唐阿毕竟是自己的老兄弟，没封王赐爵就已经委屈他了，再给他"往外"赶出京城，那也实在让他做哥哥的为难。所以，也就一直没有发话。再说了，咸丰皇帝也逐渐看出兰儿贵人是个眼子猴①，将来宫中要有祸乱，这祸乱的根儿就是兰贵人，这人不除，将来必坏大事。所以，也不听兰儿的枕边冷风。咸丰帝心中有主意：只要我坐在金銮殿一天，她兰儿就翻不起大浪。所以，兰儿说奕老疙瘩的话，咸丰只当作一股冷气，一吹而过，并不在意。她说过之后，咸丰并不放在心上，只是哼哈应之而已。

可是，几年以后，咸丰皇帝的身体日渐不支，人也越来越消瘦，越来越没精神头了。这下可急坏了奕老疙瘩，他心中很是不安，担心这个靠山没有几天靠头了。那三公主更是万分焦急，没有皇帝兄弟的话，她的婚姻大事可指望谁呢？

正在他们俩踌躇无奈的时候，一个咸丰身边贴身太监来传旨，让三

---

① 眼子猴：辽东方言，是个能干大事坏事的人。

公主和奕唐阿去面见皇上。在那个小太监的引领下，他们来到养心殿以后，咸丰帝叫其他人全都退出，对奕老疙瘩和三公主说："今天朕有件重要的事情，要委托你们，这是关系到家国存亡的大事，你们宁可舍弃生命，也要保守这个秘密，我要你们先对天老爷发誓。"

奕老疙瘩和三公主恭恭敬敬地虔虔诚诚地对天发了誓，咸丰皇帝这才说："先帝孝庄皇后以才名闻天下，招降洪承畴，善驭摄政王，卒令顺治爷入主中原，开一统盛治，又辅康熙爷除鳌拜，平吴逆，灭布尔尼，功高盖世，德传子孙，一生辅政不亲政，遂谥为孝庄圣皇后。今儿我身乏体弱，多病缠身，恐寿不永。而后宫懿妃现已主宫篡政、祸乱一统。我在位一天，尚可慑抑，她不敢妄为，一旦我辞世宾天，她肯定趁子嗣微弱，独揽朝纲，那时，国将不国，家何而存！今儿我已拟密旨，存藏妃后手中。我唯恐此事办理不妥，兰儿乱政，我将成为千古罪人。所以，今天请三姐和老弟前来，委以重任密旨，为国为家，千万珍重。"

奕老疙瘩和三公主早就对懿贵妃的所作所为大为不满，特别是她怂恿那些贪官污吏，为所欲为，欺压良善，更是愤怒怀恨，可对她又无可奈何。今天，皇上既委以重托，关系江山社稷，他们怎么能不挺身应承呢？

咸丰皇帝又说："老兄弟，过几天我下旨封你为亲王，到老家去充个差。记住，一定要保护好自己，保护好三姐，若真有那么一天，你要把三姐带进宫，向王公大臣展示我的遗诏，用家法惩治不孝子媳，维护纲纪。"

奕老疙瘩频频点头应承。

咸丰帝又对三公主说："三姐，委屈你了，我要把密旨写在你的背上，还得叫人扎上，这样才保险。"

三公主脱露后背，咸丰帝在她后背上写"懿妃乱政，施行家法"，在这两行的左边，又写上小字一行"咸丰十年庚申吉月"，令人刺字染红。

咸丰帝说："我派御前侍卫三格子做你贴身保镖，赐你二人成婚。但只有出了宫后才可完婚，不要张扬。"

咸丰帝最后说："我已写了密函，叫盛京将军协助你们，一旦有事，他可发兵保护你们的安全。你们还有什么要求吗？"

"没有！请皇上放心，我们一定不违圣意！"奕老疙瘩和三公主叩谢而去。

这奕老疙瘩仍和往常一样，没有任何改变，照样做他的闲哉优哉的王爷。

可是，这可急坏了那些贪婪的王公大臣们，他们不停地钻头寻缝地找碴儿，说坏话。一天，懿贵妃正在储秀宫里让李太监给她梳头，李太监又说起奕老疙瘩的坏话来。这懿贵妃一听，说："把他叫来，我训训他。"奕老疙瘩来到储秀宫外，往帘子里一看，那李太监正贱不喽嗖地围在懿贵妃身边，气得他一甩袖子就走了。

回到府里，奕老疙瘩越想越来气，就想法要治治她。他叫人扎了个风筝，不扎燕子不扎蝴蝶，不扎孙猴不扎虎，单扎了一个人面大叫驴。他到院内看了看风向，就把风筝放了出去，眼瞅着风筝飞了起来。风筝刚飞到皇宫内院上头，他一松手，风筝不偏不斜，正好落在储秀宫的院里。那懿贵妃看了，立即叫人拣进来。宫女拿给她一看，差点儿没把她气死。原来风筝上画的大叫驴的脑袋活脱脱一个李太监，这不明镜儿是骂她不走正道吗？她想来想去不知是谁这么大胆，敢对她指桑骂槐！她当然想到了这指定是奕老疙瘩干的，可又没有把柄。她叫宫女出去看看风向，那宫女回来一说，她才认准了，就是这个该杀的奕老疙瘩。她即刻叫人去传奕老疙瘩来问话，可一想，又怕这不知深浅、不知天高地厚的奕老疙瘩说出些不入耳的话来，那不是自己找弊时^①吗！寻思寻思，又叫住了人。这时，那烂肠子的李太监贴在懿贵妃的耳朵根子上说："何不向皇上进言，把奕老疙瘩支出京城去？"懿贵妃一听，正中下怀。懿贵妃向咸丰皇帝说："奕唐阿也该封王任职了，听说老家那边缺个都统，就让他去看家吧！"咸丰帝没置可否。其实，他早已有此打算，想这几日就安排。但他不想把面子给懿贵妃，免得她长扬^②。

懿贵妃看皇上虽没有表明态度，可她也看出来了，皇上还是依允了的。回宫后，她叫人传来了奕老疙瘩。

奕老疙瘩来了，一进门槛，那懿贵妃格外亲热，又是叫让座，又是递茶水，亲亲热热地说："嫂子天天瞎忙活，也没工夫疼你。我看你也不小了，该派个差事了。今儿个我已经向皇上推荐你，给你任个职。我听说咱们老家那边缺个都统，那可是咱们大清的根基啊，我看只有你去最合适，也最放心。你抽便儿^③也向皇上说说，就把这个顶子给

---

① 弊时：辽东方言，难堪、背时。
② 长扬：辽东方言，气盛之意。
③ 抽便儿：辽东方言，找个方便的时候。

你吧!"

奕老疙瘩心里话：你烦恶①我了，我还烦恶你们呢！你想打发我，若不是皇上有安排，我凭什么听你的！那顶子也不是你的，凭什么要你给！二话没说，转身走了。

---

① 烦恶：辽东方言，嫌。

第四章　蛟龙入海

奕老疙瘩从储秀宫里惹了一肚子气出来后，直奔三公主的住处。三公主一看奕唐阿的神情，就猜，一定是碰上不顺心的事了。等奕老疙瘩坐下后，喝了一口茶，她才说："是不是谁惹了你了？"

这奕老疙瘩便从头至尾地说了起来，他说："若不是皇兄事先跟我说了，已有安排，我凭什么听她的？她算老几？那顶子也不是她叶赫那拉氏的，凭什么要她给我戴！"

三公主说："好了好了，快别生气了。放外任是好事，那是蛟龙入大海啊！放了外任，那就是你的天下，你可借这个机会，做你想做的事啊！"

"三姐姐，你不知道啊！"奕老疙瘩说，"干什么事都得有钱哪，没有钱什么事也干不了啊！"

三公主说："这我知道，一是你可以把在京城里向那些贪官劈一半来的钱财带去用上，二是可以去找盛京将军奉天府啊！去一趟，那些贪官们不就得挤出来一点吗！"

"噢！"奕老疙瘩有所悟地说，"我明白了，那倒是个好办法。"

三公主叫来宫女，让弄几样下酒的小菜来，要跟王爷喝酒聊天。

他们一边慢条斯理地喝着酒，一边说着话。三公主说："你是先帝的老儿子，也是二十几岁的成年人了，按说也早该给个王爷做做了。"

奕老疙瘩说："我就看不上皇兄那软不拉塌的劲儿，说什么也不硬气，做什么也不干脆，没个主见。那兰儿是个什么东西！一看就知她心术不正！祖先的家法早就告诫不许女人参政、干预朝纲，可这兰儿偏偏往这朝纲上用心思。我看了，咱们祖宗的基业要断送在他们的手上。"

三公主小声阻止说："小声点儿，隔墙有耳，小心谁给捅了上去，又惹麻烦了。"

"我才不怕呢！能把我怎么样。"这奕老疙瘩又来了他那倔强的牛劲儿了，说，"不用捅了，这不，刚才那个懿贵妃兰儿找我去说了，叫我回老家去，发配我呢！"他呷了一口酒，又说："我只要不反朝廷，不乱杀人，我就不怕她兰儿！再怎么的，有那个窝囊四哥在，她就不敢把我怎么样。"

"那你是愿意去老家了？"三公主急切地问。

"那又有什么办法……皇兄也早说叫我去那儿了。"奕老疙瘩无奈地说，"说起来去了也好，省得天天看他们那肮脏事，眼不见，心不烦，耳不听，不来气！我去了那里，倒乐得清闲自在。到了那里，那里就是我的王国、我的天下了，我可以直接为国为民办点好事了。"

三公主说："只是兄弟你走了，这京城，我也不想待下去了。恐怕没有多久，我也得走了。我估摸着，很有可能也回老家去。"三公主有些失魂落魄。

奕老疙瘩说："我走了以后，三姐姐你可要事事处处谨慎小心为好，你跟我可大不一样。"

"这我知道，我知道。"三公主说，"说好呢，把我赶回老家，说不好呢，大不了给我条白绫子①。可我想，皇上总还得记着我背上他写的字，再怎么说，皇上也得保住我的小命啊！"

几天以后，奕唐阿被封了王，任兴京副都统，即日上任。

奕老疙瘩辞别了三公主，互道了珍重，就到兴京上任去了。一路上，晓行夜宿，马不停蹄，不到一个月，就到了兴京，到了大清王朝的发祥圣地。

就这么着，奕老疙瘩来到了关外三陵的祖陵、奉天省的兴京县做了兴京副都统。说来在副都统的任上，主要看护永陵宫，还有开原、凤城、铁岭、抚顺的旗署衙门，倒也清闲自在。除了清明、中元、寒衣、岁除几次大祭而外，四时八节小祭，也不用他亲自去，却也无事可做。这时，他想起当初外省官员那份势利眼的劲儿，作威作福，鱼肉百姓，那个豪横劲儿，他心中的气愤实在难消，现在正好去整治整治他们，出出这口恶气，于是就打马去了奉天府。

进了奉天府，奕老疙瘩一直闯进将军衙门，进了大门进二门，进了二门进三门，等盛京将军知道了再赶忙跑出来迎接，还哪里赶趟？那奕

① 白绫子：即赐死。

老疙瘩用他那大长烟袋杆的烟袋锅子一边刨着将军的脑袋，一边数落他道："啊哈！你觉着你是一品将军，瞧不起我啊？小子哎！你吃着我皇家的饭，做着我皇家的官，看不起我这皇家的王爷了？我告诉你，当今的咸丰皇上可是我的亲四哥，你小瞧我，我一句话就能摘了你的亮红顶子！你信不？"

那盛京将军跪在地上，一扫平时的八面威风，挨一烟袋锅，他"喳"一声，跪得两腿麻、膝盖疼，也不敢起来。

奕老疙瘩看着他这样子，心里好笑，直想再好好训训他。这时，他冷丁想到，皇上曾说，要给他下道密旨，好让他保护三姐，完成密旨大事，看来他还真的是皇上的人，就改了口气说："起来吧！本王是跟你闹着玩玩，别往心里去，让你受委屈了。"

这奕老疙瘩说要逛逛盛京城，叫盛京将军通知大小官员陪着他逛。说："你公务繁忙，就不用陪了。"

将军说："难得王爷来盛京一趟，我哪有不陪之理！"

"那好吧，"奕老疙瘩说，"咱们步行，便于观光。"

盛京将军说："随王爷之意。"

王爷说逛盛京城，放着坐骑不骑，抬着轿子不坐，跟在后边的老少大小官员，哪敢不跟着走！

奕老疙瘩从东华门溜达到鼓楼，又从鼓楼转到白塔寺。走来转去，怎么觉得身后跟随的官员越来越没劲儿了，他回头一看，那些老朽们早已一瘸一拐的了。他故意对盛京将军说："咱们再到福陵、昭陵①看看去吧！"

盛京将军和那群大小官员们一听，我的妈呀，这都快累趴蛋了，要再走到福陵、昭陵去，还不散架子啦？那盛京将军虽说是武官，却也长年不打仗，也拉不了弓，盘不了马，要再溜达个三五十里的，恐怕也招架不住，累趴下了。他赶紧赔笑说："王驾千岁，天头已经不早了，是不是先到驿馆用过午饭再去？"

奕老疙瘩也觉得饿了，就说："好吧，先吃晌饭吧！"

他们来到了小津桥驿馆，先上茶，奕老疙瘩先喝着。盛京将军趁此机会把下属们叫在一起，商量说："我看，大家出点儿血吧，打发老王爷去吧，要不的话，他非把大家拖垮不可。反正平日里你们的进项我心里也有数。"他把一张大红纸铺在桌子上，又说："谁出多少，写吧！"

---

① 福陵、昭陵：即俗称沈阳东陵、北陵。

等奕老疙瘩酒足饭饱了，盛京将军把礼单递了上去，恭恭敬敬地说："这是我等孝敬您的，一点儿小意思！"

奕老疙瘩瞥了一眼礼单，还算满意，就说："行啊，放他们回去吧！"

那些官员们一看，心下高兴，说："这老王爷心不黑，手不狠，就这么一点儿东西，就打发住了他。"可他们哪里料到，这奕老疙瘩一个月来一趟，来一趟就这么折腾一回，那些官员们才个个叫起苦来。

奕老疙瘩拿这些钱财干什么了呢？大家有所不知，他在兴京府盖起了"启运书院"，让八旗子弟都进学堂读书学字。他用这钱疏通河道，修路搭桥，便利兴京的交通，发展兴旺与各地的集市贸易，甚至还在永陵街建了个戏台，请各地的戏班子来唱戏。后来，那个懿贵妃成了慈禧太后，独掌了皇朝大政，做尽了卖国求安的坏事，那盛京将军也早换成了她的亲信，那三公主背上的咸丰帝的密诏也没法兑现了，奕老疙瘩捶胸顿足，也无计可施。这以后，他每隔一两个月就去盛京一趟，让那些大小贪官们恭敬他一回。就这么着，小报告一封封地传到西太后那儿，把个西太后恨得咬牙切齿，骂道："这小子怎么不得个暴病死喽！"

可是，没等奕老疙瘩得暴病，慈禧太后自己倒先蹬腿了。照规矩，王公大臣、侯爵将军、公主驸马、福晋和命妇们，二十七日之内得日哭三回，老百姓一年之内不准娶媳妇办喜事，全国二十七个月之内不许动乐器，这叫国丧。

可是，奕老疙瘩却不听那个邪！管你什么慈禧西太后的，全然不放在眼里。他不仅大动器乐，甚至从各地请来名角，在永陵街上搭了个大戏台，天天唱大戏。这下子永陵街可热闹了，四乡的，八地的，赶车来的，徒步走来的，百八十里的人都来看戏，那做买做卖的，挑挑儿的，摆摊儿的，搭棚子、开店铺的，把个永陵街拥得繁华空前，简直天天是大集，日日赶庙会，根本没把国丧当回事儿。

当然了，这是后话。咱们还得回过头来，再说三公主的事。

一天，咸丰皇帝在储秀宫里和懿贵妃说着话，说着说着就说到了三公主的头上。

懿贵妃说："三公主也是二十多岁的年纪了，早该选定个人家嫁出去了。再怎么说，她也是先帝爷的骨血啊。昨天我在御花园里遇见了她，她明明看见我了，却连个招呼都不打，拐上另条道就走了，倒像是我欠着她八百吊似的。"

"那倒不是,"咸丰说,"她就是觉着落威吧,或是没有看见你吧!"

"那可不是,"懿贵妃抢白说,"她明明看见我了的。"

"好了!"咸丰皇帝说,"不要去计较这些小事了。三公主是该婚嫁了,可一时没有相当的人家啊!"

懿贵妃说:"有啊! 头几天僧额将军来我这闲聊,说他的三小子还没有婚配呢!"

咸丰皇帝说:"我听说僧额将军的三儿子不是有点儿痴呆症吗? 不可,不可!"这时,他想起了先帝爷的嘱托,和他对三姐的密旨,三姐愿意嫁给侍卫三格子,无论如何要让三姐和三格子成婚,不能坏了他的大计。

懿贵妃说:"你也别说可与不可,咱们问问她自己个儿吧!"说着就让人去叫三公主。

三公主来了,拜见了皇帝和贵妃。

懿贵妃说:"三姐姐,皇上今天召你来是要为你指婚,把你嫁给僧额将军的三儿子,你意下如何?"

三公主听了,看了皇上一眼,不冷不热地说:"听凭皇上做主。"

"那你是同意了?"懿贵妃立即追问一句。

三公主不耐烦了,说:"我已经说明白了,听凭皇上做主。"

"我说的就是皇上的意思,"懿贵妃又抢白一句,"好了,明天就叫僧额将军来下聘礼。"

三公主更不让分儿,说:"皇上就坐在这儿,皇上没发话,你怎么说是皇上的意思? 难道你竟敢在皇上面前说是皇上的意思,伪造皇上的圣意,你也实在是太大胆了! 你还没做皇后呢,你若做了皇后,难道还敢把皇上当牌位吗?"

"你!"懿贵妃气得说不出话来。

"你什么你!"三公主仍是寸步不让,"我的婚姻大事,岂可由你做主!"

"不由我做主,难道能由你自己做主?!"懿贵妃劲儿更大了。

三公主仍是不退不让,说:"婚姻是我一辈子的大事,我自己不做主,岂能由你摆布!"

"你! 也太放肆了!"懿贵妃气得浑身直哆嗦,说,"我说的是皇上的意思。"

"皇上就坐在这儿,并没有开口。"三公主句句顶撞,把个懿贵妃气得眼瞅着要炸了肺。

"皇上！"懿贵妃求救于皇上了。

咸丰帝见她二人气得都变了脸，忙说："算了，算了！别斗嘴了。"

三公主看了看这情形，说："我听凭皇上做主。"说完，就出了储秀宫。

懿贵妃气得喘着粗气，脸涨得红霞晕颊，秀面通红，没能再说出一句话来。

咸丰帝说："三公主的事你就不要操心了，小心气坏了身子。"

三公主出了储秀宫，自己跟自己说："别说他是彪是傻，就是个人精我也不干！我跟定我的三格子了！"

几天以后，咸丰皇帝把三公主传进了养心殿，对三公主说："三姐，你准备准备，后天就回老家去吧！我这有两道密旨，一是赐你和三格子侍卫成婚，二是给盛京将军英隆，让他好好操办你们的婚事，保护你们的安全，安排好你们的生活。我已经给了老兄弟奕唐阿一块令牌，必要时，可持令牌调动盛京等地八旗兵回京，对乱政女人施以家法。为了安全，我除了让三格子保护你之外，另派四个侍卫四个宫女和你一起走，听你使唤，他们都有些好武艺，可以以一当十的。至于金银，我只能给你一路上够用的，到了盛京，叫英隆给你安排。出宫出京，都不要张扬，越隐秘越好，为了安全，你们要简装快行，路上要小心警惕，免生意外。我的大计就拜托姐姐了，请姐姐珍重！"

"谢谢皇上！"三公主说，"请皇弟放心！"

咸丰皇帝又说："我派八个人保护你，服侍你，你就在老家好好生活吧！京城皇宫发生什么事，你都不要管，在乡下做一个真真正正的平民百姓吧！若能在地方上为老百姓做几件好事就更好了，这样，老百姓就会真心实意地欢迎你。"停了会儿，他又说，"若是懿贵妃真有把持皇宫、祸乱朝政的那一天，你就和奕唐阿回京，用家法收拾她。千万记住！这是替祖宗做事，绝不能手软。"

"记住了！"三公主说。

几天后，一辆比较简陋但不失高雅的小轿车子出了北京城的北城门德胜门。三格子一副武士侍卫打扮，骑着一匹枣红大马，跟在轿车的左傍，那赶车的年轻人和一前二后的三个骑马的青年武士，也是精神抖擞，气宇轩昂。坐在轿前的两个俊俏的小姑娘和坐在轿后的两个清秀的小姑娘，个个神情愉快，清清爽爽。

一匹高头大马拉着的小轿车子出了京城，一路上轻轻快快地直奔关外而来，路上的人无不以为这是哪个大家闺秀回娘家省亲的呢！

坐在轿内的三公主，不时地掀开轿帘儿向外边张望，对三格子甜甜地笑笑，她那兴高采烈的样子，也感染了路边树林中的小鸟儿，欢唱着悦耳动听的歌儿；就连路边的小草，也纷纷地前俯后仰地欢迎着他们；山下小溪流水更是万分欢畅，边歌边舞，欢快流淌。

一行人如出笼的鸟儿，真是无限开心快乐！

第五章　金凤还巢

在山海关外，三公主的小车子在坎坎坷坷的山间小路上行进着，一行十个人兴高采烈，意气昂扬。密林浓叶间，鸟叫、虫鸣、蝶舞。一只小松鼠欢快地窜出灌木丛，三下两下地跳上了一棵树。

坐在轿车前的素雪姑娘眼尖，一眼被她瞧见，惊喜地叫着："看！那是个什么东西？毛茸茸的尾巴翘得老高，一下子就跳到树上，真是好玩啊！"

多媚姑娘也发现了，拍着手高兴地说："小松鼠！小松鼠！"

耿乐骑在马上惊喜地问："在哪啦？"

多媚指着前边一棵树，说："那不！在那棵大树杈上！"

三格子说："多媚！你们别闹了，在这深山野林里行路，我们大家要多加小心才是，如若有个什么闪失，我们谁都吃罪不起啊！"

三公主也掀开轿帘儿说："我们还是抓紧赶路吧，这里不是玩耍的地方！让我们回到京城，来看看京城里的动静就知道了。

在京城的一个小酒馆里，一个公公模样的人，对两个武士壮汉说："只要你们杀了那个轿车里的女人，回来再取另一半百两黄金。若是杀了人，就要提人头来见我。听好了，你们两位的家眷可都在我的手上。"

那壮士问："请问公公，我们能问一下那个女人是谁，犯了什么罪行吗？"

"这个你们不需要知道，你们只管杀了她好了。"那个公公说。

两个武士疑疑惑惑的。那公公说："要说犯罪，就是顶撞了懿贵妃，就得死！就是这个罪。"

"那若是跟随她的人动手阻碍我们，"一个武士说，"我们也把他们杀了吗？"

"谁反抗就杀谁，"那个公公说，"一个活口都不留！"

两个武士齐声说："好吧！照公公的吩咐办！"

二人出得店来，飞马追奔山海关而来。

晌午时分，在山海关外一个村路旁的小饭馆里，三公主的轿车子停在小院里，饭馆的小伙计在喂马。旁边还拴着两匹汗水淋淋的马，也正在吃草。

饭馆内，一张较大的桌子，坐着三公主一行十人，正在草草地吃面条。屋门旁的一张桌子前，正坐着那追赶而来的杀手，他俩时不时地拿眼睛瞟着这边，低头说着话。一个说："这么俏皮的年轻女子杀了太可惜了，不知她是怎么得罪了懿贵妃，非要她人命不可。既然放出了宫，就该给她一条生路啊！"

另一个说："管那些干什么，那公公给咱黄鱼，咱就去做得了，管她该死不该活的，跟咱们有什么关系！"

"那不对啊！"那一个又说，"咱不能为了钱财，昧了良心。不该死的咱们杀了，要了人家的命，咱们的良心能安吗？"

另一个说："我说兄弟，你要是讲良心的话，那咱们这趟活儿就不能做了，这黄咔咔的金子咱们就不能拿了。还管他那些，有金子，叫我杀谁我就杀谁，杀谁谁就该死。"

三格子边吃着面条，边注意到这桌的两位壮士，觉得他们的言行诡诡秘秘的，好像是冲着他们、冲着三公主来的。他跟大家说："咱们吃完饭先歇歇，让三公主睡一觉，喂饱了牲口咱们就赶路。"

三公主说："不！我不用休息，倒是你们很累，应该休息。可咱们得抓紧赶路，牲口喂饱了咱们就走。只有到了盛京以后，才能松一口气。路上大家一定要小心。"

"那好吧，咱们吃完就走。"三格子说。

门口桌前的那两位壮汉先走了。三格子目送他们上了马，沿大道奔东而去。三格子说："你们刚才看见门口桌上吃饭的那两个人了吗？我看他们就是奔三公主来的。路上大家提防着点儿，不可大意。"

饭后，三公主一行人上了路。小轿车子行进在密林小路上，花轱辘车轮碾压在石子路上，发出"咔嚓嘎嘣"的声音，有点儿刺耳。

正行间，突然一块较大的石头垫起了车轮，轿车子一栽歪，车上的四个姑娘没有坐稳，险些掉下车来。正在这时，好像从空中飞来的一样，跳下两个大汉，锋利闪亮的大刀直向轿车砍来。

三格子"嘞"地抽出宝剑，大喊一声："有贼！护着公主！"

说着，一剑挡住砍来的大刀，跳下马来，与那个壮汉打斗起来。车后的佟清、隋元两个武士大叫着跳下马，抽刀迎了上去，与另一个汉子打斗起来。车前的杨珍、耿乐回马护住轿车，把车子赶到一个平乎的地方停了下来，让那四个宫女护车，要上前助战。

这时，三公主掀起轿帘对三格子喊了一声："要活口！"

这边，三格子三下五除二就制服了一个汉子，那佟清和隋元也没费劲地制服了另一个汉子。

三公主说："把他们带过来！"

那两个汉子跪在轿车旁，三公主问："你们知道我是谁吗？"

一个汉子说："现在知道了，您是三公主，当今皇上的三姐。"

"为什么追杀我？"三公主问。

那个汉子说："我们原先光知道您是从皇宫里出来的，得罪了懿贵妃，是一位公公给了我们金钱，叫我们来追杀您的。"

"噢，明白了，"三公主说，"我告诉你们，我是三公主，你们追杀皇宫的公主是灭九族的罪，你们知道吗？就这一条，我就可以先杀了你们！你们知道这几位是什么人吗？"她指了指三格子等人，说："他们都是皇上的贴身侍卫，就你们这两下子，连这四位姑娘你们都对付不了，还想杀我？知道吗，是皇上派我下关东的，你们来追杀我，不是找死吗？"

那两个汉子叩头求饶说："我们该死，我们该死！"

三公主说："你们是该死，为了图金钱，就来追杀无辜之人。不过，你们也不用求饶，我不杀你们，放你们走。你们胆敢再追杀，我可就保不住你们了。"

"不敢，不敢！谢谢三皇姑奶奶，谢谢三皇姑奶奶！"两个人跪地嘣嘣地叩头，感谢不杀之恩，又叩头谢三格子等人，千恩万谢地走了。

三公主一行人都下了车马，席地而坐，稍事休息。素雪从车上取下个绣花坐垫儿，扶三公主坐下，三公主显得有些心事重重。

三格子说："三公主，我们以后就称您皇姑吧。刚才那两个贼人称您三皇姑奶奶，我们听着很得劲儿，也合您的身份。"

"三皇姑！"大家一齐叫了起来。

三皇姑笑了笑，说："走吧，还有半个月的路程呢！"

一行人上车跨马，继续赶路。大家说说笑笑，十分快活开心。这时，隋元快马赶上一步，央求三皇姑说："她们四个姊妹的名字，听说是您给起的，叫起来都好听，很有学问，可我们不知道是什么意思，出在什么典故里，能不能说给我们听听？"

大家齐呼啦地随声附和央求，三皇姑掀起轿帘儿，笑笑说："好吧！我就说给你们听听。皇上允我出宫，让我带上你们一块儿走，以后我们十个人就都生活在一起了。我们相依为命，同甘共苦，虽然说各有姓氏，可我们就是一家人了。你们不仅要以兄弟姐妹相称，以后还可能组成几对夫妻，几个家庭，分开也好，合住也罢，总之，我们是一家人，要到一个新的地方，开始一种新的自由自在的生活，过平民百姓的日子。一句话，我们都是平民百姓。你们叫我三皇姑，或者就叫皇姑。皇姑，那仅仅是个名称，那是我过去的名称，从今以后，我不是什么皇姑了，我跟你们一样，都是姐妹。我比你们大几岁，我就是大姐，三格子比我大三个月，他就是你们的大哥。我倒是希望你们叫我姐姐。哎！随你们叫吧，叫什么都一样，只不过是个名称而已。"

"好了，"三皇姑停了停，又说，"这四个小丫头……"她回头叫车后坐的两个丫头，"来，坐前边来！"

三皇姑说："我先说素雪的名。这名来自一首题为《子夜四时歌》的咏冬诗。诗曰：

> 渊冰厚三尺，
> 素雪覆千里。
> 我心如松柏，
> 君情复何似？

这首诗是用厚厚的渊冰和皑皑的白雪起兴，用岁寒不凋的松柏作比，表达出自己坚贞不渝、经得起风霜的情怀。这'素雪'寄托着一种志向，赞美风雪中的青松啊！"

杨珍在马上回头笑着对素雪说："你是青松，我就是一根缠绕在青松上的藤子喽！"

素雪抢口说："你要是藤子，我就用松针把藤子刺断，让你爬不到树上去。"

耿乐凑上来问："三皇姑，那多媚的名字是怎么来的呢？"

三皇姑说："别着急，听我说呀！'多媚'这名字来自乐府诗里的咏春诗：

春林花多媚，
春鸟意多哀。
春风复多情，
吹我罗裳开。

这'多媚'就是歌唱美好的春天，歌唱美好的生活，歌唱幸福的爱情的啊。"

耿乐在马上拍着手兴高采烈地说："那我就是春天林子中的小鸟了，可是千万别让我光是哀叫，罗裳不开啊！"

多媚姑娘用手帕捂着嘴，不出声地低头乐。

耿乐赞许地说："皇姑，您肚子里的墨水可真不少啊！"

"你寻思啥呢！"三皇姑笑着说，"皇姑我可是陪着咸丰帝一同受业于名师的啊！"

隋元赶快插嘴说："那她俩的名字是怎么来的呢？"他指了指蕊寒和红珠。

三皇姑说："别着急啊！我介绍完了素雪和多媚，哪能不说说蕊寒和红珠呢？"

大家都悄没声地听着，谁也不说话，静静地等着。

"看！你们看！"三皇姑说，"那山坡上不是有一簇樱桃树吗？那粉红的、彤红的小花不是开满了树吗？那就是樱桃啊！"又说，"你们听说过我们满洲人的始祖神，三位仙女在天池里洗澡沐浴，三仙女佛库伦吞吃了红果而孕生了布库里雍顺，而后去平定三姓之乱的故事吗？那三仙女佛库伦吃的红果就是樱桃。樱桃正是伏天成熟，东北人也正是在三伏天天热的时候，才能下湖下河洗澡。那樱桃熟透了的时候，正是透亮的红，吃到嘴里酸甜清爽。"

大家伙儿都扭头朝那山坡上看去，那盛开的樱桃花，满满一树，呈一个馒头状，细细的长枝，开满了粉莹莹的小花，煞是好看，引得人们赞不绝口。

三皇姑说："《张处士诗集》中有一首《樱桃》诗，就是用色美味甜、晶莹可爱的樱桃，来抒发对夏天的热爱的。诗中说：

> 石榴未拆梅犹小，
> 爱此山花四五枝。
> 斜日庭前风袅袅，
> 碧油千片漏红珠。

这诗说的就是，只有到了夏季才成熟的樱桃的可爱。你们看，我们的红珠姑娘一身浅粉装束，在这青山碧草绿树的大地上，显得多么秀丽啊！哪个小伙子不想上去亲一口、啃一下啊！"

三皇姑的几句话，引得一行人开怀大笑，而红珠姑娘早已羞得面红耳赤，只是低头浅笑，不敢抬头，偷眼看着隋元，那隋元更是深情地看着红珠。

杨珍哈哈大笑，说："皇姑，你把人家两个说得心里都热乎乎的了。"

素雪听了，微张樱口，说："皇姑说的是红珠姐，你心里热乎什么！"说着，不觉也红了脸，低下了头。

三格子笑着止住大家说："都住口吧，还有蕊寒没说呢，早有人等不得了。"说着瞥了一眼佟清。

三皇姑接口茬说："别忙，轮也轮到蕊寒了。"

蕊寒急忙摆手说："皇姑，请您不要说了吧，免得谁心里热乎了，我可没办法让他'寒'冷下去。"

佟清假装没有听见，只把头扭向山坡。

三皇姑笑着说："蕊寒嘛，名字里虽然有个'寒'字，可并不是说的冬天，谁心里热了，就让它热吧，不用'寒'下去。蕊寒这个名字也出自一首诗，一首《题菊花》的唐诗：

> 飒飒西风满院栽，
> 蕊寒春冷蝶难来。
> 他年我若为青帝，
> 报与桃花一处开。

"'蕊寒'实际就是菊花的别名。菊花高洁，秋风中绽放，它代表的也是一种志向。"

停了停，三皇姑深有感触地说："你们都知道我的出身处境，我虽然也是先帝道光的亲生女儿，按说，我也完全可以过荣华富贵、锦衣玉食的生活，可我的骨子里仍流淌着一个虽说是满洲旗人，却是平民百姓的血，我和你们一样，也是平民百姓，普普通通的满洲旗人。我既不争权，也不要势，至于金钱嘛，够用就行。生前有多少富贵荣华，金银千万，死后连一丁点儿也带不去。人生下来的时候，两手攥着拳头来的，想在一生中不知能赚多少权势、多少金钱，可到死的时候，却是两手一伸，空空如也，什么也拿不走。所以，我只追求一辈子轻轻松松，快快乐乐，幸幸福福，敢爱能爱，敢恨能恨。只要我能为百姓做一点点事情，我也就满足了。说起来，你们也知道，若不是皇弟他袒护我，我的小命也恐怕早就随风飘走了，哪里还能跟姊妹们在这山野路上说笑呢！"

一行人继续赶路。人们的欢乐情绪似乎冷却了下去，大家的神情有点儿沉重。走了一小段路之后，一向欢快活泼的多媚姑娘憋不住了，焦急地说："皇姑，咱们这么闷闷地走，多累啊！听说三格子会讲'古趣'，让他给我们讲一个听听吧！"

"嘿！这就怪了，"三皇姑故意挑逗地说，"三格子会讲，央求我干吗呀，跟他说去啊！"

"您不放话，三格子能开口吗？"多媚几乎哀求上了。

"好吧，我叫他说，看他能不能听我的。"三皇姑说，"三格子，那你就讲一个吧，反正这么走着也没乐子。"

三格子回头笑着说："好吧，我就讲一个大家听。讲什么呢？好，就讲个'太子河和太子城'的故事吧。"

三格子讲：

　　太子河啊，是我们辽东的一条大河。听人说，太子河在早叫东梁河，后来才叫成了太子河。这是怎么回事呢？

　　大伙儿都知道，我们满洲的老祖宗爱新觉罗·努尔哈赤，小时候叫小罕子，起兵前后叫老汗王，手下有十万兵马，都是能骑善射的好手。后来，他统一了女真各部，建立了后金国，又吞灭了海西四部，那地盘可大了，把松花江流域，连长白山都归了后金国。这个时候，老汗王就想占领大明的江山了。

　　有一年，老汗王领他手下的贝勒、亲王、贝子等十几员战将，要攻打大明兵据守的双河城，这是跟明兵作战的第一关。

当时，正是伏景天，雨水频、河水满的时候。守双河城的明兵将领是李如柏，他是大明皇朝辽东总兵李成梁的二儿子。他听说老汗王统率数万大兵来攻打双河城，就命令兵士们把河上的桥拆了，把船捞上岸，都抬到城里。心想，我看你老汗王再能耐，也不能长翅膀飞过河来啊！

话说老汗王率领军兵来到河对岸以后，李如柏领兵出城，在河岸上叫兵卒们狂呼乱叫、擂鼓摇旗，想气死老汗王，意思是说，我们明兵就在河这边，看你能把我们怎么样，有能耐你们长翅膀飞过来。

老汗王看这河水，又望望河对岸的明兵，想过河，可河水打着旋涡，一个卷一个，不知有多深。硬要兵马过河吧，河过不去，再淹死了人，得不偿失。再说，正过河的时候，明兵再一放箭，那我军的损失可就大了。不渡吧，出师头一仗就退兵了，说不过去，今后再怎么出征？若是拖延了时间，明兵援军到了，这双河城可就更难打了。

你们知道，我们的老汗王可是熟读兵书、懂得战策的人，他在心里一盘算，有了，命令军兵退回二里。他进了大帐后，命令宣大太子进帐。

大太子褚英是个老实人，听说汗王宣他进帐，不知何事，就急忙进了大帐，面见父亲。老汗王看了儿子一眼，心中想：儿子，父亲只好拿你的脑袋来换取双河城了！你不要责怪父亲，父亲这也是无可奈何，不得不这样做啊！于是，老汗王下命令说："你带一哨人马，去河边打探，看河水结没结成冰！"

大太子褚英听了，打了个冷战，心里疑惑道：父亲一贯聪明透顶，今儿个怎么犯起糊涂来！这三伏天河水怎么能冻冰呢？可是，王命不可违啊，只得领旨带兵去河边巡视。

大太子领着人马来到河边，只见那河水旋涡卷着旋涡呜呜滔滔地流淌，哪里会结冰啊！他看了又看，心中不厌其烦，谁见过三伏天河水冻冰的啊！他回到汗王的大帐，对父王实话实说了。老汗王心想，真是个笨脑瓜子啊，我下命令的时候，已经说明了，叫你去巡视河水冻没冻冰。我是叫你谎报河水冻冰的啊！那样，我就可以催兵渡河，一鼓作气，消灭双河的明兵啊！可大太子实打实地回奏，不就坏了进兵计策了吗？老汗王不得不含着眼泪下令，大太子巡视不实，有误军机，推出帐外斩了！汗王的手下眼睁睁地看着大太子被砍了头。

这时，老汗王又紧接着派二太子出去巡视。二太子一想，哥哥说了实话被父亲砍了头，自己若像哥哥一样说实话，也照样保不住小命。他打定主意，立即领兵直奔河边而去。到了河边，心里话，有什么可看的，河水照样是一个旋涡卷着一个旋涡呜呜滔滔地往下淌。他在河边转悠了一会儿，望着河水笑了一声，就领兵回了营，假装惊喜地闯进了汗王的大帐，禀报说："父汗，河水冰冻三尺，军马正好可以渡！"老汗王一听，立即高兴地传令："半夜渡河攻城！"

这天正好是月黑头，汗王命令一下，几万兵马抢先过河。谁都知道这是唬人，三伏天没有结冰的河，可一想到汗王连自己的太子都砍了头，更何况小兵小卒了！军马一个个争先恐后，都图个死里求生。一时间，河水深浅莫测，不知淹死了多少人，后队赶着前队，呼呼隆隆地抢过了河。

再说，双河城里，李如柏以为有大河挡住了后金军的来路，他城里绝对安全，就放松了警惕，没有一点儿防范，光顾呼呼睡大觉去了。老汗王的兵马渡过河后，不到两袋烟的工夫，就攻破了双河城，李如柏只好带着残兵败将跑回了辽阳。

老汗王攻破双河城后，做的第一件事就是为大太子褚英举行葬礼，把他埋葬在河边。为了纪念大太子，老汗王把东梁河改名叫太子河，把双河城改名叫太子城。

今天，新宾南边的一条大河仍叫太子河，太子河边的一个大台地上的山城，仍叫太子城，城下的一个村子名叫双河。

"再讲一个，再讲一个！"几个小姑娘坐在车轿上，直嚷嚷，没有听够。

三格子说："好，好，我再讲一个。"

蕊寒和红珠说："等等，我们俩坐车后边听不清，我们坐前边去。"两个小丫头跳下了车，紧走了几步，又跳上车，和素雪、多媚挤在轿前，实在坐不下，三皇姑叫进轿里两个。这样坐好了，三格子才讲第二个故事。

第二个故事讲的是"放参"。故事说：

关东山的第一件宝贝就是人参，很多人就是靠挖人参发的家。辽东的山是长白山的余脉，气候冬冷夏热，正适宜人参生长。过去，有些人生活过不下去了，就进山放参。有些人想发财，也进山挖参，这就产生了许许多多的有关人参的故事。

有一年，关里闹了灾荒，人们生活不下去了，有个叫于宝新的四十多岁的汉子，长得五短身材，浓眉大眼，白白净净，慈眉善目，看上去很和善，心眼儿好。可日子过得很艰难，就想进山放参。他鼓秋①他的外甥张晓山一块儿进山了。

他们进了辽东的草帽顶子山，走了很多日子，连个人参的影子都没见着，把于宝新急坏了。这天，两个人实在走不动了，就坐在一个悬崖上歇脚。于宝新说："外甥啊，你的名字叫'晓山'，晓山是懂得山的意思啊，可你跟我一样，根本不晓得山啊！"

张晓山也不搭话，心里想：我这名是爹爹给起的，我们家那边也没有山，上哪去晓得山啊！再说了，这放山挖参，也是舅舅你鼓秋我来的，找不到参，埋怨我的名字干什么！名字叫晓山，就晓得山了？张晓山正闷闷不乐地低着头，冷丁见悬崖下有个二层砬子，二层砬子是个大台子，台子上开着通红的参花子。他急忙喊舅舅于宝新看，于宝新一看高兴极了。可人参长在悬崖的中间台地上，上边一层，下边一层，都是峭壁悬崖，根本没有可走的路，也没有可攀爬的树藤，四下没有上的路，也没有下的道，这怎么才能挖到人参呢！这可把于宝新急坏了，急得他直搓手直跺脚，也没有个好办法。

这时，张晓山想出了个道道，他说："舅舅，有办法了，用绳子把我竖②下去，挖完再把我拉上来，不就妥了吗？"

于宝新一听，心里禁不住地高兴，连忙说好，就帮张晓山绑绳子。张晓山缠腰跨裆地把绳子绑好后，就叫于宝新把他竖了下去。

张晓山到了台地上一看，哈！这人参一大片，都生长了有几百年了。他就动手挖了起来，一挖挖了一百多棵，包了一大

---

① 鼓秋：辽东方言，说劝、蠕动。
② 竖：辽东方言，往下送。

包子。人和参不能一块儿上去啊，张晓山只好把绳子解下来，让舅舅先把人参捆子拉上去，再顺下绳子拉他。

于宝新拉上人参，又赶忙去拉张晓山。他看这么多的大山参，哪一棵都能卖几十两银子，他心想：这回我可发大财了！

张晓山把绳子绑在身上后，就让于宝新往上拉，他喊："舅舅，我拴好绳子了，你往上拉吧！"

于宝新一边往上拉，一边心里起了邪念：这么些大人参若都是我一个人的该有多好啊！眼看几丈高的悬崖，就要把张晓山拉上来了，于宝新却松了手，张晓山骨碌碌地掉了下去。于宝新高兴地想：你张晓山摔死了，这些大人参是我一个人的了！就背起人参下山往回走了。回到了家，于宝新告诉姐姐，外甥在关东得病死了。

于宝新卖了人参，发了大财，还结交上了一些有钱有势的人。为了巴结权贵，他还把外甥张晓山年纪轻轻的小媳妇卖给了一个六十多岁的富贵财主。张家说什么也不愿意，可日子穷，活着的人总得活下去啊！再说了，总不能让年轻的小媳妇守寡啊！实在没办法，只好答应下来，但必须过了张晓山的百日后才能来接人。那财主一想也行，百日后是春天了，天气暖和，办喜事正好。

再说张晓山，被他舅舅于宝新松了绳子摔下悬崖后，正好掉在刚挖完人参的松土上，没有摔死。他渐渐苏醒过来，左看右看，上看下看，上也上不去，下也下不来，只好在台地上四下转悠。转来转去，发现了一个大洞，正在头一层悬崖的根下。他进去一看，洞里有水，又很暖和，就在洞里过夜吧。白天捡从上面掉下来的野果子吃，再不就挖棵人参，一次吃它一点点儿，还真就没饿着。他很奇怪，这山洞里，怎么还生一棵青草呢！

天渐渐地冷了。这天，他正望着台地发愁，怎么才能上去或者下去呢？正望着的时候，忽听沙啦啦地响，扭头一看，只见一条巨大的蟒蛇爬了过来，足有三盆粗细，把张晓山吓坏了。那大蛇没有伤害他，只看了他一眼，就爬进了石洞。这张晓山一看，想了想才弄明白，这石洞是这大蟒蛇冬天的窝啊！他不敢进石洞了，可找来找去，没有藏身保暖的地方，天越来越冷，冬天冰天雪地，在洞外也得冻死，还不如进洞去，死活全凭老天了。又一寻思，大概没有事，那大蟒蛇爬来经过他身边的时候，还看了他一眼呢，兴许就没有恶意。就这样，他也跟着钻进了石洞。洞外是严冬，洞内却温暖如春，有青草，有泉水。那蟒蛇见张晓山进了洞，并没有伤害他，看了看他，就又闭目养神了，饿了，就抬起头，伸出舌头舔一棵样子很怪的草。张晓山本来就饿了，就跟着那大蟒蛇学，也舔那青青的草，就不饿了。这一下，他高兴坏了，在这石洞里，既冻不死，也饿不死了。

就这样，张晓山在这山洞里度过了冬天。第二年春天，天头暖和了，张晓山想，和这大蟒蛇在一个山洞里度过了一个冬天，看来这蟒蛇很慈善，相处得很好。蟒蛇要出洞了，肯定能爬出大山，我何不求它救我一命，把我带下这悬崖呢！

想到这，张晓山趴在蟒蛇头前叩了三个头，哀求蟒蛇说："我家里有父母妻子，是有家有业的人，被舅舅给扔在这里出不去，咱们俩相处三个多月了，也有了交情，今天我求你了，能不能救我一命？你若能救我，就请点点头。"那蟒蛇点了点头。张晓山趴在大蟒蛇身上，闭上眼睛，只听耳边呼呼的风声，野草树木分向两边，过了一会儿，好像腾空了一样，飞了起来。不一会儿，风不响了。张晓山睁开眼睛一看，下了悬崖了，到了山下了。

张晓山向大蟒蛇叩头道谢，就朝家走去。到了家，见了父母妻子，别提多高兴了，特别是他媳妇，见丈夫回来了，自己不用被人娶去改嫁了，更是乐得合不上嘴。

张晓山的舅舅于宝新，正忙着让那财主来娶走他的外甥媳妇，自己还能赚到一大笔钱。这天突然听说外甥张晓山没有死，活着回来了，觉得很纳闷儿，肯定是有什么神仙救了他。于宝新为了发财，就没命地跑回辽东，到那悬崖上一看，见二层砬子的台地上是一大片的人参，乐得他悬起了身子，一下子摔了下去，摔了个五脏俱裂，死了。

那个老财主一看约定百日的日子到了，就吹吹打打抬着花轿去娶亲，娶那张晓山年轻美貌的小媳妇。到了地方后，听说张晓山活着回来了，夫妻团聚了，心里凉了半截子。又听说那个于宝新死在了关东山上，一寻思，他的老婆四十多岁，比自己小二十来岁，也挺可心的，就把她接去当老婆了。

张晓山和媳妇和和美美地过上了幸福的好日子。

故事讲完了。素雪说："那个于宝新是罪有应得！"

杨珍骑在马上，走在轿车的前边，听完了三格子讲的故事，高兴地说："我给你们讲个笑话吧，让大家轻松轻松。"

素雪高兴地说："好哇，你的笑话能让我们开心地笑，就证明你也是有口才的啊！"

杨珍笑着说："你们笑破了肚皮，别找我就行。"

他讲的笑话是"三个姑爷对诗"。

笑话说：

张员外有三个女儿，大女儿嫁了个举人，二女儿嫁了个秀才，小女儿找了个庄稼汉。

张员外过生日这天，三个姑爷都来拜寿。酒席宴上，张员外高兴地说："我出个题目，你们对诗助兴如何？"

三个姑爷齐声说好。

张员外说："我就以天上飞的、地上走的、桌上放的、旁边站的为题，看谁做得好。"

大姑爷说："我先来！天上飞的是鸳鸯，地上走的是绵羊，桌上放的是四书，旁边站的是姑娘。"

张员外连声说："做得好，做得好，喝酒吃菜，喝酒吃菜。"

二姑爷说："天上飞的是凤凰，地上走的是黄狼，桌上放的是文章，旁边站的是梅香。"

张员外又连声说："做得好，做得好，喝酒吃菜，喝酒吃菜。"

轮到三姑爷了，大伙儿都认为他做不出来。

三姑爷清了清嗓子，说："天上飞的是鸟枪，打掉鸳鸯和凤凰，地上走的是猛虎，吃掉绵羊和黄狼，桌上放的是火镰，烧掉四书和文章，地上站的是公子，娶走姑娘和梅香。"

张员外又连声说："做得好，做得好，做得比你两个姐夫的还好，喝酒吃菜，喝酒吃菜。"

两个姐夫臊得脸红到脖子根。

红珠掀开轿帘子，伸出头说："这笑话不好，不好。"

杨珍问："你说说，怎么个不好法。"

红珠说："这是贬斥读书人，褒奖庄稼人，你说，若没有读书人，咱们跟谁学字去？没有读书人，别说朝廷办不了事，就是住家过日子，写个信儿什么的咱们不说，就连过年的对子都没人写了！"

三皇姑插话说："红珠说得对，天下不能没有读书人，更不能讽刺挖苦读书人。咱们的太祖高皇帝还命额尔德尼和噶盖创制了老满文呢，没有读书人，这个社会就不能进步啊！"

多媚姑娘说："杨珍哥，你再给说个有意思的吧！"

杨珍想了想，说："好，我说个'王老抠'的笑话吧！"

"王老抠"的笑话说：

从前，有户人家姓王，家大业大，日子兴旺。王老头家苍蝇叼不去一粒米，人们都叫他"王老抠"，远近百八十里都知道这个"王老抠"。

"王老抠"年岁大了的时候，得了重病，越来越重，他觉得不会活几天了。可是，他最怕在他死的时候，儿孙们不会过日子，把家业败坏了。他思来想去，想先问问他死后，三个儿子怎样处置他，谁最令他满意，就把这个家交给谁来管。打定好主意，他打发人将大儿子叫到炕沿边。

"王老抠"问："大儿啊，我死了，你打算怎么办？"

大儿子说："爹啊，你放心，你死了，我一定好好操办，杀大肥猪，雇吹鼓手，大操大办大侍候。咱们家过得这么好，可不能让人家笑话呀！"

"王老抠"一听就气得不行，连看也不看大儿子一眼，连连摆手说："滚，你纯粹是个浑蛋，是个败家子！"

"王老抠"又打发人把二儿子叫到炕前。

二儿子知道他爹"抠"得厉害，他不想怎么花钱，办得越简单越好，这样，他爹才能满意。

"王老抠"问："我死后，你打算怎么办？"

二儿子说："爹，你死了，我谁也不告诉，等天黑了，就悄悄地拉出去，远点儿走，深点儿埋，连狗也扒不出来。"

"王老抠"一听，就气得不行，连看也不看二儿子一眼，连连摆手说："滚蛋，滚蛋，你不会过日子！"

"王老抠"又打发人叫来了三儿子。

三儿子最知道他爹那个"抠"劲儿，他早打算好了。

三儿子来到他爹的炕前。

"王老抠"问："我死了，你打算怎么办？"

三儿子说："爹，你死后，我剥了你的皮，卖了你的肉，把下水往太子河里一扔，还能喂鱼虾，咱们就能挣一笔钱啊！"

"王老抠"一听，连忙把掌管家的钥匙交给了三儿子。"王老抠"听了三儿子的话非常满意，心里痛快极了，一想起三儿子的处理办法，乐得他哈哈大笑。可这一乐不要紧，把"王老抠"乐死了。

几个小丫头听了，乐得捂嘴的捂嘴，捂肚子的捂肚子。

三皇姑一行人就是这样说说笑笑，一路上坎坎坷坷地到了盛京。

第六章　故乡情深

三皇姑一行人马进了盛京，就直奔盛京将军衙门而来。守门的清兵将他们挡在大门以外，不准进入。三格子上前对守门的兵说："快进去通禀，让将军快出来迎接！"

那四个守门的清兵看了看三格子，又瞅了瞅那轿车子和几对男女，觉得不是一般大家豪门，可又拿不准是些什么人，什么来头。听三格子的话，好像来头不小，口气挺大。就说："你们是什么人，胆敢叫将军出来迎接！你人不大，口气可不小！将军是你叫就轻易出来的吗？还叫将军来迎接，没叫你爬进去见将军就已经很宽容了。一边等着去，什么时候高兴了，什么时候进去通禀。"

三格子严肃地说："快去通禀，要将军跪迎三皇姑！"

那守门的清兵一听乐了，说："三皇姑？你倒不如说是皇上来了多好！

三格子一听，气得要动手，又一想，不能，还是说好话吧，就又说："几位小哥，请进去通禀一声，就说三皇姑从京城来了，请将军来迎接。"

那守门的兵说："别再逗乐了，哪来的三皇姑？你还是离这儿远点儿吧，别惹事了，小心你的脑袋！"

三格子一看，不拿出点儿真东西，他们是不认得我这个人啊！他从里边衣服里掏出一块牌子，亮起来给守门兵们看，守门兵一看，是皇宫中一等侍卫的腰牌，这下子可不敢怠慢了，立即有个兵嗵嗵嗵地跑进衙门里。不大会儿工夫，就出来一帮子人，那为首的正是一位威风凛凛的将军。

将军出来一看三格子，见了三格子手中的腰牌，知是皇上身边的人，就快步走向轿子。这时，三皇姑也掀帘下了轿，将军一看，认了出来，忙跪地叩头，说："盛京将军英隆，叩迎三皇姑千岁！"

将军身后齐刷刷跪了一片大小官员，齐呼："恭迎三皇姑千岁驾到！"

将军跪地说："不知三皇姑驾到，有失远迎，还祈请皇姑千岁恕罪。"

三皇姑和颜悦色地说："大家快快请起！快快请起！我们匆匆而来，未事先通知，你们何罪之有？快都起来吧！"

将军站起身来，说："请皇姑千岁进府中歇息。"

将军府中的几十名武官、盛京五部和奉天府尹等数十名大小官员，将三皇姑等一行人前呼后拥地迎进了将军衙门，来到了客厅。三皇姑等人坐下后，将军等大小官员才依次坐下。三皇姑取出皇帝的密函，将军阅后，说："请三皇姑千岁后堂歇息，皇上圣旨，容奴才一一安排，请皇姑千岁放心。"

当晚，将军让福晋①陪皇姑千岁唠了些嗑，就早早歇息了。

几天后，在将军府，将军给三皇姑和三格子筹办了婚礼，盛京和下属各府厅县的官员都来送了贺礼。婚事虽然没有多大张扬，却也办得红红火火，轰轰烈烈，热热闹闹。三皇姑十分满意，十分高兴，她终于和心爱的三格子结婚了，她的皇弟也真的兑现了承诺，让一对有情人终成眷属。

将军遵照咸丰皇帝的圣旨，还要安排三皇姑的生活。这个事颇使他伤脑筋，想来想去，没有想出什么道道，如何安排他们。

一天，正在将军犯合计的时候，副将给出了个主意，说："将军莫为难，我看，何不让三公主去四平街挖煤去呢！这样，既不用将军供养他们，也应了皇上的差，让他们自己养活自己，岂不更好。"

将军说："这倒是个好办法、好主意。可那地方距离祖陵不过百里之余，采挖煤炭，破坏了皇家祖坟地气，这可是要掉脑袋的呀！"

副将说："我想不会的，将军你想啊，三公主是先皇的女儿，她回故乡是皇上的旨意，她开采煤炭，自己都不怕挖漏了祖坟地气，她要干，咱们有什么办法！再说了，三公主开采煤炭，咱们不用给她办执照，朝廷追究下来，咱们也好说话。"

"那开矿的经费咱们衙门给出了，"将军担心地说，"这不也是支持三公主了吗！"

副将说："将军，这事好办啊！咱们不用从将军府的库银中出这银子啊，将军你可让属下大小官员自己签名，为三公主捐募，这样，既可了

① 福晋：满语，夫人。

结了咱们的干系，到时候好说话，可以推卸责任，还支持了三公主，几下都有利啊！"

将军展开地图，看了看，说："这三公主在四平街先开了头，恐怕接着干的就会呼呼地跟上来，那咱们就可增加税收了！"

两个人就这样谈定了，将军很轻松，回后室歇息时，显得很兴奋。将军的福晋看将军是几天来没有的开心，一问才知道是让三公主去四平街开采煤炭以自食其力，心中掠过一层阴影，对三公主的遭遇很同情，堂堂一个公主，先皇的血脉，竟落得个如此下场！一个多月来，她已经和三公主处得情深谊厚，甚至心中已把三公主当作了自己的妹妹。第二天闲聊时，福晋就把将军要三公主去四平街开采煤炭的事跟三公主说了。三公主想了想，觉得这也是个好事。

一天，三公主对将军说："谢谢将军对我的招待，明天我想回兴京了，也好早点儿干点什么哪！"

将军说："皇姑千岁，奴才有什么招待不周的地方，请恕罪。"

三皇姑说："不必客气！一切都很好，只是让你操劳费心了。"

将军说："奴才应该的，本应尽力。"

三皇姑又说："将军，请你帮我看看，我做点什么活儿好，我总不能这么吃闲饭啊！"

将军说："兴京南边的四平街盛产煤炭，皇姑千岁，您看，去开矿怎么样？"

三皇姑假装想了想，说："好！那你就帮我张罗一下吧！"三皇姑立即表示同意，"开矿所有的银两你先给我垫上，我挣了钱再还你。"

将军马上说："这钱就算奴才孝敬您的。"

三皇姑说："那好吧，我三天后起程，你抓紧办吧！"

将军连忙召集了属下的大小武官人人签名捐款，又令盛京五部及奉天府尹等各官员捐赞，又派将军府的武官在盛京城的大小买卖店铺收银赞助，凑集了几万两银子，并警告说，不许往外透露风声，小心自己的脑袋搬家。

回到寝室，三皇姑反复思考了一下，觉得回故乡兴京是对的，可到边外的四平街去开采煤炭，距离祖陵也就一百多里地，这对于祖陵的安全保护可是个严重问题，冲跑了地气，这若叫那个奸诈狠毒的懿贵妃知道了，可是置我于死地的最好借口。可不去开采煤炭，我干什么呢？地气，地气，什么地气！有地气的话，早叫先祖神灵给压住了，还跑什么跑！再说，如果地气能跑到百里外的四平街，那封禁时也不能仅仅差那么几里地就不封不禁了！四平街既然是封禁的柳条边外，那就说明，地气跑不到这里。管它呢，什么地气不地气的，若是有地气的话，那祖先掘地葬坟的时候，地气也早就跑出来了。不管它，哪有什么地气。想到这里，三皇姑主意已定，也就心安理得了。

皇姑开矿所需的银两凑足了之后，别的也就顺顺利利的了。

三皇姑决定，三天后即起程回兴京。送别的情形就不用说了，盛京将军率领辖下的各衙门大小官员、军民人等，一直送到盛京城东门，才各回本衙。

七八天后，三皇姑一行人回到了夏园行宫。那芦花皇妃早就得到了盛京将军派人快马送来的信儿，说女儿已经到了盛京，并在盛京将军府里与三格子完了婚。她特别高兴，高兴得几宿睡不着觉。她多么盼望能早日看到自己的女儿啊。打女儿被接回京城皇宫的那年算起，已经二十多年没见到女儿了，她怎么能不焦急呢？她多么想一步跨到盛京，去见自己的女儿啊！在夏园行宫里，犹如一座监狱，没有皇上的话，她是不能出行宫的，干着急也没有办法，只好天天盼，盼得两眼欲穿。这回真的看见女儿回来了，就别提多高兴了，又见女儿真的和张家的三格子成婚了，真是乐得嘴都合不上了。

奕老疙瘩听说三公主回来了，兴奋得跨上马就去了夏园，那永陵的官员也齐呼啦地来拜见。夏园行宫里还真是热闹了几天。

三皇姑跟讷讷亲亲热热、快快乐乐地过了几天后，又去永陵街拜见了奕老疙瘩。奕老疙瘩的副都统衙门坐落在永陵街正中的路北，一色的青砖瓦房，三进院落。在客厅里，奕老疙瘩接见了三姐姐，说："三姐姐，你回来我可真是太高兴了，在家乡，咱们可以自由自在，用不着跟他们惹气。你回来了，我们是个伴儿，该有多好啊！"

三皇姑说："见了你，我也是打心眼儿里高兴。"

奕老疙瘩说："听说三姐要去四平街那个地方开矿去，好！自食其力，丰衣足食。我可以常去看你，你也可以得便儿回来看看。哈！这个地方是咱们的天下了。"

三皇姑说起了出山海关的时候，懿贵妃派了两个杀手追杀她、被活捉了的事。奕老疙瘩气得咬牙切齿，狠狠地说："头一次失败了，那懿贵妃绝不会罢手，指定还会再派人来的，三姐你一定不能放松警惕，要时时注意陌生人。"又对三格子等人说："你们一定要保护好三公主的安全，有一点儿闪失，可小心你们项上的人头！"

三格子等人说："请王爷千岁放心，我们保证，用我们的人头保证。"

三皇姑说："他们很尽心尽力，若不是他们，在山海关外，我早就没命了。"

"不管怎么说，"奕老疙瘩说，"都要十分小心。这个兰儿，怎么不打个炸雷击死她！"

三皇姑说："我们在这远山僻壤地界，不惹事，她还能把我们怎么样呢！"

"哼，那兰姐儿可不这么想。"奕老疙瘩接着说，"你可要知道，你身上有重任呢！"

三皇姑说："兄弟，我回来的时候，是拿皇上的密函见的盛京将军。那英隆虽然对我礼遇有加，可我看他还是心存芥蒂，我估摸着，他们也是受了兰儿的什么旨意了。"

"不用担心，过几天我去收拾收拾他，看他老实不老实。"奕老疙瘩说，"三姐，你在家多待几天，我派人先去四平街筹备开矿的事，等差不多了，你再去。"

三皇姑说："不了，我着急啊，哪能待得住？好在四平街也就三四天的路程吧，什么时候想回来，随时就回来了。"

"也好，"奕老疙瘩说，"我再给你凑点儿钱吧，开矿办大事，用钱的地方多着呢！"

三皇姑说："谢谢兄弟了，先不用了，等我带的钱不足了，再找你吧！"

"也好！"奕老疙瘩是真心要帮助这个姐姐的，"我先派人到四平街安排一下。"

几天后，三皇姑一行人出发了，南行，奔四平街而来。到了一个叫关门碴子的地方，三皇姑看这里是一条南北的山沟，东西两坡林荫浓密，谷间小溪清澈淌流，山花野草秀色诱人，就说："在这儿歇歇吧！"

人们下马一看，东山坡上有一面碴子，像刀削斧砍的一样，由坡上直直伸向坡下，长数十丈，高也有两三丈，宽有一丈，雄伟而立，俨然一堵城墙。而西山坡上相对而立的巨大山岩，虽然有些堆叠之感，却也令人刮目，两岩相对，犹如两扇门，俗曰"关门碴子"，恰合实际。这里山上沟下草木茂密，林森荫荫，不知名的小雀啾啾叫，无名的昆虫吱吱鸣。那山花野草，更是清香扑鼻。姑娘们下了轿车，采花折草，快快乐乐，玩耍嬉戏。

三皇姑下车，来到小溪边，捧起清凉的溪水，洗了把脸，喝了口水，真是清清爽爽，沁人心脾。素雪采了一把山花，捧到三皇姑面前，三皇姑闻闻这朵、闻闻那朵，说："真是清香无比啊！"朵朵花儿，鲜艳夺目。

忽然，从高草矮树丛中蹿出一只灰色的兔子，红红的眼睛，闪着亮光，把红珠吓了一跳，一下子蹦到了溪边。三格子用手比画一下，口中"吁"了一声，叫大家别动，急忙拉弓搭箭，"嗖"地一箭，兔子没跑多远，便被射中。"噢！噢！射中了，射中了！"姑娘们拍着手叫着跳着，三皇姑也开心地笑了。几个姑娘更加快活起来，杨珍跑去把兔子捡了回来，说："今晚到了四平街，让三皇姑尝尝鲜。"

小溪边，多媚姑娘撩了一下水，溅在了蕊寒的脸上，蕊寒没防备，一下子跳了起来，不小心把脚脖子崴了，"唉哟！"一下坐在了草地上。佟清见了，急忙跑过去给揉。多媚一看，说："还没成婚呢，就这么护上了！"蕊寒不依不饶地说："你还说我？是谁吃个虮子，都忘不了给心上人留个大腿儿！"

多媚扑上去，就胳肢①蕊寒，说："你这小蹄子，还是没崴疼。"两个姑娘逗着趣儿，大家都十分开心。

三皇姑站起身问："蕊寒，崴疼了没有？再揉揉。"

蕊寒站起来说："没崴着，我是逗着玩呢！"

三格子看三皇姑手掐一把花，就抽出刀，砍了一个小榆树枝，剥下一块树皮，把花扎成了一扎，塞到三皇姑手中。

三皇姑上了车，大家也都跨马上车，过了道小岭，直奔四平街而去。

日头偏西的时候，他们到了离四平街二里多地的滴台，见有一簇人和几个清兵，在一个年轻军官的率领下，跪迎三皇姑。这滴台并不很大，从东面看，像个奔儿楼头②，南面是很陡的高山，山顶有个高高的碴子。滴台下是一条小溪，滴台相对的小河东，远处有几户农家。溪水右岸田地里一眼泉，泉水南来，注入小溪。泉眼北是东西横亘的丘山。

---

① 胳肢：辽东方言，在别人腋下抓挠，使人发痒。

② 奔儿楼头：辽东方言，额头。

三皇姑掀开轿帘，看了看，说："都请起来吧！"

等轿车子过去了，这些人才起身跟在后边。那军官打马走在前边，很快就进了四平街村。

四平街村是个较大的村子，四周围群山拱护，地势宽阔平坦，一条大河自东南沟里流来，横过村南，在村西南折弯，直向北流去。村南约六里是一道东西走向的高山，山峰在东侧，名为草帽顶子山。村北约八里也是一道横卧的大山，名叫北大山。村左右各有相对的几道山，但都较低矮，自然形成了几道沟。

村东之山向北伸出一道低矮的黄土岗，从村东向西北伸展，在村中心又回旋一下，形成一个环抱之势。正是在回旋的山窝之南，有一张姓宅院，三皇姑就暂住在这张家。

听说皇姑从京城来的，就住在老张家了，村里的男男女女、老老少少都涌了来，都争着抢着要一睹皇姑的尊容，把个张家围个水泄不通。那青年军官指挥着几个清兵驱赶人群，给轿车子留出个道来。只听人群中喊咕喳咕地说："看，那四个姑娘个个长得赛似天仙神女，那皇姑奶奶就不用说了，会有多俊。"

张家坐落在四平街村正中心偏东，前边临街一溜是十间正房，东第五间是门洞房。进院后是一个长方形的大院子，院北正房五间，西头有一间偏厦子。院西南是木头垛的大苞米仓子，苞米仓子北头是木头垛的五格仓子，仓子北是牲口棚子，院西、北是一道高障子，西障子外是一条由南向北而去的小道。道西有一眼水井。张家正房东头是茅房，再东是木头垛的双格猪圈，猪圈上层是谷草棚子，再东是高障子，障子东边是另一农家。张家南面是一条东西横亘的宽阔村路。

张家宅院清洁，屋室干净，三皇姑夫妇二人住在正房东头里屋南炕，四个姑娘住在里屋北炕，杨珍等四人住外屋南炕，外屋北是个锅台，南炕与里屋南炕是连二炕。正房西三间住着张氏桂森的长子张元昌，次子张满昌把屋子倒出来给皇姑一行人住，他们就挤在了西头的偏厦子里。门洞子房东头租给刘姓人开豆腐坊，门洞子西四间租给另一张姓人开着一个铺子，也是村中唯一一家商铺。

张家是四平街里的大户，听说皇姑要来自家住些时日，张家上上下下真是忙活了好几天。

今天，张家特意杀了一口猪和一只羊，晚上让皇姑喝新鲜羊汤。晚饭时，三皇姑请张氏老人张桂森同桌吃饭，老人诚惶诚恐，同皇姑一起吃饭，感到莫大荣幸。

席间，三皇姑问："张老，您……"张桂森立即跪在炕上，说："请皇姑就叫小老儿桂森好了。"

三皇姑说："张老，您坐下说话。"张桂森坐好后，皇姑说："您的老家是哪里？怎么到了这里？"

张桂森说："小老儿祖籍山东小云南，后迁直隶省永平府临渝县石门寨山海关东部落。后来因河北省人密地少，无法生活，是我的爹爹挑担来的关外，今天算来，已经来了五十来年了。"

"那为什么落脚在四平街呢？"三皇姑问。

张桂森说："那时候听说四平街是边外之地，尚未开发，就来这儿住了下来。"

三皇姑听了说："噢，那你们这汉军旗可能是吴三桂的部下了。唉，吴三桂这人一世聪明，一事糊涂，反叛兵败，落得个身败名裂的悲惨下场，实在可惜啊！人哪，是要奋斗，要有目标，要有信念，才有奔头。可这目标不能总盯在享受上，人一旦有了物欲，就永不满足，就必然走上邪路。我要是想享受荣华富贵，不用争，也能过上富裕的日子。可我想，人生一世，只此一回，总要做点好事，为民为百姓做点好事，才不枉人生一回。"

"还是皇姑奶奶啊，还想到为老百姓办事，真是百姓之福啊！"张桂森感叹地说。

三皇姑说："张老！"张桂森连忙又说："皇姑奶奶就叫小老儿桂森吧！""不！"三皇姑说，"您是长辈，我应该称您张老。"又说，"您明天能不能陪我走走，我先熟悉一下这四平街。"

张桂森说："小老儿听候三皇姑奶奶吩咐。"

第二天早饭后，副都统派来的青年军官领来了两个人，来见三皇姑。一个是奕老疙瘩给派来的账房先生，给三皇姑矿管账，这人叫唐阿里，四十多岁，为人精明和善。另一个叫陈作为，是既懂开煤矿的技术，又会管理的三十多岁的高个子男子。

张家人都在忙着侍候三皇姑一行人，宰羊杀鸡，忙上忙下。街邻四舍的人都围在门洞子，要观看三皇姑，被几个清兵挡在门外。

三皇姑正在东屋外间的南炕上，跟唐阿里和陈作为谈着开矿的事。二人要跪拜三皇姑，三皇姑说："免了，以后在这四平街地面上，我跟大家都一样，谁也不要跪拜，天天见面，天天跪，多麻烦，用不着，你们都记住了，再谁来见我也不用跪，一律免了！"唐阿里和陈作为坐在地下的木凳子上。唐阿里说："三皇姑奶奶，盛京将军把山东、河北的死刑犯和长期罪犯都赦免他们不死，带到四平街给三皇姑奶奶开矿当工人，现在，这些人已经到了，他们正开口子、盖工棚子、盖房子。三皇姑的住房也正盖着，约摸着再有二十天一个月的就可住进去了。"

"好！干得不错。"三皇姑说，"看来你是个快乐的人啊！房子盖好后，你的家也搬过来吧！"

唐阿里说："是！"

"陈作为，你的活儿干得怎么样了？"三皇姑问。

陈作为立即回答说："井口已经进深十一尺了，现在正两班倒着干呢！"

"好，井下干活儿，四块石头夹着一块肉，一定要注意安全。"三皇姑说，"陈把头，你要注意两点：一是要抓每天进尺，一是要注意安全，千万不能碰着人。明白吗？"

陈作为说："明白！"

三皇姑说："要先盖工棚、工人住房，我住的房子可以放缓，工人干活儿都很劳累，要有休息的地方。在山东，他们是罪犯，在这里，他们是工人，不能看不起他们，我们还指着他们挖煤呢！另外，要把他们的饭食弄好，要保证他们吃饱，还要吃好，要定期给他们杀口猪，给点儿酒喝。但绝不许酗酒闹事，下井干活儿的更不许喝酒，有闹事的一定严厉惩罚。干得好的可以多给工钱。我的话你们明白吗？"

"明白！"二人同时答道。

"那还有什么事？以后每两天来说说情况，有什么重要事随时来告诉我。"三皇姑说，"同我一起吃早饭吧，吃了饭再回工地。"

二人说："我们得赶回去，工地上离不了人啊！"

三皇姑叫过三格子，说："把马给他们骑去，来回走还能快当点儿。"

二人打马走了。

这边张家正放桌子让三皇姑吃饭，三皇姑冷丁想起一件事，叫杨珍快骑马追，叫唐阿里回来一下，有话问。唐阿里转回来了，三皇姑说："有件事忘说了，又让你跑回来。那些干活儿人的工钱是怎么处置的？你说说，我听听。"

唐阿里说，现在还没给，先干活儿记账，想等三皇姑示下后再给工钱。三皇姑想了想，说："那样吧，头一个月，半个月一给工钱，以后干一个月给一次工钱。你再从当地人中找一户人家，能在工地附近开个小店铺，卖个吃食用品什么的，干活儿的人开了钱得有地方花啊！到给开钱的头一天你把账算计好，报给我，我再打发人同你一块儿给开钱。好了，你忙，先回去吧！"

三皇姑吃完早饭，说先去矿井工地看看，耿乐去套上了轿车，其余人都徒步走。到了煤矿工地，唐阿里和陈作为陪同先看了井口，又看了工棚房场，又到三道岭子上看了看，陈作为指着上边一棵拧劲子树说，那下边的房场就是要盖皇姑奶奶的住房。

三皇姑看完，对唐阿里说："你们想过没有，这么多人干活儿，出一身汗，造一身泥，得有个能洗澡的地方啊！山沟里有水，要把上沟掌子的泉水引下来，在这山坡岗上恐怕打不出井，就得把泉水引来。不知冬天能不能冻了。"

陈作为说："不能冻，可以用木槽子引水。"

"那就是你的事了。"三皇姑说，"有什么事随时告诉我。"说完，就回了四平街。

晚上，张家给三皇姑馇的小米粥，几小碟清清亮亮的小咸菜，三皇姑吃得非常满意，她跟张桂森说："以后就给我做这样的饭菜，不要整天什么猪肉、羊汤、鸡块啊，你们吃吧。我们一大帮子人在你家吃住，实在是叫我很不安，你们平时吃什么，就给我们吃什么，千万不要特意为我们做。张老，您要不这么做，那我们只好另找地方了。"

"好，好！听三皇姑奶奶吩咐。"张桂森诺诺应承。

三皇姑总觉着"三皇姑奶奶"这称呼，把她和百姓平民之间的距离给隔远了，就又严肃又温和地说："以后不管什么人，就叫我三皇姑吧！"

一切安排基本就绪，三皇姑的生活、安全也都没大问题了，三皇姑打发兴京副都统衙门的官兵回兴京了。

这天，三皇姑要到村周围各地方看看。张桂森老汉陪同做向导。他们先去了四平街北，走了大约三里地，见大地里有一条东西长约二里的大土棱子，上宽有两庹，下宽有四庹，高也有四尺，东从山坡上下来，西爬西山顶岗之上，又向南延岗爬去。这就是清初的柳条边墙。边下边即为边里，上边叫边外。土棱子西头路边上有一株古柳树，看样子有一三百年的树龄了，恐怕就是当年边上的柳树。

三皇姑坐在轿车上，指着边里的一个村子问："那个堡子叫什么名？"

张桂森坐在轿车的辕板子上说："那个堡子叫东升堡子，堡子东离山很远，日头出来就照到了，就起名叫了这个名字。"

"咱们去看看。"三皇姑说。素雪和杨珍两个陪伴三皇姑，早饭后，她就打发三格子几人去矿上了。

车子往北走了一段，下了个大坎，过了河，就进了堡子。天头也晌午了，张老人说："三皇姑，咱们找一家吃晌饭吧！"他们来到了也是姓张的人家。张老人说："这家老张家叫张殿邦，号介臣，在盛京皇宫里当副差，每年去当差一个月，守皇宫大门，这一个月吃住在皇宫，穿官家发的衣物鞋帽，不给薪水，给免全家地税。"

"在盛京皇宫当副差？"三皇姑问，"那他能见到我啊！"

轿车子进了张家的院子，张家的大街上院子里早挤满了人，想看看皇姑。

张家听了张桂森老人的，给三皇姑做了小米水饭，四碟小咸菜，三皇姑吃得高高兴兴。

张老人又向三皇姑介绍说，这东升堡子往下走车道拐个大弯儿，走山道能直走过去，有个三架窝棚，住着十来户人家，那里的狼屎泥①细发，有黏性，可以做缸盆，烧出来的缸盆肯定坚实耐用。三皇姑说："把会做缸盆的人找来，让他做，这也是手工业啊。"

吃完了晌饭，三皇姑就回了四平街。

两天后，三皇姑一行人又去沟里。这沟里坐落在四平街东南八里地，在草帽顶山北山根下，小屯子不大，只有十来户人家。轿车子拐过悬羊砬子就看见堡子了。据张老介绍，这沟里有个口头谣谚，说：

"金银财宝何其多，九缸十八锅，不在南坡在北坡。"

这沟里产煤、产铁、产铜、产硫化铁，有沙金、有石棉、有灰石，山上是密密实实的古树老林，有虎、有豹，还有熊瞎子，那野猪、狍子就更多了，冬天有时狍子就进了人家的院子。春天山上的野菜，秋天的野果，捋不完，摘不净，海了去了。

───────────

① 狼屎泥：辽东方言，一种灰白色的细泥。

三皇姑听张老一一介绍，充满了对山乡僻壤的热爱之情。三皇姑想，这么多的财宝资源，这么好的百姓人民，只要好好开导，人人都发旺，家家都富裕，那该有多好啊！

他们回四平街的时候，日头已经快下山了。在南门外，三皇姑对一棵巨大的古榆树发生了兴趣，说停车下来看看。

这棵古榆树也有几百年的树龄了，那粗大的树干内是空空的，原来是一棵窟窿榆树。树窟窿里可以坐四个人看小牌，还可以站下两个人卖呆儿。三皇姑很有感慨，古榆树这么高大茁壮，枝繁叶茂，那巨大的窟窿并没让它枯干而死，它倒是顽强地活下去，坚实地挺拔着，可见，它的生命力是多么顽强，这若是没有窟窿，那，这棵树会繁茂成什么样子呢？这不正象征着一个地方，一代皇朝吗！我们的大清朝，要是能治理好，它会有多么强大啊！

几天来的活动，也真疲乏劳累了。张家为了让皇姑吃得好些，真是变着法地做这做那，不是攥汤子、压饸饹①，就是包菜饺子、菜干粮。这天晚上，给三皇姑做的是俗称菜干粮的食品。他们用细苞米面与小米面兑半儿和在一起，用小白菜虾米②、肉梭子③，都剁碎碎的，放好调料，做好馅子，包菜干粮，蒸出来趁热吃，既清香又有滋味，吃得三皇姑等人甜嘴巴舌的，吃饱了还想吃。

压下三皇姑的事先不讲，现在咱们再说说奕老疙瘩。

这奕老疙瘩坐在兴京副都统衙门里，听那个年轻的军官汇报了在四平街安排三皇姑吃住等事宜后，一想，这三姐是身负重要使命的，在安全上不能有半点差池，得有地方官维持当地秩序，保证三姐的安全。于是，叫来书记笔帖式，叫他拟一份奏章，请朝廷批准在四平街设立"四平街九品巡检司公署"。

奏折到了盛京，盛京将军看了，又令书办再立一道奏折，把兴京的奏折附上，报到京城。皇上一看，马上就批准了。依照盛京将军的推荐，命杨文欣任四平街第一任九品巡检。按盛京将军之请，并在四平街筑关帝庙一座，以保护地方的安宁和人民百姓的吉祥。

---

① 饸饹：一种用饸饹床子挤压出条状的苞米面等面食品。

② 虾米：辽东方言，海米。

③ 肉梭子：用锅把肥肉的油靠出来，剩下的肉。

这一回，四平街这个地方可真热闹了：新上任的九品巡检暂时也住在了张桂森家，十多名清兵和书办笔帖式也住进了张家门洞子房西边，把小卖店铺搁到了尽西头两间。在四平街里，从东门外上坎进村，南折下坎，往西是一条直直的宽宽的村路，在这条街北偏西一大块地，有四亩地的样子，建立县佐衙门，紧贴衙门的东大墙东边建立"关帝庙"，对着"关帝庙"山门往南也是一条直直的宽宽的村路，使四平街内的主干道路成为"丁"字形。

在四平街建县佐衙门，设九品巡检司公署，还是经过了一项检验的。盛京的官员们从桓仁县城往四平街这面挨着大村称土，挖一个一尺见方的土坑称一称土，看哪个地方的土分量重，沉，然后再回填，看能不能全回填进去，回填时还剩下一些土没回填进去，说明土实。结果，一路称来，四平街的土最沉、最实，建衙门最能镇住（土沉），最能坐稳（土实）。于是，就决定在四平街设九品巡检司公署衙门。

县佐衙门建成南北长方形的大院套，院墙高有八尺，木制大门，与大门相对道南有一个大影壁。进了大门右边，就是衙门的院东南，建有一个八尺狐仙堂，院正中东西一道矮墙，正中开门。穿过这道矮墙，进入内院，有正房五间，东西厢房各五间，正房是县佐大堂，东头住县佐家眷。东厢住清兵衙役，西厢为库房、伙房。大院四角筑有二层炮楼，是站岗放哨之所。巡检衙门辖下有十六保四十八村。后来四平街设桓仁县第六区。辖长康保（今大四平、小四平、西河掌三村）、健康保（今大东沟、小东沟、东瓜岭三村）、体乐保（今东大阳村）、胥乐保（今羊胡沟村）、昌乐保（今红土甸子三村）。四平街的村公所筑在县佐衙门东大墙路南，临街三间正房。衙门东大墙外就是关帝庙。南为大庙南大墙，正中开木板庙门，东南角为常开大门，进院正殿五间，主要供奉关圣帝君八尺高彩绘金身坐姿塑像，其下站立关平周昌塑像，东西山墙画满了《封神演义》《三国演义》《西游记》等内容图案，图案下高台上塑有九圣等较小塑像。院内东有厢房三间，是娘娘庙，西厢房五间，南为学堂，北为道士居室。院中有一棵古榆，长势茂盛，苍劲古朴。树上高悬一尊生铁大钟，高四尺多，钟口直径有二尺半。院西北角有一高六尺的焚帛亭。关帝庙是四平街方圆百里内最大的庙宇，香火长年不断，每年四月十八庙会，可以说是百八十里内最盛大的集会。

县佐衙门从抚顺城等地请来戏班子，在庙会上唱三天大戏。百八十里以外的人都赶马坐车来赶庙会，做买做卖的，打卦算命的，耍玩卖艺的，买货卖呆儿的，许愿烧香的，看病治病的，可以说是五行八作，三教九流，应有尽有了！

这大庙的声威可大了！

县佐衙门设立后，管辖长康保、健康保、体乐保、胥乐保、昌乐保（后三保俗称外三保）共十六保四十八村，被民众俗称为"小县佐"。

第七章 山岭风光

四平街这个大村子，当时有住家二百户左右，大多都是从关内迁来的汉人，主要有张、初、孙、崔、尹、于等几大姓。四平街东南有一条大沟，直通辽东大山草帽顶子山北山根下。因为草帽顶子山很高，晴天时都是白云在山尖上缭绕，像是一顶草帽子戴在高山尖上，人们就把这山叫作草帽顶子山。山北根下有个小屯子，住着十几户人家，有张、陈、王几大姓，坐落在这条大沟的沟里，人们就称这小屯子为沟里，而把四平街叫沟外。后来沟外的住户逐渐增多，地势又四平八稳，就把沟外名改成四平街了。沟里屯住户渐多，四平街也逐渐成为比较中心的大村大堡子了。后来，在划村立屯的时候，四平街村助理员雍尚义和村长张立义，在沟里屯拉绳划街基时，将沟里屯定名为小四平，而将四平街改名为大四平村。

四平街南约十里地是一座巨大的山，东从辽东高山草帽顶子渐次西展蔓延，犹如一道巨大的屏风横在四平街南，把四平街与其南坡的东营坊、羊胡沟、马鹿泡等地隔开来。一条小河从这道山北的武大郎岭沟北流，在四平街南汇入四平河。当时皇姑开矿，这三道岭子东西都没有人户，开矿后，才渐渐有人迁来，就在三道岭子西坡下筑屋建房住下来，人们就管从武大郎岭沟流下来的小河叫西河。后来，搬来人户多了，就在西河上脑的掌子立屯定居，人们就管这个小屯子叫西河掌了，这里主要有蒋、陈、代、张等几大户。这就是当时清代柳条边外的大四平村的自然沿革情况。

提起大四平的历史，许多老年人都带有一种津津乐道的荣誉感，好像在述说着本氏族的光荣家史。他们说，当时人们分为两种，就是"坐地户"和"占山户"。早来的户，先开发了平地大田，占有了好地，把当地已经开发起来，与后迁来的户相比，就成为"坐地户"了。后迁来的户，只好开发山地、坡地种田为生，就称为"占山户"。

　　三皇姑开矿的地方，在四平街南的三道岭子西坡，也就是西河掌屯东南的东山坡上。这三道岭子是从草帽顶子山北坡下往西数，为第三道岭而得名。

　　草帽顶子山，是辽东的高山，地下埋藏着极其丰富的矿产资源，不仅藏有品级极精的煤炭，还有含量较高的铁、沙金、硫化铁、铜、石棉和取之不尽的石灰石等。

　　三皇姑在四平街开采煤矿以后，相继又有刘、吕、王等数家也开了煤矿、铁矿，还有石灰矿等，使四平街工业、手工业、商业、运输业、教育等项企业如雨后的蘑菇，齐刷刷、一片片地冒了出来。工商事业的蓬勃发展，给四平街一带地方的经济带来了勃勃生机，使四平街迅速发展成为辽东的经济文化中心。先有了四平街的三皇姑煤矿，后来又有了刘、吕、于、李等十多家煤矿，从四平街一直开到了田师傅。国营煤矿田师傅煤矿，就是后来开采的。

　　我们扯得远了，听客们别着急。现在，我们再回过头来说三皇姑开矿的事。大家知道，清朝皇室的祖陵在永陵，他们把永陵看作是祖宗发祥圣地，不容许任何人破坏，所以，他们才在清朝初期设了柳条边，将永陵这个"兴龙重地"封禁起来，谁若违禁犯律，擅闯封禁之地，轻者治罪，重者砍头。当时人们都知道，永陵南百余里的四平街盛产煤炭，有人要投资开采，官家不让，怕破坏了永陵的地气龙脉。这回，三皇姑在这首先开采了，开了先例，接着也就有各地的人来开采了，其他的矿也相继开工。

　　我们还是先说说三皇姑的事吧。

　　三道岭子上，四平街一带地方，开天辟地头一回这么热闹，来了这么多的人，自古以来就是荒蛮之地，今天却像过节一样地繁华起来，特别是来了皇姑，更叫人仰望。

　　三皇姑的矿井就在石口子地方，人们进进出出，仅能容下三个人并排走的矿井井口，出来的人后背矿渣，进入的人背着空筐，络绎不绝。井口外，木匠打做排架，好进井里支棚子。这边编筐窝篓，那边铁匠打镐子，碾镐尖，没有闲人。井口的东南山坡上，更有数十人在平房场，盖房子，运木料、和泥、支房架、砌墙、勒房笆，一条龙的活儿干得有秩有序。而最为热闹的是在三道岭子上，更有着数十人在给皇姑盖住房。人们像蚂蚁搬家一样忙忙碌碌，干得热火朝天。

皇姑房后有一棵老拧劲了树，树上有几只喜鹊在"喳喳"地叫着，像是在报喜。

掌尺木匠国尚泉，三十六七岁的样子，精壮干练，木匠活儿是远近闻名。他先请风水先生算了太岁休息的日子，才叫人动家把什儿破土动工。房基是按山岭走向顺山势而定的。只见国木匠端着一个小泥碗，内装一点儿白酒，拿了三根香，到山神庙前上香，将酒碗放在庙前，祷告之后，回来才操起铁锹挖了第一锹土，就算作破土动工了。墙基平好后，先安柱角石，拉上房排，将房排安好固定住，开始砌墙。墙框砌好后，开始上梁。

门框上贴着红纸对联：

上联：紫微高照吉祥之地
下联：福禄禧盈发财人家
横批：堂构增辉

梁上正中拴着一块红布条，还拴有一串儿八枚铜大钱儿，贴着写有"太公在此"的一条红纸。

新房子的四大框已经建完，上梁仪式正式开始。新房内正中央地上摆好了一张供桌。一个空摇车挂在西间，摇车内放一个小馒头、一块糖、几枚铜钱、一只小鞭。供桌上摆放三摞小馒头，一摞五个；三盅白酒，放在馒头摞的前边；四双筷子，摆在酒盅对面。桌子头放一壶酒，桌右侧放一升五谷杂粮，内中有糖块、碎铧铁、十几枚铜钱；香炉碗中插三根香。桌左侧放一小筐小馒头，小馒头有核桃那么大。

梁柁正中贴一张一尺见方的红纸，红纸上用墨笔画有八卦阴阳鱼，红方纸的两角贴梁上，各用小钉钉上一个小馒头，小馒头顶点着红色的梅花点。红方纸八卦阴阳鱼正中钉好一双交叉的竹筷子，竹筷子交叉正中心拴挂一个小红布口袋，内装五谷杂粮、铜钱、碎铧铁，并同样拴挂一串儿用红线编锁的八枚铜钱。

辰时尾，巳时初，上梁仪式开始。

掌尺木匠国尚泉先点着了屋内供桌上的三根香，插在香炉碗里，香炉碗里装了多半下的五谷杂粮，高粱米多于其他杂粮。

新房内挤满了妇女和儿童，围在供桌、摇车旁，等待抢上供的小馒头等物。

仪式开始，国尚泉首先唱《上梁歌》：

昨日太公从此过，
他说今日好上梁。
吉日上梁增百福，
良辰立柱纳千祥。
横批倒有四个字：
吉时上梁。
此木（指梁）生在太行山，
请到我家做金梁。
大钱小钱圆溜溜，
南京来到北京游。
今天落在木匠手，
钉上八卦耐千秋。

国木匠边唱边做着登梯动作，唱：

脚踏云梯步步高，
新造高厅接云霄。
上梯一步高一步，
下梯步步后来高。
小姐要上绣花楼，
官人要上读书厅。
读得书来识得字，
三鼎格里中头名。

这时，国木匠又绕着供桌唱：

新梁新柱照新房，
八仙桌子摆中央。
十五个馒头上边放，
乌木筷子放四双。
香炉蜡台两边摆，
我请东家来上香。

又供墨斗又供尺，
又供鲁班老仙长。
鲁班留下墨斗和拐尺，
老君留下斧一张。
木匠我不是夸海口，
朝廷贵阁把名扬。
皇宫院内我去修，
修完东厢修西厢。
东厢就是阁老府，
西厢就做万年仓。
阁老府里生贵子，
万年仓里装余粮。

又做钉八卦红纸的动作，唱：

小斧头，圆又圆，
万岁爷的宝号在上边。
今天巧逢黄道日，
手拿斧头钉金钱。
一钉金来二钉银，
三钉朝纲不断臣，
四钉四平八稳，
五钉五子登科，
六钉六合同春，
七钉儿成双来女成对，
家中还有聚宝盆。
我把八卦钉下去，
富贵荣华万年春。

国木匠端起酒盅，边唱边把酒浇在梁上：

小酒壶，三寸高，
纯粮造秫把酒烧。

一敬天来二敬地，
今天用你把梁浇。
大梁好比檀香木，
二梁好比木檀香。
君子要问长何处，
众人要问长何方？
大梁生在卧龙地，
二梁生在卧龙岗。
东家有心把房盖，
成天每日来端详。
四大罗汉来放倒，
黑牛黄牛拉回乡。
掌尺的迎头先吊线，
徒弟砍的丹凤朝阳。
大锯拉得哗哗响，
推刨推得四面光。
宽量丈尺师傅掌，
昨天把它做成梁。

这时，一边做浇梁动作，一边唱：

浇梁头来浇梁头，
祖祖辈辈做王侯。
浇梁尾来浇梁尾，
祖祖辈辈坐王位。
浇梁腰来浇梁腰，
祖祖辈辈做阁老。
大梁本是一条龙，
四头搭的红绒绳。
四大金刚用力拽，
摇头摆尾往上行。
行到空中等一等，
众位亲友来挂红。

鞭炮齐响，
掌声齐鸣。
四大金刚把梁拽，
师傅把房才建成。

开始跑梁，将装满五谷杂粮的升子端起，唱：

五升斗，怀里抱，
手搬银梯步步高。
众人问我哪里去，
我到中央摘仙桃。
一到中央四下看，
画红裱绿好热闹。
怀抱升斗我不撒，
听我把面名表一表：
小小麦子两头尖，
二月就往外头钻。
三月铲来四月耥，
一到五月麦子黄。
张铁匠，
李铁匠，
打个镰刀月牙样。
大磨石磨，
小磨石挡。
单手割，
双手放。
捆个捆来匀净样。
伙计割，
伙计码，
不到三天朝家拉。
黄牛一对，
青牛一双，
"咧咧打打"拉上场。

连枷打，

木锨扬。

关公量斗，

李志扛场，

扛进李三娘的磨坊。

李三娘一看不怠慢，

套上张果老的神驴，

把磨拉响。

头箩拉的白霜雪，

二箩拉的雪白霜。

上方七仙女来蒸供，

馒头蒸得白如霜。

老的不可吃，

少的不可尝，

留给东家好上梁。

开始由右向左绕屋内四周墙根走，边走边撒升内的五谷，唱：

五升斗，

四方方，

五谷杂粮里边装。

五升斗，

圆又圆，

四面八方撒金钱。

一撒东方甲乙木，

四个童子抱金柱。

二撒北方壬癸水，

礤石底下压太岁。

三撒西方庚辛金，

金量斗来斗量银。

四撒南方丙丁火，

金银财宝数这多。

五撒中央留一把，

留给东家买骡马。

发福生财年年有，

富贵荣华头一家。

（白）东家大喜！

账房先生唐阿里赏给国木匠一个小红包，包里包着一块银子。

国木匠一边唱一边绕房撒五谷杂粮，年轻妇女和小孩子一边跟在后边争着抢着拣铜钱和铧铁，铜钱拴上红线绳给小孩子戴在脖子上，铧铁用红布缝成三角形，用红线拴在孩子脖子上，据说孩子好养活，少闹毛病。小孩子捡糖、馒头吃。

这时，一位老年妇女把挂着的空摇车悠三下。同时，出嫁的姑娘小媳妇跟在国木匠的身后，边跟着走边敲洗衣棒槌，另有妇女对出嫁的姑娘喊："好好敲，洗净衣服才好回门，要不，你三年别想回娘家！"

国尚泉将点燃的香炉碗送到房门外的西窗台上，直到香烧了后，再将香炉碗内的五谷杂粮扬撒屋内。

之后，妇女们立即用早已准备好的小红布块和针线，将碎铧铁缝成三角形，并用红线绳拴好，挂在自己孩子的脖子上，以求吉纳祥，驱邪避灾。

上梁仪式结束后，国尚泉木匠取下梁上的红布，这块红布或用绸布，绝不用缎子布，"缎"（断）不好听，不吉利。

这时，人们开始铺椽子、勒房笆、上笆泥、上瓦。墙框稍微干干之后，开始在屋内盘锅台、打炕，里外墙抹泥，打间壁。说话工夫，眼瞅着，房子盖好了，新房子戳起来了。

这时，国木匠进到院里，唱：

一进新房，

灯火辉煌。

金银铺地，

子孙满堂。

前房盖的阁老府，

后房盖的祖先堂。

阁老府内常赴宴，

祖先堂前常烧香。

三皇姑的住宅，建成为四合小院。但没有门房，房后墙连院墙。大门有木制门楼，大厚木板对开大门。院内正房三间，东西厢房各三间，房脊和房梢扣有青瓦，内外墙刷抹白灰，清清爽爽，白白净净，四个房墙垛外两面用砖砌上，这类房子被当地人称为"海青房"。一百四五十年过去了，现在，大四平地区的群众居民，仍称三皇姑住过的"海青房"窝叫"皇姑房私儿"。

这天，三皇姑要搬进新房里住了，她跟张桂森老人一家告别，衷心感谢张家对她和她的人、巡检和副都统衙门的人的热情款待，并拿出三百两银子交给张老人，算作谢礼。张老人说什么也不肯收，三皇姑说，张老人不收，她们就不走了。张氏一家人将三皇姑一行人一直送到村南门外二里多地的二道河子，才住脚。三皇姑上了轿车，说会常来看望老人的。三皇姑对张老人说："您老的儿子元昌、满昌，孙子书金、书田都可以到矿上去干点儿什么，愿意什么时候去就什么时候去。"

张老人说："那……我想叫他们在矿下盖两间小屋，开个小百货店铺，不知行不行。"

三皇姑说："行，行！叫他们去吧！"

张老带着全家男女人等跪在二道河子北沿，恭送三皇姑。三皇姑见了，叫立即停车，下了轿车，搀扶张老人，说："快快请起，快快请起！"又对巡检杨文欣说："快扶张家人起来！"又说："从今往后，我也是平民百姓，不管在哪，谁都不要给我下跪！谁下跪，谁就是有罪了。听到了没有？可你杨文欣不同，你是皇家的官，大清朝的官，我若是在衙门里，你就得给我跪拜。这是规矩，不能含糊！好了，张老，你们回去吧，我会常来看你们的，还想吃菜馅子呢！"

张老人全家和四平街的民众都站在二道河子边，看着三皇姑一行人走远了，才回村里。

杨巡检率衙役一直把三皇姑一行人送到三道岭子，安顿好了以后，天黑了才回四平街。

三皇姑住的房屋当地人称呼为"海青房"。三皇姑和三格子夫妇住正房西头，那四个小姑娘住东头。西头山墙上供两块神板，南块板供四个木刻香碗，供关老爷、佛祖、菩萨和佛朵妈妈四位尊神，北块板供五个木刻香碗，供清皇室肇、兴、景、显和清太祖五位祖先神。窗是上下两扇，外边糊毛头纸。窗格是盘肠、万字，下扇中央镶一块玻璃。上扇没有玻璃。现在，这个地方当地人仍叫"皇姑房私儿"，光剩下遗址了，那棵老榆树还在，但已十分苍老了。

正房俗称为上屋子。而东西厢房各三间，称为下屋子，东厢房称为东下屋子，西厢房称西下屋子。东下屋子住那四个小伙子，专门负责三皇姑的安全保卫。西下屋子北头住烧火做饭的，南头是马棚轿车棚。

一天，三皇姑对正在打大木头洗澡槽的木匠国尚泉说："国木匠，你明天给我们找一个光棍①的女人来，给我们洗洗衣服。"国木匠是桓仁县八里甸子人，木匠活儿好，体格好，人缘好。他听了三皇姑的话，想了想，觉得自己的老丈母娘老吕太太干活儿利手利脚的，虽然五十多岁了，但体格很健壮。第二天就把这妇女领去了。三皇姑看了看，觉得行，就叫她三四天来洗一次衣服，洗完了就给工钱，有时这妇女还把六七岁的小孙子领去玩。三皇姑见了，很喜欢，就叫做饭的吕师傅或是做菜的师傅蒋立福，他俩都是西河掌屯子里的人，给小孩拿吃的，有时是麻花，有时是果子，有时是糖豆什么的。见小孩子吃得那个香甜的样子，三皇姑也看着笑了。洗完衣服，皇姑还把旧衣服拣几件送给洗衣服的老吕太太，乐得她合不拢嘴。这天，三皇姑兴致很高，说要领小孩子出去玩玩。他们走到岭南头，忽听放羊的小小子唱着不知名的山歌：

> 嘿哎！嘿哎！
> 莽莽千里长白山，
> 草帽顶峰托蓝天。
> 森林密树养百兽，
> 沃土肥壤生金钱。
> 都说江南风光美，
> 怎比辽东好河山。
>
> 嘿哎！嘿哎！
> 黑炭灰石生遍地，
> 黄金红铜白石棉。
> 柳条边外人欢乐，

---

① 光棍：辽东方言，这里指轻手利脚、干干净净的女人。

川谷大沟升炊烟。
都说江南风光美，
怎比辽东好河山。

嘿哎！嘿哎！
男耕女做农家乐，
满汉旗民笑开颜。
若拿江南比辽东，
十换一来也不换。
都说江南风光美，
怎比辽东好河山。
都说江南风光美，
怎比辽东好河山。

　　三皇姑听了，开心地乐了，说："这小小子唱得不错。辽东圣地，人杰地灵。这草帽顶子山脉连长白，横亘千里，龙兴圣地，万世垂基，江南怎比！"

　　这时，又听那小小子唱道：

草帽顶子山啊，
山峰一座座。
九十九条沟啊，
九十九面坡。
金银财宝啊，
多又多。
若问多少多？
九缸十八锅。
在哪啦？
不在南坡在北坡！

　　三皇姑笑呵呵地听着。草帽顶子山的风光美景一一展示在眼前，藏在人们的心中。

第八章　天兴永业

这年的十月初十，三皇姑煤矿的"天兴永"牌匾就要挂出来了。

煤矿开始正式投产了！

盛京将军英隆派协领来表示祝贺。盛京内务府、盛京五部、奉天府尹都派来了官员致贺。奉天的大商号也纷纷派人送来了贺礼祝贺。

兴京副都统奕唐阿奕老疙瘩亲自率领兴京永陵各官员来四平街表示祝贺。

皇姑矿的"天兴永"办事房下临时搭了个大台子，台子上搭个棚子，这些官员们、侍卫们、士兵们、夫役们，各就位置，坐的坐，站的站。

三皇姑坐在奕唐阿身边，身后站着三格子等一帮人，还有奕唐阿的侍卫亲兵等。

这些大小官员们个个脸上开着花，笑逐颜开。

账房先生唐阿里在一侧的一张桌子上跟杨珍在收着礼、记着账，耿乐和隋元站在他们的身后。

佟清和陈作为正在指挥煤工们做这做那，大活儿小活儿，粗活儿细活儿，干得有条不紊。矿井旁临时搭的棚子下，一些人正在杀猪宰羊，备办酒席。

在官员们的长官台子斜上方的地方，特意搭了个较大的戏台子，戏台子后边，就是上边，临时搭的演员化装屋。不知从哪里请来的戏班子，演员们正在化装，准备唱大戏。

山坡上各个场地站着的，坐着的，满是从各地赶来看热闹的人，甚至有的大树上，也坐上了半大孩子。小孩子跑出了人群，立即被大人拉住，摁在大人腿下，不让孩子乱跑乱窜。围观的平民百姓都在兴高采烈地准备看大戏。

煤工们正在紧张地忙碌着，各司其职。

临时搭的伙房里，大师傅把大勺敲得叭叭直响。有几个人摆桌抹桌，刷碗筷，正忙着备办酒席。

忽然，鞭炮冲天而响，乒乒乓乓，一股股青烟在天空中升腾缭绕，红色的黄色的纸屑轻轻地翻飞而落。

办事房上一人高的小庙里也是烟气缭绕，正有人给山神上香烧纸，祈望山神保佑煤矿生产顺利，保佑矿工安全。

素雪、多媚两个人左右擎着"天兴永"大牌匾，匾上蒙着红布。蕊寒和红珠各拽着红布的一端，红布中间用红布扎挽着一朵大红花。就要剪彩了。

盛京将军英隆的代表协领和奕唐阿缓缓地稳重地走向前去，揭开了匾，剪了彩。

这时，鞭炮轰响，青烟直上，锣鼓喧天。整个三道岭子上，人们欢呼沸腾了。

煤矿工地上热热闹闹，人人都欢腾跳跃，兴奋异常。

煤工们更是高跳起来，"噢，噢，噢！"呼喊着，狂叫着。

"天兴永"正式开工了！

三皇姑的煤矿有两个井口。一井口在北，二井口在南，两个井口相距有半里之遥。两个井口同时进尺，同时生产。

"天兴永"开业了！

这一天，真是：丽天普照，万民同庆。

三皇姑笑容满面，喜笑颜开，真是开心极了！

三皇姑开的煤矿用工人三千人，大多是皇帝下旨，将山东、河北、河南等地的死刑犯调到三皇姑矿上干活儿，免去死刑的约有千人，其余两千多工人，都是四平街和周围各堡、各村招募来的，有的是自愿找活儿来的。三千名煤工除了在井上的辅助工而外，大都在井下作业。两口井同时作业，一口井的工人也就一千多人，分两班倒。井巷是斜下的，每进深三尺就打一个顶子，支一架棚子。木头运进井下，在井巷两侧地上先凿一个马蹄窝，叫地面平，然后，将两根立木支在井巷两侧的马蹄窝上，顶上横一木，不牢时，再砍木楔子打进卯眼儿里，棚子就架住了。

井下掌子头水量较大，一时不往外打水，很快就满了，人们没法干活儿。人们就在井巷的一侧四五步远挖一个水仓。人们从掌子往井上到井口，挨着挖水仓，用人工将掌子里的水往上倒，下边坑的水倒到上边坑里，就这样 个人接一个人，用柳罐斗①往上倒水，一直将井下的水倒到井口外。井下别的活儿能停工，打水的活儿不能停。当时传说："干不干，一天三千六百罐（水）"地往外打。井下的人多是打水的，少数人是挖煤、运煤的。

那煤又怎么往外运出来呢？运煤，全是用人往上背。人们用腊条子编成扁方形的背筐，筐的一面安有两个扁扁的半圆勾朝外弯，人背上筐，两个半圆勾正好挂搭在人的两肩上，肩上再垫上布垫小枕头，一手拄着个短木棒，一手提着照明的灯虎子②照路。那灯虎子类似一个长圆的地瓜，用细泥烧制的。它的上面正中有个小圆口，往里倒豆油，前头伸出个圆嘴，用棉花捻成捻子，伸在灯虎子里，点燃即照明。灯虎子底儿是平的，可以坐在平乎地上，不用拿着，也不用挂哪儿。灯虎子后屁股有个上下直通的筒，细细的，能插进铁丝儿或是硬木细棍儿。底下盘住，上头搣个钩或环，可以挂在钉上、壁上。一个灯虎子能装四两豆油，用棉花捻成八股或三四股细捻儿拧在一起，这就是灯捻儿，点燃后照亮。

井下挖下来的煤，全是用人工往井上背，一背筐煤二百多斤，背后一个大筐，胸前一个小点的筐。胸前的筐高一尺，背上的筐高一尺半，肩上垫上小布枕头。一个人一次可背三四百斤，一般的骡子驮，都得压趴蛋。因为井下干活儿的多半是山东的死刑犯，杀了人，判了死刑，来到三皇姑的矿上干活儿，就没事了，管住管饱吃，还给钱花，所以，一个个都十分卖力，往死里干。

背煤的筐、打水的柳罐斗都有专门人编，编筐的人叫陈作春，是把头陈作为的哥哥，二人相差正好一旬十二岁。陈作为三十来岁，中瘦身材，是管技术的把头。陈作春冬夏风雨不误地编筐，一人割条子，他编。他们的祖籍是山东省莱州府即墨县红旗乡，迁来关东先在李麻子沟住了一年，三皇姑要开矿才又搬到西河掌住的，成了"开山户"（即"占山户"）。

皇姑矿井下的人行道全打的梯子磴，每个磴宽一尺，高半尺，无论是主巷道还是延脉都打梯子磴。顶子是双顶，上有帽，下有窝，顶木的底是陀螺形，窝深三寸。人行道全是双顶，顶帽长一尺，厚七寸。这个帽，又叫楔子。顶子高三尺三，顶子底窝深三尺，很坚固。

---

① 柳罐斗：辽东方言，旧时用柳条编的圆帽形打水工具。
② 灯虎子：辽东旧时燃豆油照明用的灯。

井下巷道陡坡三十度，缓坡十五度，矿井斜长三百六十尺不等，斜坡不超过二十五度，一个工人一天可挖煤五百斤左右。

挖煤的铁镐一头尖一头平，把长二尺四寸，镐长七八寸。

腊月十八是太上老君指点采煤人的日子，这天矿主都杀猪宰羊、宰鸡，祭祀老君，工人们休息，酒肉大吃一顿。三皇姑也是很讲究民间习俗的，也给矿工们改善伙食，放假一天。

从矿上冰湖沟流下来的小河，在三道岭西坡下折向西北，在拐弯的河南沿有两家大车店，一是丁家店，一是程家店，一个车店可住二百辆车。那个时候的车全是连轴转的铁花轱辘车，一车可拉两千五百斤的货。车轴是死的，车轱辘也是死的，连在轴上。这两个车店住的四百辆车都是三皇姑雇来往外运砟子①，主要是用来运焦炭的。给皇姑运焦子煤的大车，一走就是几百辆。车上插着小黄旗，旗上打着盛京将军的官印，走到哪一看就知是皇姑的车，谁也不敢阻拦，匪不劫，官不扣，畅通无阻。一车车的煤，主要是焦炭，俗称焦子，运往盛京、抚顺、铁岭、辽阳、海城、鞍山大孤子、庄河等各地。"天兴永"出的煤炭，质量好，火候硬，抗烧耐燃，灰尘少，特别是那炼出的焦子，块大、体轻、火硬、抗烧，扔在水里都不沉，打几个旋儿才沉，极受欢迎。

每天晚上，只见三道岭子岭岗上，一连几十个的炼焦窑，点火后，焦窑一座座，火光一圈儿圈儿，往外冒火。焦窑都呈馒头形状，贴地一圈儿冒火苗。一窑煤出焦炭一百多吨，一九六八年抚顺市在三道岭子开煤矿时，曾挖出一个三皇姑的焦窑，出了一等焦子一百多吨。从西河掌往三道岭子的弯弯曲曲的人行道、马车道上，缕缕行行的上下班的工人提着点燃的灯虎子，一溜线儿的灯火，衬托着那一大圈儿一大圈儿的焦窑火光，使黑暗的夜晚，呈现出一幅美丽的景象。

运焦的大车，一走就是一二百辆，车伙子坐在车里边的辕板子上，挥舞着鞭子，驱赶着两个头或三个头的花轱辘铁马车，"哦、哦、唷、唷！"叫拉车的骡马向左、向右地走在高低不平、泥石满路的山间道上，那拉车的骡马"嘟"地打着"嘟噜"，马头一上一下地点着，车轮下"咔咔嚓嚓"，车轮子"吱吱嘎嘎"，只听车伙子悠荡着腿，抢响着鞭子，"驾、驾"地吆喝着骡马，高高兴兴地唱着《李翠莲盘道》的乡谣俚曲：

---

① 砟子：一种火候硬、耐燃烧、炭灰少的无烟煤，专用于铁匠炉燃料。

日出东来还转东，
听我表表四大京。
东京坐下宋太祖，
西京坐下二主唐通。
南京坐下朱洪武，
北京坐下顺治龙。
四家皇爷登大宝，
四大军师明一明。
东京军师苗广义，
西京军师徐茂公，
南京军师刘伯温能掐会算，
北京军师喇嘛僧。
西京有个陈光蕊，
他是皇榜进士公。
夫人生了一个肉蛋，
装进木笼用水冲。
大水发到金山寺，
遇上年高得道僧。
捡起木笼回寺内，
划开肉蛋得真童。
留在寺内来抚养，
教他识字学念经。
学道念经十八载，
奉旨西天去取经。
唐僧奉旨出古寺，
晓行夜宿赶路程。
一路之上收徒弟，
各个徒弟有大名。
五行山下孙行者，
高老庄收下猪悟能。
黑沙滩收下白龙马，
流沙河收下名沙僧。
师徒四人登古道，

直奔西天去取经。

逢山开路孙大圣，

八戒挑着一担经。

沙僧牵着白龙马，

唐僧骑坐马走龙。

这天来到奉化县，

芦州代管刘家营。

唐僧马上抬头看，

路北闪出广亮门庭。

牌匾上边写大字，

字字行行写得清。

上写刘全称员外，

下写李氏善人吃斋念经。

师徒行程盘费短，

化顿斋饭登路程。

沙僧收缰勒住马，

八戒就把担子横。

唐僧下了白龙马，

行者一旁把门封。

蒲团搭在门口上，

敲动木鱼念真经。

另一个车伙子在后边喊道："老伙计，别唱了，别唱了，你唱的还不如驴叫的好听。"

"啪，嘎！"唱唱的车伙子朝着前边的车甩响了鞭子，震得山谷嗡嗡直响。前边的车伙子接茬儿扒扯后边的车伙子说："你这伙计也不是，老伙计唱就唱呗，总比花钱听曲儿的好，咱们不花一文钱，听了半道。叫你这一搅和，得了，你嫌老伙计唱得不好听，这回你来吧！"

后边的车伙子说："我来就来，你们把耳朵撑开，听！"他接着老伙计唱道：

翠莲经堂把经念，

忽听木鱼响连声。

往日也有僧和道，
今日木鱼震耳鸣。
合上经卷往外走，
广亮门前看分明。
翠莲门里开言道：
尊声长老仔细听。
是化砖来是化瓦，
或化木料修门庭。

另一个车伙子接口唱道：

唐僧门外举佛手，
口尊善人听分明。
不化砖来不化瓦，
不化木料修门庭。

第三个接口唱：

唐王驾前领圣旨，
奉旨西天去取经。
师徒行程盘费少，
化顿斋饭把饥充。

头一个车伙子接唱：

翠莲闻听开言道，
口尊长老有道僧。
我十二岁经堂进，
一十七岁奉黄经。
念过八部梁黄卷，
看过九部金刚经。
对上真经与佛法，
又有银两又有铜。

对不上真经与佛法，
管顿斋饭把路登。

后边的又接上茬儿唱：

唐僧闻听这句话，
叫声善人留神听。
对上真经与佛法，
不要银子不要铜。
对不上真经与佛法，
斋饭不吃把路登。

又一个接唱：

翠莲门里开了声，
口尊长老仔细听。
早些年天上蒙蒙几颗星？
落到下方几名生？
几名男来几名女？
何为阴阳要分清。

老伙计接唱：

唐僧门外举佛手，
叫声善人用耳听。
天上昏昏蒙蒙一颗星，
落到下方一名生。
生出一男和一女，
日为阳月为阴阴阳分明。

前边车夫接唱：

翠莲门里笑吟吟，

口尊长老要听真。
先有什么人来治世？
后有什么人来为君？
什么人和什么人轮流坐？
什么人治世留下衣巾？

老伙计接茬儿唱：

唐僧门外举佛手，
口尊善人听原因。
先有三皇来治世，
后有五帝来为君。
天皇地皇轮流坐，
人皇治世留下衣巾。

后边的接道：

翠莲门里笑呵呵，
口尊长老你听着。
什么好比一盘磨？
什么人推来什么人箩？
蒸个馒头有多大？
什么老祖一钵驮？

老伙计唱：

唐僧说天地好比一盘磨，
金刚推来罗汉箩。
蒸个馒头有天大，
智公老祖一钵驮。

又一人接道：

翠莲说什么山前一庙堂？
几架柱子几架梁？
什么人上方安星斗？
什么人山下念文章？
教了多少徒弟子？
中了多少状元郎？

大后边的车伙子急忙喊道："停停，停停！怎么光兴你们唱啊？我们就不兴掺和掺和？"

先头唱的车伙子回头说："谁不兴你唱了？你们唱吧，俺们也该润润嗓子啦！"

大后边的车伙子高兴地唱道：

唐僧说落伽山下一庙堂，
十八根柱子九架梁。
鲁班上方安星斗，
孔夫子山下念文章。
教了三千徒弟子，
中了七十二家状元郎。

又一个车伙子唱：

翠莲说哪个地方出佛祖？
哪个地方出老君？
哪个地方出的孔夫子？
什么时候出了三圣人？

老伙计急忙接上：

唐僧说西藏寺里出佛祖，
阎氏夫人怀老君。
颜氏夫人怀的孔夫子，
三夫人怀的三圣人。

后边的唱：

> 翠莲说什么时辰生佛祖？
> 什么时辰生老君？
> 什么时辰生下孔夫子？
> 什么时辰生下三圣人？

再后边的唱：

> 唐僧说半夜子时生佛祖，
> 日出卯时生下老君。
> 正晌午时生下孔夫子，
> 三个时辰生下三圣人。

老车伙子唱：

> 翠莲说什么星出来分上下？
> 什么星出来一大拖罗？
> 什么星要回娘家走？
> 什么星后边紧跟着？
> 什么星害羞没好气？
> 回头照着什么打什么？
> 什么打什么没打准？
> 什么打什么没打着？
> 什么打得什么样？
> 什么人出来画什么？
> 什么是隔在河东岸？
> 什么是隔在河西坡？

前边的紧接上茬儿：

> 唐僧说三星出来分上下，
> 扫帚星出来一大拖罗。

织女星要回娘家走，
牛郎星后边紧跟着。
织女星害羞没好气，
回头照着牛郎打一梭。
女打男的没打准，
男打女的没打着。
打得天昏与地暗，
王母娘娘拔出金钗画天河。
牛郎星隔在河东岸，
织女星隔在河西坡。

后边的唱：

翠莲说什么人有个蟠桃园？
一次成熟多少年？
什么人吃桃成仙体？
什么人偷桃也成了仙？

前边人唱：

唐僧说王母有个蟠桃园，
一次成熟九千年。
八仙吃桃成仙体，
孙猴偷桃也成了仙。

又一人唱：

大圣闻听心好恼，
猴眼翻了好几番。

再一人唱：

翠莲一见知是真僧到，

伸手头上拔金簪。
顺着门缝递出去，
口尊圣僧听周全。
儿夫东庄讨账去，
家里没留银子钱。
拿着金钗换斋饭，
早到西天拜佛颜。

老伙计唱：

翠莲金钗不要紧，
惹得一命归西天。
明公要知后来事，
刘全进瓜夫妻才得团圆。

这些车夫们就是这样自唱自娱自乐，在数百里的行程中，度过一个个快乐的日子。

"天兴永"就这样红红火火地干起来了。忽然，有一天傍吃晚饭的时候，佟清忽地没敲门就闯进了三皇姑的屋子，见三皇姑和三格子正要吃饭，想退又想说，三皇姑问："什么事？快说吧。"佟清说："工棚子着火了！"

"什么！"三皇姑一惊，"快！去看看！"三个人急忙地赶向工棚子。在岭上就看见一栋工棚子的南头冒出浓浓的青烟，红红的火苗从窗户往外伸。到了工棚子上头，见陈作为把头和唐阿里正指挥工人们运水浇火，很快，就把火压下去了，幸好房子没烧怎么的，人也没伤着，只是几个人的被子烧得煳巴烂唽的，一块一块的，不能盖了。

三皇姑很生气。陈把头向她述说引起火灾的原因，是一个工人吸烟睡着了，烧着了被子引起的火。三皇姑叫陈把头把没下井的工人都叫出来听训话。煤工们一个个水拉吧唧的，十分狼狈。

三皇姑铁青着脸，一个煤工搬来把椅子，三皇姑坐下后说："这下子你们满意了？抽烟，抽烟，站出来吧！是哪位仙人惹的祸？"那个煤工低着头站了出来。

三皇姑说："你的烟瘾怎么那么大！一袋烟抽上了天！我知道有那么句话：'关东山，三大怪，窗户纸糊在外，养活孩子吊起来，姑娘媳妇叼着大烟袋。'关东人爱抽烟不假，可也不能睡着觉还抽着烟啊！这工房子若烧塌了，你们大家上哪去住？眼瞅着天冷了，泥水不和了，怎么盖！"

那人嘴唇动了动，身子动了动，像要说什么。

三皇姑说："陈把头，你们都听着！从现在开始，在这矿上谁也不许抽烟！只要进了这地界，谁抽烟一次，罚银五两！井上不准抽，井下更不准抽！引起瓦斯爆炸，连小命都得丢。我就不信，这烟不抽就不行？人嘛，是有理智的，有理智就能战胜恶劣的习惯。你们看我身边的人有哪个抽烟？就是不许抽。谁犯了禁，我就处治谁。你们人人可以举报，举报谁抽烟了，一次就罚抽烟的五两银子，把这银子赏给举报的。谁抽烟就从谁的工钱里扣。严重不改的就送回原来的死牢里去。这要形成一个规矩。大家记住了没有？"

煤工们齐声地回答说："记住了！"

三皇姑把唐阿里、陈作为叫到身边，对他俩说："这次就不处罚他了，拿钱给那几个烧了被子的，做床被子吧。天要冷了，没被子盖怎么行。你们俩不要单管挖煤管账，还要管好煤工们的生活。干得好的要奖赏，做得不好的，要惩罚，凡事总要有个规矩，没有规矩不乱套了嘛！"

皇姑的"天兴永"煤矿既采煤又炼焦子，同时还在西河掌屯上西山根下开铁场子炼铁，按今天的话说，是采煤、烧焦、炼铁、灌钟、锅、铧子，生产销售运输一条龙，买卖越干越红火，铺面越开越阔，工人越来越多，声势越来越大。

一天，三皇姑将杨珍和隋元叫到身边，说："你们俩骑马去趟衙门，跟杨崽儿说，好好向百姓们宣传一下，鼓励百姓们开办营业，能干什么干什么，不能干的有钱可以投资，这叫作有钱的出钱，有人的出人，有力的出力，把四平街的各种企业都开办起来，人人挣钱，家家富裕，民富了国也就强了。"想了想，三皇姑又说："衙门不能出钱帮助谁干什么企业，但可以支持老百姓干企业，头几年少收税，创造条件，让各个百姓把企业干起来。这样，四平街地区的老百姓红红火火地干起了企业，家家都富裕起来了，给其他地方做个榜样，把其他地方也带动发展起来，整个辽东就富强起来了。你们去跟杨崽儿好好说说，赶快行动起来，我要看他做的结果。"

在三皇姑的煤铁企业轰轰烈烈开展起来后的一年左右时间里，四平街地区的各个大大小小的企业，像搅熟了的面子糊糊，盆面上冷成薄薄的一层硬壳、里边的热气却鼓起一个个的泡泡一样，鼓得满盆都是泡，各个铺子店面，一个接一个地开张了。

张承业家的张桂森老人，让两个儿子张满昌、张元昌和他的两个孙子张书金、张书田在三皇姑煤场子下的丁、程两家车店西边，开了个小杂货店，卖日用百货、烟酒糖茶什么的，他们轮班坐店。

四平街村、西河掌屯等村屯开了蒋家炉、孙家炉、张家马车店、孙家馃子铺、张家小卖铺、李家中药铺、张家私学馆、华家私学馆、国家木匠铺、孙家木匠铺等等，各种店铺都开张营业了。

有个叫吕允成外号吕痣脸子的开了铁场煤场，铺号"同兴永"，意思要跟"天兴永"一样繁荣兴旺发达。他的煤井就开在三道岭子下的山神庙下的山窝地方，他的铁场子就开在西河掌屯东山根下，他的工人有一千五百人之多。

于长阳和他的儿子于世高也开了煤场，有工人五六百人，铺号叫"田增福"。

刘新功从关里来了后，先在缸瓦窑盘窑挖泥烧缸盆，挣了一些钱后，也搬到三道岭子，在三道岭东坡上脑"不大眼儿"（今名黑牛）地方开了井口采煤，因"不大眼儿"上边有小地名叫"黑牛圈"，就把"不大眼儿"改名"黑牛"。刘新功六十岁了只生五个女儿，没有儿子，有人撺弄他在三道岭子上建了"老君庙"三大间，内塑三尺高的老君塑像，还塑有较小的牛头、马面、大小二鬼、小香女、判官等，有个住持道人叫"王老謦休"。老君庙里一年香火不断。每年腊月十八老君生日那天，三皇姑煤场、刘氏煤场等各煤场子的工人都放假一天，杀猪宰羊，让工人们大吃大喝一顿。

结果，巧了，刘新功当年就生了一个儿子，起名叫刘成安，一年后又生了二儿子刘德安。刘家的矿铺名叫"同增福"。"同增福"设在三皇姑的"海青房"下边，"田增福"铺在三皇姑"海青房"上边。

当时有许多外地人看四平街发旺起来了，纷纷借三皇姑的光，来四平街开煤场子、铁场子、炼焦子，有宫玉栋、曹大卵子开煤场子，还有刘学忠、李万义、刘万顺、刘海山、李玉一、柳某、王某、孟凌云、李甫田、陈克维等。四平街一带地方的煤矿，打三皇姑开采后十余年间，从其东的响水沟、半截沟、三道岭子，西到马海沟、马架子、徐家、二干沟，一直到边里八十余里的田师傅沟，这一溜百里煤线，几乎先后都开采起来。

除了三皇姑的铁场和吕允成的铁场外，在小四平屯的半截沟地方，山西人王作启开了"万发常"铁场子，有工人一百多人。还有隋某在响水沟子开了铁场、沙金场。王作启生子王金甲、王金斗、王金魁，三个人继续经营铁场。到了王金魁之子王洪志的时候，才因经营不善，将铁场兑了出去，几年后停业。

直到二十世纪七十年代，小四平村上和半截沟下、西河掌村上和东山根下的炼铁的罐子仍然堆积如山，可见当时炼铁的规模宏大和繁华昌茂景象。在清代末期，大四平一带地方炼出的铁辽东有名，炼出的生铁灌出的大小钟、锅、铧子等，甚至远销到黑龙江省。

煤炭、炼铁的蓬勃发展，也使四平街地区的商业、食品业、运输业、手工业、采集业、养殖业、林木业等迅速发展。由于清代晚期柳条边的封禁逐渐松弛，直到废止，山东、河北、山西、河南等省的大批流民迁徙而来，使四平街地区人口骤增，四平街发展成为数百户的村镇，其周围原来的小堡小屯，也变成了小四平屯、西河掌屯、东升堡子村、缸瓦窑屯、样尔沟屯、马架子村、东小堡屯、四方台村等。在四平街村周围还形成了腰段、闹子沟、大闹子沟、鸡房子、夹板沟、窝瓜沟、马海沟等小的居落。这些村屯的人，大部分从事农耕，使大四平地区的山山水水，迅速开发起来。四平街村里，有两家商业百货店铺，又有馃子铺、马车店、铁匠炉，还有药铺、私学馆。村下八里的门槛哨地方（今名缸瓦窑村），可以放木排直到辽阳、盛京。

三皇姑开起煤铁矿业以后，由于四平等"道路险恶"，交通不便，使运输受阻，三皇姑和张桂森出钱，修肚脐岭道、东小堡道、大平岭子道。道路修通之后，使仅能赶驮子的道路，终于可通马车了。交通的畅行无阻，也给四平街的经济发展提供了有利的条件。四平街一带地方经济迅速发展起来，成为辽东柳条边外的繁华重镇、经济繁荣的地区。

三皇姑为了让工人们有点生活乐趣，还专门从山东省宁均县张家庄找到了唱头子戏的张永福，人们都习惯称他张戏子，六七天就让张戏子来唱一场戏。他唱的"头子戏"实际就是木偶戏，一个三尺见方的小方子木穿插架起的蓝布围子，一个人坐在蓝布围子里，既表演木偶，又唱，又打锣、镲、鼓、板等乐器，一张嘴、两只手、两只脚都在同时使用，演唱出一出出动人的木偶戏，在四平街乃至整个辽东都是唯一的一个人演唱的木偶头子戏，受到四平街数千名工人和百姓的欢迎和喜爱，使四平街一带的百姓生产和生活有声有色，五彩缤纷。

第九章　巡检施威

巡检衙门的大门开着，有四个守门的清兵，分两边站着。清兵头戴红缨帽，身着布衣，胸前后背都有块大月亮补子，月亮补子上有一个大大的"兵"字。上衣还有大坎肩，足蹬牛皮半高腰的靴子式的绱头鞋，打着腿绷。每个人的手中拿着一根黑红棒，棒是半截黑半截红。四个兵，一侧二人，双手握住黑红棒，支在两脚前，一脸严肃，站立不动。

一天下午，突然，有一个年轻的妇女，在她丈夫的陪同下来到了衙门的大门口。那妇女来到衙门大门口就跪在地下，向衙门里大喊："冤枉！我要告状！"只见那妇女碰头撒野地，直门儿喊"冤枉"！

那四名清兵中出来一人，说："有什么冤情，见了老爷再说。走，跟我进去见老爷！"

那妇女和她的丈夫被带进了大堂，那兵见了巡检跪下说："杨大老爷，有人要告状。"

"带进来！"杨巡检一脸冷面孔说。

四平街九品巡检司公署衙门建在四平街正中心路北偏西，其前即是四平街正中心唯一的一条东西向宽阔的马路。马路正中出南门是一条同样宽而直的马路，呈一个倒过来的"丁"字形。

县左衙门是坐北朝南而建，东西宽六十步，南北长一百二十五步，是一个南北长方形建筑。

衙门东仅一墙之隔是四平街周围百余里最大的关帝庙。关帝庙正门正对大街，长年关闭，没见开时。而长年开的是东南角的大门，称为"山门"。庙内正殿五间，是关帝庙，东厢三间，是娘娘庙，西厢五间草房，住道士等。院中有一棵巨大的古榆，树上挂一口大钟。正殿西南是焚帛楼。

衙门路南空地建有一个巨大的影壁，石砌基座高一尺半，宽二尺，长三丈。影壁是青砖砌筑，两面抹石灰白泥。左右青砖垛，上盖有青砖墙脊。影壁独立，正对衙门大门。

衙门西墙外是一条南北街路，直出四平街北门。

县左衙门是一个正南正北长方形的建筑。四周高墙围绕。墙由砖石构筑。石砌底座，石砌墙壁，上盖青砖墙脊，高九尺。

衙门只开一门，即南门。南墙正中开南大门，没有门房，门上是木制门脊雨搭，木制对开大门，但只在夜晚关闭。大门左右有衙役清兵站岗值守。

进入衙门院内，是第一进院落，有青砖青瓦正房五间，中间南北开二门。西二间是二大老爷办公之大堂，东二间是住宅宿舍。此五间称为"二堂"，但无二大老爷，杨大老爷办公就是在二堂之上。此院有西厢房三间，既是衙役住宅，又是伙房。院东有一八尺小庙，石墙青瓦，是"狐仙堂"，内供三尺高泥塑彩绘古妆衣饰挂着拐杖的老太太，称为"狐仙太奶"，塑在一条高三尺的基座上。小庙虽小，却长年香火不断，长年香烟缭绕。二堂东西房山头是空地，将前院和后院连接起来。

从二堂正中的南门进，北门出，是第二进院落，也是东西长方形。有正房五间，没有厢房，只在中间开一道南房门。西二间是大老爷办公之所，东二间是大老爷和眷属住宅。这五间正房称为"大堂"，或"正堂"。杨文欣大老爷一般办公在"二堂"，只在正堂接待贵宾，皇姑或是奕唐阿去了，就在这正堂里接待。而一般断案，都是在二堂。这大堂东西房山头也是空地。大堂后是五丈宽的空地，之后即为高墙。

衙门院内四角各建有一个"哨楼"，俗称"炮楼"，上下两层，下层衙役值班，上层值哨瞭守。楼内从楼梯上下。

四平街的县左衙门，在清廷逊政之后，是为桓仁县四平街第六区区公所。抗日战争后，区公所撤至桓仁县八里甸子，这里设有桓仁县四平街警察署，有署长和警察四十余人。解放战争时期，这里是桓仁县四平街国民党大团武装组织团部。新中国成立后，在人民公社化时期，这里做了大四平公社粮食管理所和大四平公社粮库。而今，旧房全部扒掉，建筑了村民住宅楼。

现在，我们再回过头来，接着说这来县衙告状的夫妇二人。

二人被带进大堂。杨巡检问："有什么冤情，说吧！"

那夫妇哭着喊着说："杨大老爷，我要告状！"

杨巡检慢条斯理地问："告谁？告什么事？"

那妇女急忙跪在地上哭诉道："我要告三皇姑矿上的煤黑子！头晌我们几个人上山，在三道岭上捡蘑菇，捡到小树林子里，突然，不知从哪里钻出一个煤黑子，一下子抓住我，把我摁倒就给作践了。"说着又哭了起来。

"有谁证明？"杨巡检问。

"她们都听到我叫唤了。"那妇女说。

"她们都是谁？"杨巡检问。

那妇女哭着说："我大嫂、李二嫂，还有前屋孙大婶。"

杨巡检问："你是哪个屯子的？"

"西河掌屯的，我叫尹二妞，"那妇女说，"这是我丈夫，叫赵福贵。"

巡检又问："那几个人能给你证明吗？"

"能，她们都看见那个煤黑子的长相了，我更记得，能让我认的话，我一眼就能认出来。"那妇女说得丁是丁，卯是卯，斩钉截铁。

杨巡检说："好！我叫捕头带快班的人领你们去认，认准了，带回来治他的罪。"

四平街九品巡检司公署衙门的清兵总头称为都头，兵分三种，站堂守门的兵是皂班，抓人捕贼的兵是快班，行刑执杖的兵是壮班，分工明确，各司其职。

捕头带领几个快班的清兵很快到了西河掌屯，将那几个证人找到后，一同到了三皇姑的矿上，先禀明了三皇姑。三皇姑说："隋元，去把陈作为叫来。"

陈作为来了，三皇姑说："你去把今天休白班的煤工全集中起来，让她们去认一个人，认准了人，让捕头带走。"

煤工们都被叫到院子里，齐刷刷地站了满院子，大家都喊咕喳咕喳地不知什么事。等人都出来了，一看来了几个清兵，还有几个妇女，说是来认人的，大家才知道了是怎么个事。这时，有一个大汉一看不好，知道是上午的事犯了，就往后退，那捕头和隋元见了，两人上去一把将那汉子拽了出来。那妇女上前一看，一眼认了出来，怒斥道："就是他！"

那捕头又问那几个妇女证人："你们再看看，是不是这个人？"

那几个妇女看了看，说："是他。"

捕头又问那原告妇女："看准了，是不是他？你怎么认定是他？不要冤枉了好人！"

那妇女说:"就是他,他的下嘴唇儿是被⋯⋯我咬破的。"

捕头叫那两个快班清兵说:"勒上,带走!"那两个清兵从身后的裤腰沿子上抽出一根缠绕好的长长的细麻绳,将那汉子两手倒背绑上了。捕头说:"走!你先去向三皇姑请罪去吧。"陈把头让那些煤工们散了。

那个大汉被带到三皇姑那,见了三皇姑就跪下了,急急忙忙地哀求说:"皇姑奶奶,皇姑奶奶,奴才有罪,奴才该死!您处罚奴才吧,千万留奴才的小命啊!"

三皇姑冷冷地说:"你触犯了刑律,我管不了你,让杨崽儿去制裁你吧!"

那捕头跪下叩头说:"请皇姑奶奶保重,奴才告辞了!"

捕役们将那汉子带走了。三皇姑对隋元说:"你跟去衙门,等那杨崽儿处罚完了,把他带回来。记住,回来的时候到李先生的药铺抓点儿药,回来给他上上。"

那汉子在衙门里被壮班的两名衙役打了五十大棍,屁股差不点儿被打烂。巡检还罚了他五两银子,三两交衙门,二两给那原告妇女。那汉子回矿上将养了六七天,才能下地干活儿,可还没能下井上班,就被人套上麻袋,又狠狠地揍了一顿,"揍你一顿是出出气",说是给三皇姑丢脸了,煤工们脸上也不好看。养好伤上班下井,一天要干一天半的活儿,好补回误的工。

这件事处理后,矿上也确实安稳了一些日子,没再出什么闹心事。可没料到,转过年的春头子,又发生了一件事。

这天傍晌午的时候,一个年轻的小媳妇,嘛里扑棱地跑到皇姑那,说上山捋菜,被一个煤黑子奸污了,情形还是跟头一回的一样。三皇姑仍叫去认人。可这一回,那些煤工们都抹了黑脸,像刚从井下上来还没洗澡一样,齐刷刷地站了满院子,只能看出高矮胖瘦来,若是眼珠子不转动的话,都像被烧焦的木头橛子似的,一模一样,什么也看不出来。

那妇女心急火燎的,急得喘气都不匀净了,怎么也认不准。她气急败坏地坐地下就大哭起来,说:"皇姑奶奶,他们都抹了黑脸,我怎么认啊!我冤枉死了,我⋯⋯我,不想活了!"说着,就往一块石头上撞去,耿乐跳上去将她抓住。

三皇姑说:"这位妹子,你先回去,我一点点细查,一旦查出来,一定交给杨崽儿治他的罪,出你心里的气。"

那年轻妇女说："我真的是被你们的煤黑子给污辱了啊！我，我上哪申怨叫屈啊我！皇姑奶奶，我认不出来啊！"

"那你是诬告了？"唐阿里说。

妇女说："不是的，皇姑奶奶，他们都抹了黑脸，一水的黑汉子，我认不出来啊！"

三皇姑说："那我就没有办法为你申冤了。你先回去吧！"

那夫妇二人垂头丧气地下了山，男的说："我们自认倒霉吧！"

女的说："那可不行，认倒霉，我不干！"

"那有什么办法能找出人来啊？"男的觉得束手无策。

女的想了想，说："有了！"就捂住嘴贴男的耳朵说了她想到的办法。男的听了，细一琢磨，立即赞同地说："行，这办法行！"

几天以后，那个年轻的妇女和几个人拐筐提篮地上山，你呼我喊地进了树林子，这边叫，那边应，说说笑笑，嘻嘻哈哈，好像隔着很远似的。这时，只见一个煤工猫着腰躲在一堆树棵子后边窥视，瞄准了那年轻妇女，那几个妇女呼应声像在远处，而人却近在咫尺，有三个男子拿着乌拉带绳猫着腰聚拢过来。

那煤工一看只有那年轻的妇女哈腰在捋菜，他高兴地凑到身后，一下子将那年轻的妇女扑倒，那妇女大喊一声："快来人哪！"嘴就被煤工的大手捂住了。那年轻的妇女回手抓了一下煤工的脸。那煤工一手抓开了那女人的衣襟。说时迟，那时快，那三个男子一齐扑了上来，那几个妇女也迅速赶了过来，大家七手八脚地把那煤工摁住绑上了。那年轻妇女一看，指着那汉子的鼻子说："上回就是你，你们抹了黑脸我没认出来，这回我看你怎么抹黑脸！"

一帮人把那汉子捆了个牢牢实实，送到了三皇姑那。三皇姑看了看，问了问情况，就对隋元、佟清说："你们把他送到杨崽儿那吧，犯法的事得由衙门处理。"又对那年轻的妇女笑了笑说："你还挺有心计的呢！去吧，这事该由衙门管，你不要怕，那杨崽儿会为你做主的。"

这些人到了衙门，杨巡检立即升堂。他问那煤工："你干了什么事？"

"我想和她快活快活，乐和乐和。"那煤工胆怯怯地说。

杨巡检说："她不愿意和你乐和，你强要和人家乐和，该当何罪？"

那煤工说："听凭大人处置。"

杨巡检又问那妇女："听说头两天也发生了这事，是他吗？"

"是他，就是他。"那年轻妇女说。

巡检又问那煤工："这妇女说的上一回事也是你，是不是你？"

"是。"那煤工承认。

巡检说："两次并罚，打八十棍，罚银八两！"

这类事从此再没发生过。可是，一些偷鸡摸鸭子的事却不断发生，去衙门告、去三皇姑那说吧，这算不得个大事，不能处理，不能管；不告吧，又干憋气。有句俗语说"小鸡小鸭是妇女们的大牲畜"，她们关心的就是这些鸡呀，鸭啊，鹅啊，蛋啊的。每年春天，她们就淘弄大鸡蛋，抱小鸡。鸡崽儿出来，老抱子领着满地找食儿的时候，妇女看着一天天长大的小鸡，脸上有笑容，心里开了花。若是没加小心，踩死一只小鸡，会心疼得掉眼泪儿。正下蛋的母鸡，若是被人偷杀吃了，你说，妇女能气到个什么样！

这天，三皇姑让四个小姑娘陪她去四平街，她要去拜望张老。杨珍赶着轿车子，来到了张桂森家。张家人立即忙活起来，馇小米粥，几碟小咸菜，现剁馅子包菜饸子。三皇姑几个人吃得十分开心。

饭后，在闲聊时，张老人说："三皇姑，有个小事，小老儿不知当说不当说。"

三皇姑十分关注地说："张老，什么事您老就说吧，没关系的。"

"那小老儿就说了。"张桂森说，"我有个亲戚住在沟里，她家养了十来只小鸡，现在正是下蛋的时候，头两天，一宿的工夫，全丢光了。找来找去，找到工棚子上，一大堆鸡毛，一看就知是她家小鸡儿的毛。"

三皇姑说："有这事儿？"

张桂森说："其实，几只鸡倒不是什么大牲畜，没了，也不至于伤筋动骨。可您知道，农家养几只鸡下蛋换点儿零花钱买个大盐什么的，来了客也好炒个鸡蛋招待啊。鸡没了，也是个损失。"又说："说起来也不好管，怨不得您，那些煤工们哪的人都有，什么样的人都有，偷鸡摸狗的事也难免啊！"

三皇姑说："您老放心，这事我会查出是谁干的，我会处置的。不过，您老捎信儿给您的亲戚，也告诉别人，谁家丢了鸡什么的，要立即告诉我，不要害怕。"

三皇姑回到三道岭子后，对三格子几个人说："你们今晚不要睡觉，查看偷吃小鸡的人。"

杨珍说："三皇姑，三格子白天一会儿也闲不住，矿上的事多，晚上就让他歇歇吧，我们四个人查吧！"

"不，不！"三格子说，"我没事，咱们分头查。主要是掐住沟里屯的几条道，杨珍、佟清你俩看住黑牛那条道，隋元、耿乐看住下甸子那条道，我守在工棚子后边。时间嘛，我寻思，主要是上白班的人下班以后，没洗澡睡觉这段时间。"

结果，这天晚上没有抓到。这真奇了怪了。第二天天刚亮，从沟里屯来了一个老年妇女，要找三皇姑，被素雪和多媚两个姑娘挡在了门外。老夫人气愤地说："我家的鸡头两天丢了四只，在工棚子后找到的鸡毛。昨晚上我没睡觉，专听偷鸡的动静，没听着，我心里挺乐，寻思，这鸡没丢，没来人偷。可早晨我打开鸡窝门放鸡，一看，五只鸡全没了。"

素雪说："您老先不要着急，皇姑会管的，等皇姑起来了，我会告诉她的。您老先请回吧！"

"好吧！"那老夫人说，"我过些时候再来吧！"

她们说的话，三皇姑已经听到了，对红珠说："告诉那老夫人，叫她进来吧！"又对三格子说："你们吃完饭再睡吧！现在你们几个人去工棚子，把昨晚下班的人全叫出来，准备十几只碗一桶水，咱们都去工棚子。"

佟清听了，很纳闷儿，用水和碗做什么呢？

他们到了工棚子，那些煤工们也都出来了。三皇姑坐在一把椅子上，叫煤工们依次喝一口水漱漱嘴，再把漱口的水吐在碗里端给三皇姑看。这些煤工们不知怎么回事，一个个漱口后把漱口水再吐碗里，一一给三皇姑验看，结果有四个人被叫住了。

三皇姑冷冷地问："你们总共偷几次鸡吃了？偷了多少？昨晚上偷鸡在哪吃的？你们谁是主谋？说吧！"

没人先开口。

三皇姑说："不说是吧？好，三格子，你们把他们送衙门去，让黑红杠撬开他们的嘴！"

"不，不！皇姑奶奶，"那四个人一下子跪地下了，说，"我们说，我们说。"其中一个人说："我是挑头的，我嘴馋，我该打。"

三皇姑问："你们谁知道他们几个偷小鸡吃的事？"

那些煤工们齐呼啦地说不知道，只有五六个人说知道。三皇姑说："好，你们知道的也站出来，站在他们四个人旁边。你们听着，老百姓一年养那么几只小鸡多不容易，长虫吃，耗子咬，黄鼠狼子叼，若赶上闹个鸡瘟什么的，就一个也不能剩，好不容易把小鸡养到能下蛋了，却被你们给掏去烧着吃了，你们怎么下得了手？"

想了想，三皇姑说："三格子，你告诉唐阿里、陈把头，从今儿个起，伙房要六七天就改善一次伙食，杀猪或是宰牛杀羊，半个月包一回荞面饺子什么的；要到外堡外村给我们的煤矿工人介绍女人，让他们成家，听说山东姑娘多，可以找人多往咱们这儿领；打今天起，要严明法纪，抓紧管理，不管是谁，违法犯纪、偷偷摸摸、调戏污辱女人、打架行凶、喝醉酒闹事的，一律惩治；对表现好的，做了好事善事的，要给银子鼓励，对做了坏事恶事的，要处罚；还要你们大家互相监督举报，好事坏事都举报，谁举报的事一经查实，罚的银子给举报人一半，收给账房一半。你们都听明白了没有？"

煤工们齐声喊："明白了！"

三皇姑说："明白了，就照我刚才说的做，叫唐阿里专列本账，记你们谁做的好事坏事。"她又对那偷吃百姓小鸡的四个人说："你们四个人分成两对，互相打嘴巴子，打二十下。你们六个人知道他们偷小鸡吃，不劝阻，不举报，一人打十下，自己打自己。杨珍，你看住他们，打够数了再饶了他们。"

那四个偷小鸡吃的人，两个两个一对，开始互相打嘴巴子。"啪"地一下，一个人先挨了一巴掌。"哎呀，你还真使劲儿打呀！"另一个说："不使劲打，怎么叫罚呢？""你！"那个先挨打的人有话说不出，先打人的人又说："若不是你鼓秋我们跟你去偷鸡，我们也不会挨罚！""你也是嘴馋！"

就这样你一巴掌打过去，他一巴掌打过来，人人都满嘴满口地出血。

三皇姑处理完了偷鸡吃的事，回去刚吃完了早饭，就有一个年轻人跑来大喊着要见皇姑奶奶。说："快去救人哪！快去救人哪！皇姑奶奶，救人哪！"被隋元等人挡在大门外，这年轻人喊着救人就蹲地下两手抱住头大哭起来。

三皇姑听到了大门外的喊声，从窗户的小玻璃上往外一看，见是一个年轻人，就对蕊寒说："把那人叫进来。"

这年轻人一进屋，就扑通一声跪下了，一边捣蒜似的叩头，一边哭喊道："皇姑奶奶，快救人哪，快救人哪！晚了人就被活活打死了！"

三皇姑急问："快起来说，怎么回事。"

那年轻人被蕊寒和素雪扶了起来，喘了一口气说："崔大牙花银子硬娶了丁根花姑娘，丁根花说什么也不让他睡，他就把丁根花吊在梁柁上，打个皮开肉绽，只剩一口气了，人快不行了！皇姑奶奶，快救人哪！只有您能救丁根花一条命啊！"

"有这事？"三皇姑生气了，"姑娘不同意嫁，就把人往死里打？耿乐、佟清，你们快跟这年轻人去，把姓崔的抓来。红珠、素雪你们俩把那姓丁的姑娘带来，骑马去，快！"又对那年轻人说，"快领他们去！"

几袋烟的工夫，耿乐和佟清就把那姓崔的带来了，又往了一会儿，红珠、素雪也回来了，只见那年轻人和几个人用门板子把丁姑娘抬来了。

三皇姑一看，气极了，立即叫耿乐快骑马去四平街请药铺的李先生来给丁姑娘诊治，又叫把丁姑娘抬到炕上。见丁姑娘两眼紧闭，紧紧咬住下嘴唇，两个手脖子被小麻绳勒破了皮，细麻绳勒痕深深地陷进了肉里，身上的薄薄的一层单衣服，已经被打烂了，贴在血肉模糊的身上。姑娘还有一丝气息，像死人一样，一动不动地躺在炕上。

三皇姑愤怒地说："崔大牙，你给我好好地跪着！"这边人们都在急呼啦地关注着丁姑娘，过了好大一会儿，丁姑娘终于喘出了一口长气，缓醒了过来，多媚姑娘端来了水，用羹匙儿一点点地给丁姑娘饮水，丁姑娘终于睁开了眼睛，人们这才松了一口气。

三皇姑说："佟清，你让年轻人，"她指那来喊救命报信的，"陪着去把丁姑娘的爹妈叫来！"他们二人出去了。

这时，三皇姑审问崔大牙，"你叫什么名字？"

"人家都叫我崔大牙，没有名。"

"年庚。"

"五十三岁了！"

"哪里人？"

"外三保人。"

"什么时候搬来西河掌的？"

"去年春天。"

"干什么活儿？"

"在您的矿井里干活儿。"

"家里都什么人？"

"就我和老婆两个人。"

"谁是你老婆？"

崔大牙扭头看了看躺在炕上的丁姑娘，说："就是她。"

"你们是哪天入的洞房？"

"昨天晚上。"

"怎么定的亲？"

"我给了五两银子。"

"谁的媒人？"

"……没有。她家只有爹妈，岁数大了，没钱花，我给了银子，他们就同意了。"

"丁姑娘同意吗？"

"死活不乐意。"

"那为什么还硬娶？"

"是她爹妈乐意，我们硬把她绑上扛到我家的。打到的媳妇揉到的面，不乐意就打，我花了钱了！"崔大牙说得挺硬棒。

"噢，是这样……浑蛋！"

崔大牙冷丁吓一哆嗦。

三皇姑发怒了："她不同意，你硬绑来，就该这么打吗？你无媒无证，没有结婚仪式，算什么夫妻？！你花银子了，拿来证据，你花银子在哪了？我还说你没花银子，硬抢人家姑娘呢！你花钱就能买到人心吗？丁姑娘是个大活人，不是什么货物，可以卖，可以买。男女定亲，男方家给女方家点儿钱，那是报答女方的爹妈养育女儿花费的十几年心血，怎么能把人当成东西来买卖呢！"三皇姑说着更来气了，见杨珍回来了，说："快去看看，佟清把人领来没有？怎么这么些时候还没到。"

杨珍还没出院子，就见佟清领两个人进了院子。那两个老人进屋子，也没向皇姑问好，就扑在姑娘头上哭了起来，哭了几声，那老汉回过身来就打崔大牙。崔大牙跪在地上任由老人捶打。

"好了，好了，"三皇姑说，"你们两位老人也大错特错，人情世故都不懂，怎么能把自己的亲生女儿卖钱花呢？这婚姻是一个人一辈子的大事，你们睁眼瞧瞧，这崔大牙比你们两人年纪都大，人又老，看他长得人高马大，可他不是人，是牲口，牲口都不如，竟把人打成这个样！我问你们，你们得了崔大牙多少银子？"

那老汉战战兢兢地说："五两！"

"你给他写收条了没有？"

"没有。"

"好了！崔大牙和丁根花姑娘的婚姻无媒无证，没有明媒正娶，婚姻无效！崔大牙明目张胆捆绑人属于非法抢人，把无辜的人打成重伤，属于非法打人，理应严惩。隋元，你把崔大牙送衙门去，让杨崽儿好好收拾收拾他。崔大牙花的五两银子不用返还，给姑娘治伤，算作赔偿。"

隋元把崔大牙带走了。

那个来报信儿的年轻人跪地就叩头，那姑娘的爹妈也叩头谢恩。这工夫，那丁根花强要起来给三皇姑叩头，嘴里哝哝地说："谢谢皇姑。"被多媚几个小姑娘扶住了。

李先生被接来了，三皇姑让其他男人退出屋去。李先生看了姑娘的伤势，一点点地揭掉被打烂了的衣服，往伤口处上药，又带来了汤药。

三皇姑说："先让丁姑娘在我这儿养好了再回去吧。"

那个年轻人给三皇姑叩完头，就来给姑娘又喂水，又喂药，围前围后，十分关心疼爱姑娘。这时，丁姑娘有些好转，已经能说话了。她缓缓地伸出两手，把那小伙子的头抱住，就哭泣起来。三皇姑明白了，问："丁姑娘，你爱这个年轻人吗？"

丁姑娘轻轻转过脸儿来，点了点下巴，说："请皇姑奶奶给我们做主，我给您叩头了。"说着就又要起来，被几个小姑娘扶住了。

那个年轻人连忙又给三皇姑跪下叩头说："请三皇姑奶奶给我们做主！我们俩已经相爱两年了，我正挣钱攒钱，攒够了彩礼钱，我们请媒人，就定亲结婚。皇姑奶奶，我向天发誓，我会好好待她的！"

三皇姑乐了，说："起来吧，我给你们做大媒，你们就算定亲了。素雪，来，把我的玉镯子拿来，算是我的贺礼吧！等丁姑娘伤好了，我主持你们结婚。再把我的衣服找来一套，一会儿给丁姑娘换上。"

男人们都出去了。李先生给丁姑娘上完了药，不一会儿，那年轻人被叫进屋，原来丁姑娘换好了衣服，非要给三皇姑叩头不可。小伙子将姑娘扶下地，双双给三皇姑叩了头。

傍晚，隋元回来了，向三皇姑报告说，崔大牙的屁股被打烂了，足足打了一百杀威棒，罚他掏茅房、扫大街一个月，又罚银十两，有五两归公，那五两给丁姑娘治病养伤。

在四平街的大街上，人们见崔大牙受到了应有的惩罚，都纷纷伸出大拇指说："皇姑奶奶是这个！"

平静的日子过了几天以后，一天早晨，三皇姑刚刚吃完早饭，就有衙门的一个兵役来请三皇姑，说巡检衙门今早有一个无头的人命案子，请三皇姑去协助巡检大人分析一下。

三皇姑听了，对那衙役说："你先回去吧，骑马来的吗？"衙役说是。"你先走吧，我收拾一下就去。"三皇姑又说："三格子，你和杨珍跟我去，看看是什么无头案。"素雪四个小丫头立即帮三皇姑梳洗穿戴，外边的车马套好了，三皇姑和四个侍女上了轿车，三格子和杨珍跨上马，下了三道岭子，直奔四平街巡检衙门而来。巡检杨文欣早早地迎出四平街南门。

到了衙门大堂坐下后，巡检向三皇姑介绍了案件的来龙去脉。

原来四平街里住着一家房氏兄弟，房老大叫房守贵，经常上山挖参采药材去辽阳贩卖，老二叫房守业在家种地。兄弟俩勤劳度日，苦巴苦拽地熬了几年，老大娶上了媳妇，三个人勤勤俭俭，苦打苦干地，终于盖上了三间房子。老大两口子恩恩爱爱，嫂子和小叔子和和睦睦，小日子过得和和美美，令人叫好。

房老大经常跑山，上老草帽顶子山，不是放山挖棒槌，就是采木耳挖药材，一出去就是八九十来天，家中就只有媳妇和弟弟。媳妇住东间，弟弟住西间。一天，在街上，一个人遇到房老大，跟他开玩笑说："老大，你常不在家，就你媳妇和你弟弟两个人，都年轻性旺，准没好事，你不戴绿帽子才怪呢！"

开始时，房老大没在意。一来二去，好些人都说房老大哥俩娶一个媳妇。老大心想，这许能是真的？可又一寻思，弟弟不是那样的人，媳妇也不是那样的人，他们绝不会做出那种事来。可不管怎么样，我应弄个明白。就在秋后的一天，老大挖了好几苗大棒槌，说要去辽阳卖，就对媳妇和弟弟说："我这一去，得个十天半月的，你们要好好料理家务。"说完，背起篓子就走了。

房老大走后，弟弟说："嫂子，我哥得半个月才能回来，眼下家里活儿都忙完了，你也一春一夏都没回娘家了，今天，我送你回娘家住些日子吧，等我哥回来我再去接你。"嫂子一听，很高兴，就收拾了一下东西，让弟弟送她回东瓜岭娘家去了。

四平街东五六里地有个山岭，叫东瓜岭，过岭下岭四五里地就是东瓜岭堡子，走一个时辰也就到了。房老二在嫂子的娘家吃完了晌饭，寻思寻思没什么事，就走了十多里地去了平顶山，那是个大村子，听说有家要卖牛，想看看。从平顶山村回四平街是三十里路，东瓜岭往北走去平顶山村也就二十多里地，从平顶山回四平街，正好经过关门砬子岭，这岭也叫北岭。房老二到平顶山看了牛，没看中，就二返脚回来了。走到北岭顶上的时候，日头就卡山了。这时听到有个女人的哭声，不一会儿，哭声住了。他刚上到岭顶，一看，见岭上西边树上吊着一个女人，他二话没说，跑上去，就把那女人抱住举了起来，急忙摘下脖子上的绳套。把那女人放在了地上，一看，是一个姑娘，一条油黑油黑的长辫甩在背后。住了一会儿，姑娘醒来了，睁开了眼睛。老二问："妹子，你有什么伤心事，逼得你寻短见①？"姑娘哭着说："我爹妈早已下世②，哥哥做买卖常不在家，嫂子总嫌弃我，整天骂我不说，还要把我嫁给姓谭的独眼龙，那姓谭的是出了名的二流子。我不干，嫂子就狠狠地打我。我实在受不了了，寻思寻思，还是死了算了，省得活受罪。"

房老二说："好死不如赖活着，你这么好的人，年轻轻的，哪能死呢！这样吧，我家住四平街，离这儿有十里地，你今晚先到我家住一宿，明天你有亲去投亲，没亲再想别的法子，要不，你到衙门去告状，我陪你去。"

那姑娘感激地说："谢谢你救了我，你真是个好人哪！"

房老二领姑娘回了四平街家，到了嫂子的东屋里，给她铺好被褥，就回到西屋。冷丁想到，不行，我不能在家里住，让别人知道了，还不说我存心不良呀！想到这儿，房老二就到东屋对姑娘说："我哥嫂都不在家，你自己住这吧，把门关好，我去婶子家找个宿。"

房老二家离婶子家只隔一条街，婶子家只有娘儿俩，儿子房守枝好吃懒做，不务正业，好事不干。房老二到婶子家叫开了门，向婶子说了来借宿的缘由。这话被躺在炕上的房守枝一字不漏地听得清清楚楚，原来是房老二送嫂子回来救了个姑娘，又领来家住了。心想，你不跟姑娘睡，我去睡，这样的好事上哪找！他看房老二睡着了，就轻轻起来穿上衣服，悄悄地出了屋子，去了房老二家。

---

① 短见：辽东方言，死。
② 下世：辽东方言，人死了。

那房守枝到老二家轻轻地叫门，那姑娘听到叫门声便问："谁？"房守枝假装说："咱们一道我领你来，怎么听不出我的声音了？"那姑娘又问："你不是到婶子家去住了吗？怎么又回来了？"房守枝说："婶子家来了好多客人，没地方住，我才回来的。"那姑娘下地点着灯，开了门一看，不是老二，吓了一跳，忙问："你是谁？干什么来？"房守枝溜进了屋，满脸堆笑地说："我叫房守枝，刚才我二哥到我家借宿时，把你的事都说了。你这么个大姑娘在三间大房里睡觉多孤单啊，我来陪你。"那姑娘一时不知如何是好，房守枝上前就抱住姑娘要上炕，姑娘急中生智，哄他说："别急啊，你先上炕躺下，我去趟茅房，马上就回来。"房守枝信以为实，就放开了手，上炕脱了衣服等姑娘回来。姑娘到院子里一看，一片漆黑，地方又不熟，一时不知往哪跑才好，走了几步，在院子角落地方摸到了一大垛苞米秸子，就扒拉扒拉钻进去藏了起来。

房老二家房后有一家姓祁的，老两口子生活，好占小便宜，老头叫祁海志，是个罗锅子。这天早晨，他看房老大外出，又看见房老二把他嫂子送走了，一直到天黑也没看见房老二回来。晚饭后，这罗锅子祁海志对他老婆倪麻子脸儿说："前院房老二家的人都走了，他们家老大挖了不少参，还在院子里晒了半帘子红参，待一会儿你去偷他们家的红参回来，咱们卖了，就有些钱花了。"倪麻子脸儿说："我不去，你去吧！"祁海志说："白天你常去房家，知道他们把红参放哪了，这阵儿都二更天了，快去吧！"倪麻子脸儿说："我害怕，还是你去吧！"祁海志生气地说："你不去，我就杀了你！"说着拿起杀猪刀。倪麻子脸儿吓得声音发颤地说："我去，我去。"就从房老二家的狗洞钻了进去。一看房门半开着，就进了屋子，摸索着来到了东屋。

躺在炕上的房守枝听见进来一个人，以为是姑娘回来了，就急忙下地说："你怎么才回来，我都等急了。"倪麻子脸儿一听吓了一跳，转身就想跑，被房守枝一把拽住就拉上了炕，说："你别害臊嘛！"急忙扒下她的衣服，就疯狂地玩弄了起来。倪麻子脸儿心想，不管怎么样，我不能说话，不能出声，我要一说话，叫老二听出来就坏了，说我去偷东西，那名声完了，等一会儿他玩累了睡了，我再悄悄回去，也不算吃什么大亏，千不怨，万不怨，就怨那该死的祁海志，这回就叫你当个老王八吧！房守枝这个年轻人如饿狼扑食、干柴烈火一样，疯狂玩弄，总不罢休，不放手。大约过了一个时辰，没等这小子睡着，倪麻子脸儿却早被年壮的房守枝几次地折腾累得精疲力竭，先睡着了。不一会儿，这小子搂着个老太太也睡着了。

再说房老大出去转悠了一天，到半夜时他回来了。一看房门开着，就轻轻来到东屋，细细一看，炕上果真一男一女睡在一个被窝里，他简直如五雷轰顶，肺子都要气炸了，就摸出斧子，"啪嚓啪嚓"把两颗人头砍了下来。然后倒出一条口袋，把两个人头装上，背起来连夜赶向东瓜岭村的岳父家。

到了岳父家天还没亮，在大门口，房老大大声喊道："开门开门，快开门！"岳父急忙点上灯开门，岳母和房老大的媳妇也随后赶来。岳父一看女婿房老大杀气腾腾，满脸血红，忙问："出了什么事？"房老大气哼哼地说："出了什么事？看看你的姑娘做的好事吧！"说着他就把口袋里的两颗人头倒了出来。他媳妇一看，吓得大叫一声："天哪！你把谁给杀了？"房老大听到媳妇的声音，吓得赶紧把两个人头又装进了口袋，背起来就跑了。心里说，坏了，我杀的到底是谁呢？是弟弟和另外一个女人搞上了？这时，天已经蒙蒙亮了。房守贵跑回了四平街。他看见路边孙馃子铺家院里的炉子，灵机一动，干脆把两颗人头扔炉子里烧了吧。他一不做，二不休，就把两颗人头扔进了炉子里。

馃子铺的老孙头天不亮就起来烧炉子炸大馃子，一透炉子，觉得炉子里有什么东西，就回屋点着了灯拿来，掏出圆不溜丢的东西一看，是两颗血淋淋的人头。孙老头怕被人看见，急忙找了件破衣服把人头包上，叫来了老伴儿，老两口一合计，还是到乱坟岗子刨个坑埋上吧。就背起人头，扛着锹镐，和老伴儿奔村外东山头下的乱坟岗子去，趁天还没亮，刨坑挖土。这时，有个老于头起早拣粪，听到乱坟岗子有锹镐声，就走了上去。一看是馃子铺的老两口子，就问："你们起这么大早挖什么？"老孙头急忙遮掩着说："昨晚我梦见这里有宝。"老于头说："太好了，见面劈一半儿，咱们一起挖吧！"说着也拿起锹挖了起来。挖了一会儿工夫，老孙头看看够深了，趁老于头不注意，抡起镐头，照老于头的脑袋就是一镐，一下子把老于头砸死在坑里，老两口把两个人头又扔坑里，急急忙忙地把坑埋上了。

房老大的岳父、岳母和媳妇见女婿、丈夫杀了人，吓得魂不附体，连忙赶到四平街巡检衙门报案。到了衙门，还没开大门，就只好在大门外等候。

房老大把人头扔到馃子铺的炉子里后，想起了媳妇平时对自己忠忠实实的，兄弟两人和和气气，弟弟勤恳能干，把弟弟杀了，心里有愧，也去了衙门，想要自首。

房老二在婶子家醒来，天已经大亮了，就穿上衣服准备回家，却被婶子拦住。一看便知道出事了，于是不顾一切地跑回家。婶子一看也跟着跑去了。房老二到家一看，家里房门大开，心里一怔，喊了几声，没人应。闯进东屋一看，炕上地下满是血，炕上两个尸体没有头，他吓得"嗷"地大叫一声。他婶子随后进屋一看，儿子被人杀了，就大哭起来。他想，一定是老二趁自己睡觉时回来杀人的。她边哭边骂房老二。房老二也没分辩，就向衙门跑去。

后街的祁海志等到天亮也没见老伴儿倪麻子脸儿回来，以为她去偷房家人参被抓住了，也来房家看，听有人大哭，进去一看，老伴儿和一个男人都光溜溜地被人杀了，也哭了起来。哭了一会儿，便问房婶："你知道这个男尸是谁吗？"房婶说："是我儿子。"那个罗锅子祁海志一听火了，说："我老婆昨晚出来上茅房，一夜没回，原来是你儿子把她拖到这儿杀了，我非和你打官司不可。"房婶一听懵了，听说是个姑娘，怎么又成了倪麻子脸儿了？她仔细一看，果然是罗锅子祁海志的老婆倪麻子脸儿，两个人都急了眼，一路厮打着也到了巡检衙门。

杨大老爷升堂，房老大的岳父进了大堂，双膝跪倒，奏道："大老爷在上，平民的小婿房老大昨晚杀死两个人，不知杀的是谁，他把人头割了下来，也不知尸体在什么地方。"

就在这时，衙役来报："房老二前来喊冤。"杨大老爷一听，说："带上堂来。"房老二慌慌张张跑上堂，双膝一跪，说："大老爷，小人冤枉！"杨大老爷问："你冤在何处？"房老二说："小民昨日送嫂嫂回家，回来时，路上遇到一个姑娘上吊，我把她救下，问明是因父母早逝，受嫂子气才寻短见，我把她领回家，让她住在我嫂子的炕上，我到我婶子家借宿，今早上回去一看，炕上两具尸体，一男一女，没有人头，不知何人所杀。"

这时，房老大闯进了衙门大堂，双膝一跪，说："青天大老爷，小人有罪。"杨巡检问："你有何罪？"房老大说："农闲时，小的上山挖棒槌去辽阳贩卖，只有弟弟和媳妇在家，听别人说我妻不贤，弟弟不正，他们二人通奸，小的为了探个虚实，昨夜三更回家一看，果然是一男一女同睡在我的炕上，我心中火起，杀死了二人。没承想，当我把人头送到岳父家时，却看见媳妇住在娘家。我杀的男人可能是我弟弟，那女人不知是何人！"巡检手指房老二，对房老大喝道："你抬头看看，他是何人！"

房老大抬头一看，见是弟弟房老二，更懵了。

杨巡检问房老大："你把人头弄哪去了？"房老大说："当时小人没法，就把人头扔到孙馃子铺的炉膛里了，可能他们一生火，烧没了。"

刚说到这里，又听有人上堂喊冤，只见罗锅子祁海志拉着房老二的婶母上堂跪下，祁海志说："小的家只有老夫妻二人，昨夜老伴儿倪麻子脸儿出去上茅房，被房守枝拖到房老二家奸污杀害了，请大老爷明断。"

杨巡检听了，一拍惊堂木，厉声喝问道："胡说，你老婆是如何到房老二家的，还不从实招来，免得用刑。"

罗锅子祁海志急忙说："小的有罪，因昨日房老大出门，房老二送嫂子回娘家我都看见了，到天黑也不见他家有人，我就叫老婆到房老大家偷红参，不想被房守枝奸污，又杀了人。这是实情，没有丁点儿谎话。"

杨巡检马上吩咐备轿，带领三班六役，要去房家查验。他对三皇姑说："您先坐这歇息，奴才去去就回。"又让夫人出来，陪皇姑说话喝茶，就押一行人前往房家查看现场。路过孙馃子铺，把老两口叫出来一问，老两口只好从实招出埋人头的地方。到乱坟岗子一挖，取出两颗人头，还有一具男尸，连相就把老两口也带到了房家。到房家一验尸，果然不错，那老两口又招出埋人头时，打死了老于头的经过。

杨巡检查来看去，没找到那姑娘，不知姑娘的下落。心想，半夜三更，漆天黑地的，一个姑娘能跑哪去呢！就命令三班六役仔细搜查，最后，在苞米秸垛里找到了姑娘，对证了昨晚的事。

杨巡检检查完了，让三班六役将一干人等全部带回衙门大堂。杨巡检回到衙门后，把现场勘验的情况向三皇姑详细说了一遍，两个人又低语一气，确定了判案办法，立即升堂。

三班六役将一行人全部带到大堂上跪下，巡检判道："三条人命，事关重大。本官宣判如下：

罗锅子祁海志年老不正，唆妻偷参，因此伤命。房守枝之母教子不严，助子奸淫，儿子被房老大守贵误杀，罪有应得。房守枝之母孤身一人，无人养老，由房老二守业扶养待嫁。房老二守业为人善良，路上救人，不存邪念，姑娘嫁给房老二房守业为妻。馃子铺老夫妇，年过花甲，遇事不举，又害一人，理当死罪，但于老头见财眼红，也当有罪，看在馃子铺老夫妇的年岁上，罚白银二百两，二十两用于埋葬老于头，一百八十两交房老二房守业用于扶养婶母。于老头的老婆于老太太，令罗锅子祁海志娶家为妻。房老大房守贵听信闲言，杀害人命，但看在占妻之恨上，死罪可免，活罪不可免，重打一百棍，罚白银三百两，上缴官府。"

杨巡检宣判完毕，三皇姑当堂为房老二房守业和那姑娘对拜成婚，做了媒人，成全了好事。巡检让罗锅子祁海志把于老太太领回了家。

第十章　庙会风云

　　四月十八，是四平街关帝庙娘娘庙会。自打关帝庙建成以后，关老爷的大殿和娘娘大殿的香火就长年不断，许愿的，还愿的，讨封的，给躺儿巴佬挂咸菜瓜子，给施不全挂麻批儿的，善男信女终日不断，络绎不绝。远近百余里，都把四平街关帝庙奉为神明。远远望去那庙中九尺二寸高的檐头和宽敞明丽的屋宇上的红檐绿瓦，在阳光照射下，显得更加光彩神妙，绚烂夺目。那个"亘古一人"蓝地金字的大匾，高高地悬挂在大殿内正中，高悬在关圣帝君的头上。

　　庙会前的多少天，三皇姑就叫往外运送焦炭的大车，走一路宣传一路，说四平街关帝庙四月十八举办盛大的庙会，各地的商贩买卖可以大张旗鼓地到庙会上做买做卖，当地的山珍土产都可以拿到庙会上自由交易，巡检衙门只收取最低的税金，鼓励四面八方的买卖人到四平街庙会上做买卖，交易商品。

　　早在庙会的头一天，四平街周围各个车马大店都住满了外地赶来的买卖人，而远处的百姓也早早赶来，住亲戚家朋友处，近道的三五十里路的人，都是半夜就起程，赶大车来的，徒步走的，骑马赶驴来的，使四平街关帝庙内、街内人头攒动，挨肩擦背，简直没有下脚的地方了。

　　庙会这天，是四平街一年当中来人最多、最热闹、最繁华的一天了，整个丁字街和大庙里都挤满了人。街道两边摆满了摊床铺位，卖日用百货的、卖针头线脑的、卖镰刀铧钩的、卖家用器具的、卖头油胭粉的、卖点心糕饼的、吹糖人的、卖唱杂耍的……，无所不有，无所不全。

　　衙门还特意从抚顺请来了戏班子，在关帝庙大门外搭了戏台，一连唱了三天大戏，更是吸引来四面八方的百姓民众，扶老携幼，摇车搭辆地赶来看戏。

　　还有些是借庙会之机访亲探友的，媳妇回娘家的，姑娘看小伙子的，也来凑这个热闹，青年男女更是借这个机会来见面赴约，不一而足。

关帝庙内，青年男女上香叩头的，许愿还愿的，讨药讨方的，治病除患的，算命看相抽签儿的，怀着各种心愿来叩头祷念的，更是把庙内大院子挤得水泄不通。大铁钟的当当声，敲小钟的叮叮声，特别是人们的说话嗡嗡声，让你什么声也听不清，不对着耳朵说话，你比画都比画不明白。而那焚帛亭里的烧纸的火烟更是弥天蔽日，烟火缭绕。

给关老爷上香烧纸叩头的多是男子，而向西天王母娘娘许愿叩拜的则多是女性，不等此人叩拜完毕，后人已经急急地等上了。

关帝庙东南角的大门大开，六十多岁的老道士俗姓程，仙号至馨，虽然年岁不算大，可是眉须霜白，头戴青布道士帽，露出白白的鬓发，身穿蓝布道士袍，高腰白袜，足蹬双缉脸儿青帮白底鞋，手持白马尾的蝇甩子，给讨药抽签打卦占卜者又是说又是念的，忙得没有点滴的空闲。

在大门口，门中间横放了一条长凳，一个八九岁的小男孩站在凳子上，后脑勺的头发留个小尾巴，脑瓜门儿留着木梳背儿，道士至馨向前方指给小孩看，说："我往你屁股上打一笤帚，你跳下凳子往前跑，不许回头，跑到前边那条横道上，看见没有？跑到那就够一百步了，就可以回头了。听明白了没有？"

小孩说："明白了。"

"好！我打一下，你跳下凳子就往前跑。"至馨道士说。

小孩说："知道了。"

程老道拿起一把小笤帚，照小孩屁股打了一下，小孩跳下凳子就往前跑。程老道高声喊："快跑，别回头！"

小孩的妈也喊："不到地方别回头！"

小孩一直不回头地往前跑，跑过了前边的横马路了，才站下回来了。

这是这个小孩子身体软弱，常闹阵候①，总有病，才在庙会这天举行"偷跑童子跳墙"活动，从此小孩子就越长越健壮了。

在四平街内丁字街的接头处，正是巡检衙门大门东，村公所房东头的小广场地方，四月十六就搭好了戏台。戏台的西边稍往前点儿又另搭了一个小台子，是给三皇姑、杨巡检夫妇等人看戏搭的台子。从四月十六开始唱大戏，一连唱了三天。四月十八庙会这天，戏班子唱的戏目有

---

① 闹阵候：辽东方言，生病。

《长坂坡》《打渔杀家》《四郎探母》等。看戏的人挤不透，压不透，人山人海，光看见人的后脑勺，认不出是谁来。前边的人坐在横木上，中间的人坐在凳子上，后边的人站在凳子上，谁若想从人群中穿过，那是难上难。

三皇姑和杨巡检夫妇坐在台子上看戏，三格子站在皇姑身后，杨珍四人和素雪四人紧站在台下，衙门的三班六役也紧围左右，大家正看得上心的时候，忽然从东门外飞来十二个骑马的，烟尘滚滚地下了东坎往右拐，直冲看戏的人群而来。

三皇姑眼尖，一眼就看出了来者不善，她回头抬眼看了三格子一眼，三格子点点头，轻轻走到台边对杨珍耳语了几句，又回到三皇姑身后。这工夫，三皇姑对坐在身边的巡检夫人耳语了几句，夫人点点头跟巡检说了几句，仍然看戏。

这时，人群骚动，呼啦啦哄嗡嗡地散开，闪出一条道，让十二匹马队穿过。那马队冲出人群，到了戏台下就下了马，一个为首的汉子拐过来一步登上观戏台，见三皇姑身后的大汉怒目而视，没有上前，见巡检夫人，径直走上前去。只见这几个人个个身穿灰衣服，紧袖紧腿，腰中别着"腰别子"①。那跳上台的汉子径直到了巡检夫人跟前，一手握着马鞭子，一手端了下巡检夫人的下巴，往上扬了扬，戏狎地说："小模样还不错啊！"

巡检夫人立时扭头对巡检说："巡检大人，来贵客了，还不备办酒席！"巡检立即起身迎接"贵客"，说："请问贵客自何处而来，何不请到衙门喝口薄酒！"

那汉子笑着说："好哇！请带路。"

巡检和夫人起身对三皇姑说："您先请！"三皇姑起身，那汉子凑上前要动手调戏，三格子用身子挡住，竖目怒视了一眼，那汉子没有轻举妄动，跟在身后下了观戏台，一帮人进了衙门。三皇姑故意走在后边，她说："你们先去大厅聊着。"一帮人进了大厅坐下后，巡检说："夫人，你先同贵客们喝茶，我到厨房安排酒席。"

巡检夫人带领那十二个汉子进了大堂，边喝茶边闲聊。这边，巡检和三皇姑一碰头，三皇姑说："庙会人众，不能在街里动手，免得伤了百姓。你安排酒席，让衙役们分三帮，在东瓜岭上设三道卡子，我的人也去，安排在最后一道卡子，一定要把这帮匪徒截住，一个也不能放过。

---

① 腰别子：一种短土枪，点燃药捻子，打枪沙作子弹。

我估计，在席间他们不会怎么样的，再说，我那几个丫鬟的身手也不是白给的，他们也不见得能得到便宜。你们放心吧！"

酒菜很快就上来了，巡检和夫人频频劝酒。三皇姑慢润慢品。傍日头卡山的时候，这帮人戏谑够了，酒足饭饱了，才上马东去。

在这帮人喝酒的工夫，衙门里四十名清兵和三格子等五人分作三帮，在东瓜岭上设了三道卡子。第一道卡子设在四平街东门外的滴台，第二道卡子设在小闹子沟门儿，第三道卡子设在东瓜岭顶。当这帮匪徒进入第一道卡子的时候，清兵们没敢动手，第二道卡子也没敢动手，两道卡子都把这帮匪徒放过去了。到了第三道卡子的时候，三格子、杨珍、隋元、耿乐、佟清一合计，"绝不放过一个"。他们让清兵拽好绊马绳索，先将头几匹马绊倒，然后一齐上，准备好了，就等这帮匪徒的到来。

只听"咔咔"的马蹄声越来越近，十二个人悠闲地走在上岭的山路上。眼见进入第三道卡子了，前边的两名衙役冷丁抖起绳索，将头一匹马绊倒，骑马人摔下马来。接着又有几个被绊下马，清兵们一呼而上，将还没翻过身来的匪徒砍杀。三格子、杨珍、耿乐、隋元和佟清，跳起身来，大喊一声，一人端下一个，清兵们糊上去挥刀砍杀。那个为首的大叫一声，刚掏出"腰别子"，还没等打火，三格子"嗖"地飞去一刀，正击中他拿枪的右手腕子，清兵们从下边横刀将马腿砍伤，马倒了，那汉子也摔下马来，三格子几个飞身上前，将他制住。后边还有两三个匪徒，早已惊得魂不附体，还没来得及反抗，就被砍下马来。整个打斗，不到一袋烟的工夫就结束了。

三格子说："天黑了，我们清理一下。"他叫捕头派一个兵去把第一、第二道卡子的人都叫来。人都来了以后，捕头说："砍死的，都挖坑埋上，没死的拴捆上带回去，将伤马好马都牵回衙门。"三格子又说："捕头，派个人骑马先回去报信。"

一场堵截匪帮的战斗，就这样胜利结束了。杨巡检对三皇姑说："这几个月就有几起报案的，说在外三保和老秃顶子一带地方有股匪徒，抢劫财富，还杀害了三名无辜百姓，弄得百姓生活不得安宁。没想到，他们竟敢闯到衙门口来，真是找死。这若没有三格子等人的协助，还是难以制服他们的啊！"

三皇姑说："杨崽儿啊杨崽儿，你的衙役们还要好好训练啊！头两道卡子没敢动手，第三道卡子若不是有他们五个人在，恐怕也还是不敢动手的啊！"

　　杨巡检连连点头说："是，是！"

　　在回三道岭子的路上，素雪问："皇姑奶奶，您怎么就这么容易地设计收拾了这帮人呢？"

　　三皇姑微笑着说："对付这么几个蟊贼，那还不是小菜一碟！"

第十一章　学堂童声

过了小年，三皇姑说："三格子，这几天要把矿上的事安排好，让杨珍他们都放假回家过个年，跟亲人们团聚团聚。咱们也该回去看看老人了。你叫人去把唐阿里和陈作为叫来，咱们把过年这段的活儿安排一下。"

过了些时候，隋元回来说："皇姑奶奶，陈把头马上就来，可唐阿里忙得脚打后脑勺，附近几个村子的人一帮一伙地来求他写对子，账房里都挤满了。"

三皇姑若有所思。

过了一会儿，唐阿里和陈作为来了。三皇姑说："过年期间井下井上的事都安排了没有？"

陈作为说："回皇姑的话，已经安排好了，两个井口都安排了打水的人，仍然两班倒，给他们加点儿薪金，他们都很高兴。这些人主要都是有家的或在邻居各地方住的，远道的都放假了，没有家的单身汉都留在矿上了。铁场子、炼焦场的窑烧好后先不出窑，放年假回来后再出窑。还有……"

"等等，这些事就不用说了。你告诉煤工、铁工们，借着放年假的机会，让他们找媳妇，成个家，谁找媳妇成了家的，从账房上给拨二两银子。"三皇姑说，"这些人成了家，有了媳妇，就能少干坏事，一心无挂，也能干好活儿，省得我为他们操心。有家有业的，有父母姐妹的，都可以搬过来，一个人养活家口有困难的，可以让他们的媳妇也来干点活儿，少挣点儿，也帮家里贴补贴补。从山东各地来的那些死刑犯，就不能给他们放假了。煤场、铁场、焦窑上安全保卫的事也得安排好，不能空了人。……你再想想，还有什么事。"

陈作为说，"没有了，那我先走了。"

三皇姑说："你，要盯在矿上，你不能放假，左右你的家在西河掌，离家也不过二里地，你就多辛苦些吧。"

"是。"陈作为说，"叫我放假也放不了假，随时随地都有事。"

三皇姑说："那你去吧！"又对唐阿里说："怎么，听说请你写对子的人还不少啊！咱们的唐阿里成了大秀才喽！"

"啊！不敢当。"唐阿里说，"都是远道来的，叫人家等时间长了我心里不得劲儿，就抓紧往外赶。"

三皇姑说："过年了，干活儿的人都想拿到工钱，你还得抓紧结账啊！"

唐阿里说："三皇姑，账我都结完了，就等您看了。"唐阿里把账放在三皇姑的桌上。

三皇姑说："我先看看账，那你先去忙吧，一个时辰后你再来。"

过了些时候，唐阿里来了。

三皇姑说："这账我看完了，记得清清楚楚，明明白白，很好。这若把开销都支出去了，今年还能结余……"

唐阿里说："今年是个红利年啊！"

"有了银子，我就可以办几件事了！"三皇姑显然很满意。她说，"三格子，你和账房先生、陈作为明天给大家发薪金，格外给唐阿里一百两，陈作为一百两，算是给他们的心力钱吧！给杨珍他们八个一人多给五十两。结完账把银钱从我这封好，你们几个人把钱匣子送杨崽儿那，让他替我保管，也给他一百两，算是我给他的奖励吧！另外，封好一千两，我要带回去。明白了没有？"

唐阿里和杨珍十来个人跪下叩头说："谢谢皇姑奶奶！"

"快起来！快起来！"三皇姑要下炕搀扶，说，"我不是说了嘛，不许再给我跪，咱们都是家里人，不要那么多规矩。格外给点儿钱，是应该的。钱不多，只是表示我一点儿心意。你们跟我辛辛苦苦地干。咳！我是想要干点儿别的大事，用钱的地方多啊！"

唐阿里说："皇姑啊，奴才们干点活儿是应该的，干就得干好，这没什么说的！您对我们这么好……"

"别说了，你们下去吧！"三皇姑说，"三格子，想着，在咱们回家前，要去拜见一下四平街的张老，一是过年了，应该去看看，再说，听说张老身体有点儿小恙，我们也该去看看。做人哪，一辈子都不要忘了别人的好处。"

三格子问："咱们不能空手去啊！"

　　"是啊!"三皇姑说,"我不是叫你留出一些钱吗,去时,带去五十两吧。不知怎么,他们的小卖铺子兑了出去,什么原因呢?唉,记得,还要去东升堡子看看那家老张家。把咱们铁场倒的铁火盆、铁蒜缸子送给他们一套。再把四平街的保长叫来,我有事儿跟他说。"

　　响午饭后,四平街的保长方国胜来了。方国胜,字起,人称"方二爷"。见了三皇姑后,三皇姑说:"有两件事最好能在两三天内给我办好,算是我委托你……"

　　"哪里哪里,小的应该的。"方起说。

　　三皇姑说:"第一,把你管辖内鳏寡孤独的、生活没有依靠的拉个名单给我;第二,有九岁到十四岁的孩子包括女孩的,拉个名单,把孩子的爹爹名也列上。这两件事两天能办完吗?"

　　方起说:"能,皇姑奶奶交办的事,小的一定办到!"

　　三皇姑说:"那别人的事你就不一定办了?"

　　"哪敢,哪敢!"方起连忙说,"分内的事,件件办好。"

　　三皇姑说:"去吧!"

　　三天后,三皇姑一行人去了四平街,先去拜见了张老。一看张桂森老人躺在炕上,老太太守在张老的身边,看起来张老精神还好。张老说:"谢谢三皇姑奶奶还惦记着小老儿。这一秋一冬,就感到身子骨像散架子了一样,满昌、元昌为照料小老儿,也把铺子兑出去了,书金、书田两个孙子更是围前围后地照料小老儿,把家里的营生都耽误了,咳!"

　　三皇姑说:"您老好好养着,春天就会好的,我还有事,就不打扰了,过了年我再来看您。"

　　张老让两个儿子和两个孙子送三皇姑一行。三皇姑出了张家大门,就去了衙门,杨巡检早早就在衙门大门外迎候上了。

　　三皇姑被迎进了大厅,巡检和夫人陪着。三皇姑说:"杨崽儿啊,你也累一年了,有两件事说给你:一是我想过了年办个学堂,让小孩子学认字,你想法从桓仁县城那儿请个先生来。我想好了,学堂先设在关帝庙西厢房,把南头倒出两间。以后有条件了,在街西盖个大学堂,钱由我出,你张罗一下。第二个事儿,我手里有个名单,你派你的三班六役下去,按名单上这些家,鳏寡孤独的老人和家里无儿无女、无依无靠的老人,以你杨崽儿的名义,给他们一家送去一两银子,好让他们过好年。

这银子嘛，我都准备好了。还有，这一年你也很辛苦，一见面你就跪地叩头，一口一个皇姑奶奶地叫着，我也给你准备了点儿银子，算是皇姑奶奶给你点儿押腰钱吧！"

杨巡检夫妇立即又跪地叩头谢恩。

三皇姑叫素雪把装银子的匣子交给杨巡检。杨巡检仍跪地叩谢说："皇姑奶奶，您为奴才买名声，奴才干活儿是应该的，还这么……"

"别说了，"三皇姑说，"你要好好干，给大清皇朝做个好官、清官、廉洁的官，就算行了。你现在还是个比芝麻粒儿还小的官，你干好了，我会让奕唐阿和英隆保举你的。我这矿呢，头两年，矿上的赢利还没有几个，今年好了一点儿，有了点儿钱，有钱就可以干点儿事了。开春以后，我一是要建学堂，还要修路，往哪去还方便点儿。好了，我也不在这吃晌饭了。记住，杨崽儿，给那些无儿无女的人送钱，按名单送，谁收了，摁个手印，你的办事的人出了什么岔子，小心他的手脖子！"

"不敢，不敢！"杨巡检说，"请皇姑奶奶放心。"

三皇姑又笑了说："我给你的银子里有你夫人的七十两，没有她的宏德，你这个巡检也干不好，我主要是冲着你的夫人来的，明白吗？"

杨夫人李氏连连拜谢。

三皇姑说："银子发完后，把花名册给我送去，我要附在账后。"说完，坐着小车子回到了三道岭子。

过了年，杨巡检从桓仁县城请来一位教书先生，此人姓华，名砚洗，是从山东过来的一位秀才，在桓仁县城靠卖字为生。

杨巡检把衙役们撒开下去了，按保长提供的名单，在保长陪同下，逐个动员有孩子家，把孩子送学堂去学认字儿，终于集中了八九十个孩子，学堂办成了。

关帝庙西厢房三间，倒出一间半，让那位程道士住北头，中间为灶房，南头一间打了两铺大炕，南山墙打了小条炕，即"万字"炕，东西大炕上坐学生，老师坐小条炕上，条炕上放一张小炕桌。

华砚洗四十多岁，说话带点儿山东口音，孩子们熟悉了几天后才听得懂，而他本人也逐渐学习关东语言，说话也渐有了关东味。

刚开学头一天，那八十几个孩子由家长不是爹爹就是妈妈或叔叔哥哥的领着送去了，可大人一走，孩子就有偷着跑的，有的孩子一看见大庙里龇牙咧嘴瞪眼挓须的神像，就吓得胆战心惊，下次说什么也不敢自己去了。最后，只剩下四十多个了。华先生先教孩子们《三字经》《千字文》和《庄农杂字》，后又教《百家姓》《论语》等，没有书，光是一句句地学着往下背诵。孩子们盘腿坐在大炕上，两手放在膝盖上，摇头晃脑地跟着学："昔孟母，择邻处，子不学，断机杼"，"子不学，非所宜，幼不学，老何为。玉不琢，不成器，人不学，不知义，为人子，方少时……"在关帝庙里，读书声，撞钟声，和谐悦耳，使往常平静寂寥的庙院，有了勃勃的生机。

在这些孩子中，有一个程姓的小孩子，叫程显会，大家都在背书的时候，每句都在随声附和，他那厚厚的嘴唇也在动，却听不出发出的什么声音。华先生瞄了程显会几眼，知道他没有背书，就轻轻地走了过去，右手捏住他的左耳朵，向上一提，程显会随着就起身站了起来，扯着他走向条炕，站在了小炕席前，叫他从头背书。

程显会笨笨咔咔地背了三四句，怎么提醒也是干瞪眼，再也背不出了。华先生操起了手板子①，要打他的手，他也再背不出一句来。华先生又叫起一个孩子，叫他背，那孩子呱呱呱地背了下去。他又叫程显会从头上开始背，程显会又只背了几句，又卡壳了，再怎么提醒也背不下去了。华先生来气了，这孩子怎么这么笨哪！他走上前，冷峻地叫他把左手伸出来，"啪啪啪"地打了三下手板。问："疼不疼？"

"疼！"程显会低头说。

华先生说："好好背，回去吧！"

这时，有个小孩子名叫于长佑的，掐了一小截炕席篾子，从背后弯过手拨另一个孩子的脸蛋，这小小的动作，被华先生看见了，他把那个于长佑叫出来，问："你刚才干什么了？"

于长佑低着头说："我用炕席篾子拨了小黑子的脸蛋了。"

"哪只手拨的？"

"左手。"

"伸出来！"

"啪！"华先生一板子打在于长佑的左手掌上，手一下子缩回，背在身后。

"伸出来！"

于长佑慢慢地抻抻悠悠地把手伸了出来，"啪！"又一手板子。华先

---

① 手板子：宽一寸、长一尺半的椴木板，旧时老师用来惩罚学生，打手掌用的。

生问："还敢不敢淘气了？"

"不敢了。"

"真不敢了？"

"真不敢了。"

"能记住？"

"能！"

"回去吧，把以前学的从头至尾背，背不下来就别回家吃饭。"华先生很严厉地说，"再这么搅乱课堂秩序，就把你的两只手都打肿，叫你拿不了筷子吃饭。"

"是！"于长佑慢腾腾地走了回去。其余的那些孩子都睁大了眼睛，一个个都捋捋瓜瓜地盘腿儿坐在炕上，"哇哇哇"地大声背书。

放学后，华先生刚要同程道士吃晚饭，就见大庙院里破马张飞地闯进一个女人，三十多岁的样子，一手拽着个孩子，叽哇哇地来找华先生，原来是于长佑放学回家后，他妈看孩子的左手掌肿了，就急眼了，拽着孩子来找先生算账来了。

华先生和程道士听了，就从里屋子走出来，于长佑的妈就进了堂屋，问为什么下手这么狠。华先生说："让你的孩子自己说他在课堂干什么了。捣乱的孩子必须惩罚，不惩罚，别的孩子怎么学字？你心疼你的孩子，就叫他老老实实，好好学习，再捣乱课堂秩序，打得更厉害。回去吧！"

于长佑的妈刚想再说还没说出来，华先生又回过身来说："听好了，再不许家长来找老师的碴儿，小心报告衙门。我教了半辈子书了，还没遇见过你们这样的呢！破马张飞，胡搅蛮缠，成何体统！知道吗？从孔圣人教弟子到今天，两千多年过去了，老师就是学生弟子的父亲，老师教好，学生弟子学好了，将来做了大官了，没有不尊敬师长的。你还敢来找先生的碴儿！回去吧！算你没有来过，懂吗？"

于长佑的妈妈瘪茄子了，悄悄地领孩子回去了。打那以后，再没有人来找先生的碴儿，把孩子的手打肿了，也都说孩子的不是了。

这以后，华先生对学生更严厉了。他的独生子名叫华方云，念书学字更笨，掰着手教、掐着耳朵教，他也是听不进，记不住，一到背书的时候，两手打肿了，也背不出十句八句来。没办法，华先生只好叫他停学。可是，有个学生叫张羽的，学得特别好。民国以后，听说张羽当了师长。

　　一天，三皇姑来视察学堂，对杨珍等人说："你们八个人以后天天来学习，别的孩子三天甚至五天六天学的东西，你们要一天学下来，不识字不行。我呢，有三格子陪着跑跑腿儿也就行了。你们学半年有了基础，以后再自己学，我和三格子还可以教你们。"

　　三皇姑同杨巡检叫来了保长，看了四平街的地方，决定在四平街丁字街横道西头地方占块地，建学堂。种地前，就平好了操场，打好了校舍地基，不到一个月的工夫，一溜七间的大学堂就建成了。境里两丈二，举架九尺，宽宽绰绰，亮亮堂堂。东头的那间做了华先生的办公室，还打了一铺小炕，让先生休息。学校的操场可容纳四五百个学生运动玩耍。西边夹上高大的障子，与村民的一块菜田隔开。操场南也是一溜障子，与前边的村民住房隔开。操场南栽了一溜糖槭树。东边正中开大门，大门南北两头栽柳树。又找来了姓季、姓张、姓宫的三位木匠，打办公桌、书桌、黑板。不久，招了学生，又请来了姓王的先生，叫王耀斌，还有一位叫郎广庆的。很快，大学堂开学了。

　　送到学堂学认字的孩子越来越多，连西河掌、小四平和东升堡子的孩子也送来了。四平街学堂成为远近百余里内唯一的一所学堂，就这样办了起来。

　　来学习的孩子多了，两个孩子用一个桌一条凳。教板，后来叫作"黑板"，把几块长木板拼巴上，刨光，涂上黑色，做个支架，在这大块黑板架上写字教学生。那时学生主要仍是学习《三字经》《千字文》《庄农杂字》《百家姓》等启蒙课本，每个学生都写大楷，练毛笔字。为了练好毛笔字，还有那种用清水写字，一划写完，纸上就现出黑色的痕迹，不等一页写完，先写的水字就见干了。又用仿影临摹学写。先生对一年级孩子留的作业是背书，二年级以上的孩子是写仿影字，再大点儿高年级的孩子是自己写大楷作业，先生天天放学后批作业。这样学上二三年，孩子的毛笔字就写得相当不错了。

　　三皇姑看了后，很高兴。

　　辛酉年暑月[①]，兴京副都统衙门派来快马卒，说副都统奕唐阿请皇姑奶奶去兴京，有事相商。三皇姑很纳闷，不放心地问："奕唐阿身体不适？"

---

　　① 暑月：农历六月别称。

那清兵说:"奴才实在不知,但都统身体无恙。"

三皇姑说:"你先回去报信儿,我收拾一下就去。"那兵打马先走了。

三皇姑叫来了唐阿里和陈作为,让他们认真管理,有什么大事二人合计着办,她十天半个月就回来,并一再强调,一定要注意安全生产,千万不能死伤人。安排完后就带着一行十人上路了。

路上,三皇姑怎么想也不知这老兄弟有什么重要事情。既然想不到,干脆不想了。路上觉得闷,他就叫三格子讲点儿瞎话笑话什么的,让大家有点儿营生,有点儿乐子。

三格子回头笑着说:"好吧,我就讲一个,大家听。讲什么呢?好,就讲个'万百千'吧。"

三格子说:

在早的时候,有个姓万的员外,老年得子,有个八九岁的儿子,爱如眼珠。这天,老员外送儿子去学堂学认字儿,晚上等在门口,想考考儿子学的啥字。见儿子回来了,就说:"儿子,今天学啥字了?"

儿子兴奋地回答说:"学个'一'字。"

员外说:"写给爹爹看看。"

那儿子四下撒目,想找个东西写字,给爹爹看。一看,墙上挂着把锄头,就摘下锄头,拉开架势,用锄板的一角,在地上横着一拉,画出一道横沟,儿子指着这道横沟说:"学的就是这个一字。"

老员外挺高兴。

第二天又问,学了个"二"字。

第三天再问,学了个"三"字。

员外一寻思,这当先生的也太容易了,这么教孩子学识字,一个月给一斗粮,也太便宜他了。这先生我也能当了,还能省下给先生的粮米钱。于是,第四天就不让儿子去学堂了,说他教儿子认字,第四天不就是学"四"字嘛,画四道横杠就是了。

几天后,县太爷来视察督学,凡名单上的学生一个也不能少,都得到学堂参加考试。员外的儿子也被找了去。考试时,先生发卷纸给学生,让学生先写上自己的名字,然后再答题。员外的儿子一听,立时急出了一头的汗,原来他的名字叫

"万百千"，这得画多少道道啊！急得他立即举手，说要先上趟茅房撒尿。先生允了。这小子出了学堂，撒丫子就往家跑，在大门口正好撞上了员外，儿子上气不接下气地说："爹，快想办法！县太爷来考学生，先生发下卷纸叫先写上自己的名字，我这万百千名得画多少道啊！快给我想法子吧！"

老员外一听，也有点儿蒙了。手托下巴想了想，说："哎，有了，快把你妈的木梳拿去画。"

儿子一听乐了，屁颠儿地跑进屋找梳子，找到了梳子，抓起来就往外跑，他妈问拿木梳干什么，儿子边跑边告诉说画道道。他妈一听，大声喊儿子等等，说木梳齿稀，用篦子，篦子齿密。

儿子一听，立刻折回来，高高兴兴地拿了妈妈的篦子跑回了学堂，就用篦子蘸墨水在纸上画了起来，心想，这下可快当多了。

县太爷看见了，很觉得奇怪，就过来问："你这是干什么？"

那个孩子回答说："画自己的名字啊！"

县太爷又问："你叫什么名字？"

那孩子答："我叫万百千！"

那教书先生一听，坏了，县太爷这回可不能饶我了，这教书的饭碗子肯定要打破了。唉，三十六计，走为上计，先躲躲再说吧！

这教书先生趁县太爷问话的工夫，溜出了课堂，骑上毛驴就往村外跑。县太爷看先生跑了，就命衙役去追。先生回头一看，衙役们追上来了，在村外也没地方藏身啊。他一撒目，见路边有一个萝卜窖，就急忙跳进了萝卜窖。可是，手里还拴着驴缰绳，一时半会儿解不开，就拽毛驴子下萝卜窖。毛驴子蹬紧前蹄，说什么也不下窖。先生越使劲儿拽，毛驴子越扬起头往后退，还"嘎嘎"地叫了起来。先生急了，说："你不进窖藏起来，我就说你是先生，那'万百千'就是你教的。"

故事讲完了。

"哈、哈、哈！哏、哏、哏！"姑娘们笑得前仰后合。

"再讲一个，再讲一个！"大家伙儿都来了情绪，高高兴兴。三格子看三皇姑也十分开心，就又讲了起来：

　　话说有个客人住在客栈里夜里做了场梦，醒来后怎么寻思怎么觉得这梦不吉利。于是，就趁月亮光，爬起来，提笔在墙上写道：

　　　　夜梦不强，
　　　　写在南墙；
　　　　日头一照，
　　　　化为吉祥。

　　写完，就趁早赶路走了。同炕睡的客人天亮睁眼一看，墙上有新写的字，一念，噢，原来是走的客人做了噩梦，想要叫噩梦化为吉祥啊！可我却做了个好梦，可别让他的噩梦给冲了。于是，他起身拿起笔，就接着那先写的四句，续写起来：

　　　　夜梦不强终是凶，
　　　　写在南墙也不中；
　　　　日头一照分善恶，
　　　　化为吉祥万不能。

　　写完，就兴冲冲地走了。

　　大家兴致正浓，不依不饶地还要听。三格子说："就让杨珍给讲一个吧，我也好喘口气嘛！"

　　三格子这一提，素雪又来了精神，极力地串弄杨珍说："杨珍哥，你就给讲一个嘛！别扫了大伙儿的兴，张哥也该歇口气儿了。"

　　杨珍看了看素雪，高兴地顺从说："好，我就讲一个。"

　　说，从前有四个读书人到一个古刹游玩，一进山门，就见四大金刚的雕塑金光灿灿，栩栩如生。一人提议说："咱们就这四大金刚一人写一句诗好不好？"大家说："好哇！"那提议的人写了第一句：

　　　　凶相恶煞如瘟神，

第二、第三人接着往下写：

> 威风凛凛更吓人，
> 身高体胖肚肠肥，

第四个人一时想不出什么句子来，一看这么大的金刚，吃得肯定多，那便出来的屎也肯定不少了，于是，就写道：

> 拉屎屎足有七八斤。

一人说："你说什么不好哇，说拉屎屎多恶心人啊！"

四个读书人写完就走了。不大会儿工夫，来了四个小学生，见寺院门口有卖凉粉儿的。一人说："咱们都饿了，买碗凉粉儿吃吧！"于是，四个小学生都摸兜掏钱，可谁的钱也不多，正好一人一文钱。四个小学生凑够四文钱，买了一碗凉粉儿，说一人吃几口吧。他们刚要吃，见先生溜达过来了，四个小学生急忙把凉粉儿藏在身后。可是，藏晚了，早被先生看见了。先生过来厉声问："身后藏的什么？快拿出来，不然，在课堂上打你们的手板子！"

那四个小学生害怕了，就把凉粉儿拿出来了。老师一看，冷冷地说："小学生不许在外边吃零食！把凉粉儿给我！"那碗凉粉儿被先生没收了。先生也正没吃饭，他端起碗，几口就把一碗凉粉儿吃光了，四个小学生盯盯地看着。先生吃完了凉粉儿，说："你们散了吧！"然后就倒背着两手，悠哉游哉地进寺庙里去了。

四个小学生憋了一肚子的气，没地方出，就说："咱们把这事写在墙上吧，等先生回来看看，叫他知道知道。"四个小学生就在那四个读书人写的句子下，一人也写了一句话，正好与上边的四句话成一直行：

> 同窗几人，
> 凑钱四文；
> 买碗凉粉，

先生都吞。

四个小学生写完就跑回了学堂。过了一会儿，那先生在寺里转悠了一气回来了，他一眼发现了墙上的诗句，就一行行地念了起来：

凶相恶煞如瘟神　同窗几人
威风凛凛更吓人　凑钱四文
身高体胖肚肠肥　买碗凉粉
拉屎屎足有七八斤　先生都吞

没等看完，那先生早气饱了。

一帮人听后都笑得弯腰迭肚，那素雪笑得更是捂着肚子说："笑死人喽！笑死人喽！"

等大家笑过之后，三皇姑说："这几个故事，有两个是骂先生的，我看不好。没有先生教我们读书识字，明道理，传授知识，人类文明从哪里来！社会又怎么能进步呢？我们还是讲点儿鼓舞人的故事好！"

"皇姑奶奶说得是。"杨珍等人说。佟清说："我给你们讲一个吧！"他说：

一天，先生和一个学生走在一座桥上，见桥下有个少女的尸体。先生说："咱们就以这情这景做一首诗怎么样？"

学生跟在先生后边说："好哇！"

先生说："二八女多娇，风吹落小桥；三魂随浪转，七魄泛波涛。"

学生说："先生，您怎么知道她二八一十六岁呢？您怎么知道她是风吹掉下桥的呢？您怎么看出三魂七魄的呢？"

先生被问得有点儿不耐烦了，说："那你做一首我听听。"

那学生说："谁家女多娇，何故落小桥？青丝随浪转，粉面泛波涛。"

先生一听，又瞅了桥下一眼，觉得学生的诗做得比自己的好，不是想当然，而是结合实际，还有关爱的感情在内。

　　过了桥，学生和先生下河将女尸体捞了上来，守在河边等人认领。

　　故事讲完了。
　　三皇姑对这个故事感兴趣，说既文明，又有情趣儿，还表示了学生要超过先生。

　　第二天傍晚，三皇姑一行人到了永陵，直接进了奕唐阿的内宅，姐弟俩密谈起来。原来是咸丰皇帝在热河驾崩了，载淳继承大统，年号同治，尊兰贵妃为皇太后。姐弟二人心情沉重，预感到麻烦事大了，可能很快就要对他们姐弟二人有所行动了。他们知道，那兰皇太后肯定要像咸丰帝预感的那样，要专权乱政、对他们追杀不放的。若是她知道了先帝还有另一份密旨制裁她的话，那三姐姐就太危险了。奕老疙瘩说："格格姐[1]，你要谨慎小心，对陌生人千万要多加注意。只要你保证了生命安全，才能完成咸丰皇帝的遗愿。"

　　三皇姑沉吟了好久，说："老兄弟，你放心，我会注意的。以后咱们得多互通消息，随时了解各种情况，做到心中有数。"想了想，又说："以后兄弟有什么事，派人不要穿官兵服，要派身手好的，穿便装，免得乍眼。今晚我去和讷讷见见面，住两天再回去。兄弟你一定要保重。另外，我想，那个兰儿当了政，盛京将军也肯定倒向她了，这对我们很不利。但我想，我们不招事儿，不惹事儿，安安分分的，她也不会对我们怎么样。只要那秘密不泄透出去，不会有大事的。"

　　奕老疙瘩心情激愤地说："我就不信，她一个兰儿能翻得了大船！那个英隆不听我的，我先一刀收拾了他。"

　　三皇姑说："兄弟，我们没有违犯国法家规，官做不做不打紧，咱们可以做生意，有口饭吃，就能保住命，也不用担什么心。如果她逼得我没有了活路，再想办法对付她。现在，还是先看看吧！"

　　姐弟二人告别后，三皇姑就去了夏园。半月后，回到了四平街。

---

　　[1]　格格姐：满汉结合语。

第十二章　木香果硕

三格子从衙门回来，带来了一筐苹果，说是巡检夫人从娘家回来带来的，给三皇姑尝尝鲜。

三皇姑说："都洗了，大家尝尝。"又说，"隋元，给唐阿里和陈把头拿两个去。"

吃完了苹果，三皇姑说："听说四平街张老病好了，走，我们去看看他。"就由杨珍和耿乐、蕊寒和多媚陪同，套上了车轿去了四平街，见了张桂森，说起四平街地方气候水土情况。三皇姑问什么地方能种果树，张桂森说有一个叫木香沟的山沟，那沟里潮，还背风，栽果木树准能行，就领三皇姑去看。

木香沟，在四平街东三里的小闹枝沟住家的北沟里。小闹枝沟就是因为山花野果多才有了这个名字的。这里有十多户住户。小闹枝沟北有两山夹一沟的木香沟，沟里宽阔广大，东、北、西三面是高山，南是峡谷。木香沟里野生果树较多，一到春天，花满山，木香浓，到了秋天，则野果满沟，果香满溢。

三皇姑看了之后，说："张老，咱们当地有没有会栽种培植果树的人？"

张老说："没有。"

三皇姑说："杨珍，这件事由你负责，到杨崴儿夫人娘家地方请技师，买树苗，技师愿意搬来的搬来，不愿意搬来的，可以来培养当地人，今年开春就办。"

他们回了三道岭子。十天后，请来了辽南的技师，姓曲，三十多岁，不到四十岁，种果木树二十多年了，有经验，会技术。看了木香沟的气候水土后，认为这地方可以种植果树。就在当地找了两户人家，一户姓崔，叫崔玉林，一户姓张，叫张利，二人跟曲技师学习果树的栽培技术。他在原山果树母体上嫁接新品种，又引进新品种，把个木香沟变成了真正的木香沟，使木香沟成为四平街的果木园子。

崔玉林是个单身汉，因为家里穷，又只有他老哥一个，所以，三十来岁了，也没能娶上媳妇。自打他在木香沟种植了果木树，建成了四平街一带唯一的一座果木园子，在十里八村就小有了名气。他一心扑在果木上，就在木香沟里盖了一个小房，住了进去，左右家里也没有什么人了，就把木香沟当作了家。

一天，有两个中年妇女拐着大腰筐进了沟，说笑着进了果园。那个年岁大点儿的说："大妹子，一年多没上来了，怎么这么快这里就变成果园子了？"

那稍微年轻一点儿的妇女附和说："是啊，听说崔玉林在这沟里干了两年多了，把家都搬上来了。"

"唉！崔玉林也真可怜，爹妈死得早，就他光棍一个，虽然家里没有什么，可人好，又能干，听邻居大娘说，他可是知冷知热的人啊！"

"是啊！"那年轻一点儿的说，"我那口子病死十来年了，我一个小寡妇扶养着年老的婆婆。我那口子若是给我留下个孩子……咳。"

那年岁稍大点儿的妇女说："你呀，就是这么温拉巴涂的，走，上去。"

两个人进了果木园。见园子里没人，挺疑惑的，两个人来到了那小屋，屋里人问："谁？"两个人推门进了小屋。见是两位妇女，崔玉林很尴尬，看了看零乱的小屋，很不好意思，急忙简单收拾一下，请二位妇女坐下，说："大婶、妹子，我那帮手张利去熊岳了，园子里活儿太多了，什么都顾不上，吃饭也是对付一口，你们看，这屋子实在下不得脚，你们别笑话。"

那被叫作婶的妇女说："不用客气，我们俩今天来，就是有件事想问问你，邻居们都知道你和芳子有点儿意思，可就是没捅破这层窗户纸儿。婶子问你一句话，你喜欢有个妈妈吗？"

崔玉林没弄明白怎么回事，直愣愣地瞅着。那婶子快言快语地说："我就是问你，给你找个妈，找个好妈妈，你要不要？"

崔玉林还是没明白。那婶子干脆明白说："你若是和芳子成了家的话，她的老婆婆也得跟过来，你能像对自己的妈那样对待她的老婆婆吗？"

这回崔玉林终于明白了。他不好意思地说："婶，你知道我自小就没有了爹妈，就没有母爱，若是有了妈妈，我就知道母子之情是怎么个感情，芳子的老婆婆，愿意做我的妈妈，我真的很高兴。再说了，芳子都把老婆婆当作自己的妈妈了，她们婆媳都成了母女关系了，芳子若是愿意跟我的话，我们三个姓成一家人，该有多好啊！"

芳子几次要说什么，也没好意思开口。婶子见此情就说："芳子，你呀，没爹妈，没兄弟，没儿女，你老婆婆呢，只有一个儿子，还早早地就撂下老妈走了。芳子若不是舍不得撂下老婆婆，也早嫁了人……"

芳子急忙插话说："才不是呢，没有我可心的，我是说什么也不嫁的。"

婶子笑了说："对，对，那这小崔你倒早就可心，怎么没早嫁呢？"

"我哪知道他不嫌弃老太太啊！"芳子说，"好了，别说了。"说着，站起来就收拾屋子，那崔玉林急忙阻止，说等他抽工夫收拾。

那婶子笑着说："我可不管你们喽！我得捋猪菜去了。"说着拿起筐就走了。

芳子急了说："等等我，我也得捋猪菜，"拿着筐跟了出去，回头轻声地说："我……明天来再收拾吧！"

崔玉林乐呵呵地笑着，没说出话。

第二天，芳子自己拐着大筐进沟了，见崔玉林正在收拾果树下的泥土，将树下盘成一个盘，一圈围个小土棱，像是要灌水施肥的样子，就悄悄走上前去，操起一把锄头，帮着干了起来。崔玉林高兴地说："来了？你自己？你来了，晌午饭怎么办，妈妈能做吗？"

芳子满心欢喜地说："早晨我带出来了。"她高兴的是，两个人还没成一个家呢，就管婆婆叫妈了。收拾完树盘子，崔玉林说："你进屋去先歇歇吧，我把水接过来。"芳子进了小屋，又收拾又洗的。崔玉林将从沟上泉眼的水用椴树皮筒把水一截截地接到了果树园子里，在地头上挖了个大水坑，又用木桶提水浇果树。

晌午了，芳子早把饭菜做好了。崔玉林进屋一看，简直焕然一新，心里立刻像敞开了两扇门亮堂了。

二人一边吃饭，一边说着话。芳子问："你一个人在这大山沟里住，不害怕吗？"

"刚住头两天，到半夜的时候，又是'恨胡'①叫，又是狐狸叫的，有点胆儿突突的，后来也就习惯了。"

吃完饭，收拾完了，芳子坐在炕沿上，低头摆弄着手指头。崔玉林坐在身旁，盯盯地看着她的脸蛋儿，看着看着，就把芳子抱住了，亲着吻着。

---

① "恨胡"：一种辽东的大鸟，夜间鸣叫，其声音为"恨胡"。

芳子说："林子，我今天来，就是妈妈叫来的，叫我晚上住这儿。"

崔玉林说："好。"他又亲了一下芳子，二人坐了起来，又出去干活儿了。

当天晚上，芳子住在了木香沟里。芳子说："我和我那故去的丈夫从小就是邻居，这你知道。我们结婚后，他就病了，不久就死去了。他没有什么人，只剩下老妈妈，我们婆媳俩就当母女俩，相依为命，我若再嫁吧，撂下婆婆又不忍心。婆婆也是苦命人，把我当作了亲生女儿，我也把她当了妈妈，谁也离不开谁。就这样，我们苦熬了十来年。每年种地啊，难得我们娘儿俩晚上抱在一起哭。好在她有个远房侄儿，年年来帮我们把地种上……"说着就哭泣起来。崔玉林把芳子搂在怀里，安慰着芳子。

崔玉林说："芳子，你放心，我会好好待你们的。"

芳子说："婆婆几次催我嫁人，说我年轻轻的，不能连累了我。可我能把她撂了吗？也有几个人要娶我，可一说得把老太太带去，人家就不干了。可我怎么也不能不管老太太啊！她说了，只要能把她领着，死了能给拉出去埋了，就很知足了。其实，老太太也说过几回你。她说，你小时候就跟你住邻居，她是看着你光屁股长大的，说你也是苦命人，人品好，人缘好，虽然说穷，可穷死不下道。这回若不是邻家婶子领我来找你，……唉，你知道不？邻家婶子还是老太太求她的呢！"

崔玉林说："真得好好谢谢婶子呢！"

"是啊！"芳子说，"若不是她，你我还不知挺到哪年呢！"

说着，二人又亲热了一回。

一个月后，崔玉林套上小毛驴车，把芳子和她的婆婆接到木香沟，三个姓变成了一家人。

这回，木香沟就更香了。

第三年，木香沟有的果树见果了。果子下来的时候，崔玉林样样数数摘了一些，套上小毛驴车子，送到了三道岭子，一是向三皇姑道谢，二是向三皇姑报喜：芳子有了身孕，山上果子飘香，他崔玉林也有了妈，有了老婆，也快有孩子了！

木香沟真香起来了！

四平街一带地方从此才有了人工栽培的果木树。人们在吃水果的时候，没有不感念三皇姑的。

第十三章　人参红娃

　　张桂森的孙子张书田要娶媳妇了，张家头多少天就张罗上了。张桂森的两个儿子元昌、满昌早就到碱场、本溪湖（今本溪市溪湖区）、安东（今丹东市）等地，把办喜事用的东西置办了回来，棉花、布匹、大盐、花椒、大料、鞭炮等大宗，甚至红线绳、针、顶针儿①等小物件都一样不缺，平常住家过日子就得用，别说办鸿禧大事了。

　　正日子前三天，张家就忙个不停：杀猪走油的，和面炸馃子、炸丸子的，灌肠蒸土豆焖子的，洗菜切菜的，借桌洗碗筷子的，在院里盘锅安灶的，打棚安台子的，院里院外，客来人忙，亲友好邻，进进出出都来帮忙，真是热火朝天。

　　待客的孙笙，是从桓仁搬到沟里（今大四平镇小四平村）来的，念过几年的私学馆，是个"老饱学"，会做一手好木匠活儿。这个孙木匠不仅识文断字，还口齿伶俐，能说会道，谁家有个红白喜事，都请他当待客的。这时，只见孙笙同张桂森算计了一下，大约有多少人，放多少桌，得准备多少饭菜，忙里忙外，这呼那叫，没有消停。

　　屋里院里，站的坐的，干活儿的，来回窜的，人语声，高呼喊叫声，仨人一撮、五人一堆的说话唠嗑声，青年男女的打趣声，孩子们的戏乐声，妇女们的说笑声，各种劳作的操作声，……这个声，那个声，谁的声也听不清。院里院外、屋里屋外，一片欢笑声。

　　正日子这天，天清气爽，日暖风和的八月二十八。吹鼓手的台子搭在门洞里的左边，吹着打着，一阵也不歇停。账桌安在门房东边，那写礼的"字匠"是位老先生，姓张，叫张俊千，戴着老花镜，工工整整地写着毛笔楷书字。新郎官张书田十八九岁，谦和英俊，高挑身材，新衣新帽，新鞋袜，更显一表人才。那新娘子身穿一袭大红地粉花棉袄，红棉

---

①　顶针儿：辽东方言，做针线活儿戴在手指上顶针用。

135

裤，红绣花鞋，红袜了，一对水灵灵的妩媚动人会说话的大眼睛，适中的身材，粉白的娇容。新娘子姓赵，是外三堡的人。新娘下轿后，在院中的天地桌前拜了天地，即入洞房。

正房门房的南北大炕都安放了炕桌，一铺炕横放三张桌，两面坐满了人。待客的孙笙，里屋外屋、屋里院里地张罗着。端圆盘的小伙子，肩上搭一条白毛巾，一人负责两铺炕六张桌，一个圆盘一次六碟菜，一边呼叫着"油啦油啦"地让人闪开，一边叫帮忙的妇女"上菜上菜！借碟借碗喽！"帮忙的妇女就将桌子上吃完的空碟空碗取下来摞在方盘里带走。那孙笙更是一片莲花瓣儿的嘴，一边招呼着来往的客人，一边支使着帮忙干活儿的人干这做那，麻溜快，一边劝炕上的客人吃好喝好，说：

> 地豆①丝儿地豆片儿，
> 地豆模子②地豆块儿，
> 同是一个种，
> 做出四样菜儿，……

一看这边菜上来了，可酒还没上，就到桌前说：

> 诸位远来亲朋，
> 近来好友，
> 今天是先上席③来后上酒。
> 不怪东家，
> 不怪西家，
> 都怪我老孙当众出了丑！
> 列位坐好，
> 由我老孙头子向大家敬酒！

说完就连声召唤斟酒的小青年过来，抢过装酒烫酒的水壶给席上的人斟酒，席上一个中年人打趣道："待客的，这一桌席要上多少道菜啊？"

---

① 地豆：辽东方言，土豆。
② 地豆模子：地豆焖子和土豆切完栽子后剩下的块，这里是蒸熟的焖子。
③ 席：辽东方言，指红白喜事待客的凉、热菜。

孙笙笑着问："你想吃多少道啊？"

席上的另一人抢着说："我想吃二十样！说说都是什么菜吧！"

一般辽东农村那古时候办事情的酒席，大多是六个凉碟六个热碟，外加四个汤碗，或是八凉八热四个汤碗。这席上的客人问多少道菜是跟待客的孙老头逗趣儿。

只听孙笙两片嘴唇像拌蒜的似的，说："好，我就给你上二十样菜！"他报着菜名说：

> 韭菜酱，韭菜花，
> 二九一十八；
> 小葱蘸大酱，
> 整整二十样！

连忙召唤端圆盘的："来！给上菜。"说完便兴冲冲地招呼别的桌去了。

说得大家哈哈直乐，整个席上更加轻松愉快了！

洞房安置在西屋南炕。北炕上放了一张桌子，只招待两位客人，三皇姑和巡检夫人。桌上的菜，虽然没有什么新花样，可也是做得精精细细。各样菜都是有个专门的小青年从伙房端来，到二道门时，再由新娘子从圆盘上端下来，由素雪、多媚几名小丫头接过来放桌上。

晚上，团圆饭吃过了，张家才逐渐安静下来，欢乐了几天的张家人也进入了甜甜的梦乡。当晚，张桂森做了一个真真亮亮的梦。梦中说：

张书田的婚宴上，不知从什么地方来了一位小客人小红孩儿，既不是四平街的也不是各屯堡的，既不像农家孩子，也不像绅宦家的孩子，说不上是什么样的孩儿，从哪来的。这个孩子长得白白胖胖，鲜鲜嫩嫩，精精神神。额头上梳着木梳背的刘海，小光头，脑后还留个一拃长的小马尾儿，没有编辫儿，特别招人喜欢。

这个小红孩儿一进屋子，就直奔正房东屋南炕，上炕把三张横排的炕桌往炕梢推了推，推出一个窝，挤巴挤巴就坐下了。跟谁也不说话，不打招呼，谁也不看，谁也不理，端起酒碗就喝，操起筷子就吃，喝得兴冲冲，吃得乐呵呵。

这时张桂森一家人都知道来了位小客人小红孩儿。东房山头后的大榆树上，有几只喜鹊，也正"喳喳喳"地叫着，好像是在报喜。张桂森叫来了老伴儿，对她耳语了几句。老太太不声不响拿来了红线，一边跟小红孩儿说话劝酒，一边偷偷地把红线用根绣花针，别在那小红孩儿红兜肚的带儿上。新郎张书田和新娘子一同来给小红孩儿斟酒。待客的孙笙一见，立即叫伙房做一道"四喜丸子"加菜，让小红孩儿吃好喝好。几悠①的客人都放完席吃完了，这小红孩儿却一直没吃完不离窝。张桂森又请来了两三位德高望重的长老，一同陪小客人慢慢地吃席。直到天黑了，小客人才放下酒碗，没跟任何人打招呼说话，下地就走。张家人捋着红绒线，才捋到老草帽顶子山上。

梦醒了以后，张桂森思来想去不知这梦预示着什么，便又睡了。

第二天，他一起来，就听东房山头大榆树上的喜鹊又叫上了，好像说："东家大喜！东家大喜！"张桂森听了，心中纳闷儿，又是喜从何来！他刚一开门，一个小蜘蛛拉着一根细细的长线，挂在房门上。他心中又一喜：喜蛛来道喜了！

几天后，张老人一算，噢，今天是九月三十，正是辽东的"采参日"。头几天梦见书田的婚宴上有红肚兜的小红孩儿来参加宴席，今早又有喜鹊登枝报喜，开门又有喜蛛来道喜，采参日有这么多的喜，许是真的有什么喜？若真有什么喜的话，那可能就是上山挖棒槌，挖了个大棒槌，发了大财吧！

张老人思来想去，决定带儿孙上山。于是早早地上了山。当他们来到了草帽顶子山北坡老岭道下一个小明碴子下，见一棵大紫椴树，树下正有一棵大人参顶着红籽儿，放红头②。周围还有十来棵稍小点儿的红朵子参。张桂森老人惊喜地大喊一声：

"棒槌！"

张满昌、张元昌、张书金、张书田爷儿几个急忙高兴地问："什么货？"

"大山货！"

这时，张家来的五个人一齐聚拢过来，张老人立即叫二儿子元昌，"快去砍块椴树皮做筒子，再捡些鲜青苔来。"这边张老人的小孙子书田赶紧在附近找了几块板石，在那棵大椴树下砌了个小庙，又在庙门上插

---

① 悠：辽东方言，红白喜事宴客放席，放一次为一悠。
② 放红头：辽东方言，农历八九月时山参结红籽儿，称放红头。

上三根蒿子棍儿顶香用。这时，张氏家人跪地向小庙叩头。

叩拜完毕，张桂森老人先折两根树枝儿，插在人参两侧一尺远的地方，然后把一段红绒线绳两头分别拴在树枝上，线头系上一枚铜钱，红绒线的中间，绑在人参的枝丫上。然后取出用梅花鹿的后腿骨磨制的鹿骨针，跪在地上，仔仔细细地小心谨慎地挖，小心别碰坏了根须。挖了有八印锅那么大个地盘，一棵娃娃形的大山参被挖了出来，足有七八两重。张桂森和他的儿孙们都兴高采烈地说："七两为参，八两为宝，我们得宝喽！"

接着，张书田把椴树皮铺好，把青苔铺在椴树皮上，又将人参的原土铺一层在青苔上，把人参放在新鲜土上，将椴树皮一卷，卷成个筒，两头一堵，包好了人参。

之后，又将其余的十多棵大参一一挖了出来，把小参留在土里不动，让它继续长，等以后谁再来挖。全部包好收拾好后，张桂森叫大伙儿都坐下，说："我们得了宝，能发多大的财不知道。不过我有话在先，回到家不要跟外人说，免得招惹麻烦。咱们不背了几杆土枪吗，回去见了人就说上山打猎来了，没打着。这人参，我想把这棵宝献给皇姑。皇姑对我们家有恩，把人参给她吃了，补补身子。其余这些参背到辽阳去卖，卖多少钱是多少钱。我们住家过日子，是靠劳动吃饭，得了外财是我们的福分。你们听懂了吗？"

两个儿子和两个孙子一齐声地回答说懂，听老人的。他们趁着天黑下山回家了。

路上，张书田高高兴兴地唱起了山歌：

> 天上的彩虹，
> 夕阳的彩霞，
> 它俩本来是一家。
> 一个雨后看丈夫，
> 一个晚上看媳妇。
> 谁若指虹乱讲究，
> 手指一定会烂秃。

唱完就长长地拖声喊道："啊，嘿呀！"就又唱了起来：

草帽顶子山啊万丈高，
白云缭绕啊像草帽。
九缸一十八锅啊金银宝，
若想日子啊过得好，
就看你勤劳啊不勤劳。
满洲民人啊起得早，
顽强勇敢啊数得着。
和和睦睦啊多快乐，
柳条边外啊人欢笑。

张书田的兴致感染了大家，张满昌也是能唱善唱的主儿，他也唱了起来：

人道蓬莱是仙家，
奇花异草迎朝霞。
此处更比蓬莱好，
小河流水哗啦啦。

这些悦耳动听的山歌，响彻老草帽顶子山，树林哗哗响着回应，星星眨着眼睛倾听……

第二天，张桂森领着孙子张书田去三道岭子见了三皇姑，给三皇姑看了那棵大山参，说要献给三皇姑，三皇姑说什么也不要。后来，三皇姑说，要派人护送张老去盛京，把宝献给盛京将军，将军不仅能给出更大的好价钱，还能给张家别的好处。张桂森听了三皇姑的话。

第三天，三皇姑叫三格子和隋元陪张桂森张书田去盛京，要保护好张氏祖孙，路上带钱财要多加小心，要保密，不要告诉任何人。

四个人晓行夜宿，四五天就到了盛京，见了盛京将军。将军见了那棵大山参，惊喜得张大了嘴巴，久久合不拢。他想，这棵大山参宝，献给太后，肯定能受到嘉奖的，他从心底里感谢三格格这位皇姑。将军最后给了张桂森一个特高的价钱，比卖给辽阳药店还多得多。三格子和隋元护送张氏祖孙回到了四平街，街邻只知张氏祖孙外出串亲戚去了，并不知道得人参宝之事。

张氏祖孙回到四平街之后，家里的几个人合计来合计去，觉得得了外财，也该对家乡做点什么，四平街往碱场、本溪湖、辽阳去，到大平岭子这四五十里地没有正经的车道，就决定用参宝换来的钱用到修路上。于是，第二天又去了三道岭子，面见三皇姑，说出了他们的心愿。张桂森说："皇姑奶奶，小老儿这样做，还不想让人知道是我们张家发了财，这只有皇姑奶奶出面了。"

三皇姑问："那您老怎么不想捐给庙上，做功德善事啊？"

张桂森说："小老儿只想为老百姓做点实事儿。"

"啊，那好！"三皇姑说，"我正想把四平街往外去的几条道修出来，张老既然有这个愿望，那就用到这上来吧！"想了想，三皇姑又说："张老不愿张扬这倒是件好事，免生是非，过个安静平安的平民生活，好哇！难得您老有这么高尚的情操啊！"

第二年春，三皇姑叫耿乐张罗请了个懂得修路的师傅，测量了从四平街到西河掌，过肚脐岭，经马架子、东小堡、四平台，过大小平岭子，过桦皮峪岭，直奔碱场边门的路。之后，就雇人工修路，历时半年多，终于把这条路修筑成功了，不仅能走驮马，更能行车。这条路，特别是出了马架子街，沿北山半腰新劈山筑路，更是十分艰难。这条路修好后，一直沿用到一九六五年，才改成今天的公路这条道。

人们在颂扬皇姑奶奶的功德，可有谁知道这里还有张氏家族的心血啊！

一天，三皇姑坐在小轿车子里，一路上查看修路情况，到了桦皮峪的三岔路口地方，闻到了一股淡淡的花香，还有蜜蜂飞来飞去，很觉纳闷。她问："素雪！你们闻到一种香味了没有？"

素雪几个小丫头也闻到了，说确实有一股香味，好像是什么花的香味。三皇姑来了兴致，说随着蜜蜂走，看看到底是什么花香能飘这么远，这花到底在什么地方。小车子跟着蜜蜂走，走来走去到了一个南北走向的小山沟，四下一撒目，哪里也没见到有什么花，那这香味到底是从哪里散发出来的呢？他们找来找去，也没见到有几棵山野果树开花，他们怎么也没找到是什么东西这么香。

后来，从山沟里走来一个进山的人，三格子上前问是什么发出香味。那人惊奇地看了看他们，高兴地说："这香味啊！你们是奔这香味来的？那我告诉你们，这条小山沟叫香草沟，这沟里生长一种草，这草有一股浓浓的香味，从春到立秋，只要是阜叶青青的，就有香味。"

三皇姑听了，很感兴趣，又问："这种有香味的草多吗？"

"多，海了去了，这个小山沟里净长这种香草，我们农家的女人都捋这种草回去晒干了，装在荷包里，挂在身上，身上就有香味，装在枕头里，睡觉时都闻到香味。"那个村民滔滔不绝地说，洋溢着一种很兴奋的神情。

三皇姑看了看沟的上上下下，问："这沟里就住这么几户吗？"

那人答："就这几户，一共八户。"

三皇姑说："好吧！咱们回去。谢谢你了。"

那人怎么也没明白，看这几个人穿戴这么阔气，这么华贵，指定是官宦人家的夫人。可怎么能来这小山沟呢？她们要干什么呢？弄不明白。

三皇姑回去后，就打发杨珍去盛京，见英隆将军，让他给弄到制作胭脂的方法，拿回来。三皇姑是要做胭脂啊！

杨珍回来后，三皇姑就叫他再去那个香草沟，盖了几间房，就让那个介绍香草的人领那八户人制作胭脂。从那时起，这里就成了制作女人使用的香料、香粉、胭脂等的作坊了。打那以后，这个香草沟就又叫成了胭脂坊，今天成了上胭脂房、下胭脂房两个小屯子了。

第十四章　达子花香

七月初七，万里晴空，三道岭子上没有高树密林，一阵风吹来，像火苗一样烤人。俗话说，冷在三九，热在三伏，这话一点不假。就是坐在屋子里，都闷热得直冒汗。

三皇姑也实在热得难受，正好这天又是七月初七，是采达子香的日子，她对素雪说："今儿个咱们上山采达子香去吧，叫杨珍、耿乐跟着，佟清、隋元你们俩跟三格子在家，和陈把头一块儿查看一下井巷的水呀，瓦斯啊，通风啊，有什么容易出事的地方，千万注意安全。红珠，你在家，把这几天的脏衣服都找出来，叫老吕太太来洗洗熨熨，旧衣服不想再穿的，就送给她。"

刚要起身走，三皇姑又说："杨珍，要带两个口袋，好装达子香啊。"

杨珍笑着说："皇姑奶奶，您放心，叫干什么，上哪去，我们都知道带的，该准备什么的，您就别操心了。"

"那好，咱们走吧！"三皇姑说。

三皇姑六个人顺着三道岭子上了横在南边的武大郎岭。这武大郎岭虽然名叫武大郎，好像这道岭就如武大郎那样低矮似的。其实不然，这道岭不仅高大，而且雄伟险要。叫它武大郎岭，是与一脉相连的东边的草帽顶子山相比，它就是又低又矮，不大起眼儿了。可草帽顶子山是辽东有名的高山啊，一个普普通通的山岭怎可与它相比呢！

那武大郎岭说是岭，其实就是一座高山，由东边的草帽顶子山曼延西去，横亘在四平街南，山上树高林密，抬头不见天，山上凉风习习，林中清清爽爽，别是一番天地。

三皇姑等六人进入林中，真是兴高采烈，意趣盎然，简直开心极了。三个小姑娘紧紧地围在三皇姑左右，很怕她摔了碰了。前边有个树枝儿，给折过去，有个藤子，给拽一边儿，好让三皇姑顺利通过。杨珍在前面开路，耿乐在后边护卫，一行人说说笑笑，叽叽嘎嘎，使林海充满了欢乐的气氛。那多媚三个姑娘简直像山中的小鸟一样，跳来蹦去，摘一片叶，折一朵花，看什么都新鲜，见什么都好奇。他们来到了一棵高大苗壮的青冈柞树下，三皇姑看了看，摸了摸，说："在这儿歇一下吧！"

青冈柞树，树皮较细嫩，泛着淡淡的青光。树上枝叶茂盛，身高冠巨，就像一个苗壮的年轻人一样，结实有力。树下不远处有一棵元枣藤子爬在这棵青冈柞树上，越爬枝蔓越多，紧紧地缠绕在柞树上，与树浑然一体。柞树根深扎泥土中，既看不出根系根脉，又看不出根浅根深。

蕊寒从布袋中取出一个绣花的丝绵垫儿给三皇姑垫上，让三皇姑坐下，他们一个个也坐的坐，站的站。

三皇姑看了这棵高大茂密的青冈柞树，深有感触。她说："这棵树跟我们人一样，就得把根儿深深地扎在土地中，才能吸收水分和营养，才能在雨露阳光的滋养下，长得高高大大，结结实实。而这棵藤子也就能顺势而生，得势而长。这土地是什么呢？就是百姓。树木离开了土地活不成，我们离开百姓也活不成。这道理是一样的啊！所以，我说，你们听着，以后凡是遇到跟百姓有关有利的事儿，我们都去做，不能对百姓冷若冰霜。你们明白吗？"

接着，三皇姑说："杨珍，你俩去采达子香吧。这种花都长在山岗顶砬子头上，采的时候一定要注意安全。"

杨珍说："我们去撅一大抱来，素雪你们就在这儿陪皇姑奶奶歇着，我们撅回来。你们坐这儿摘叶子。"

三皇姑说："别撅，一撅就体登①树了，还是在树上摘叶子吧。你们俩把口袋拿去。"

"是。"杨珍和耿乐拿着两个大口袋奔岗上去了。

"皇姑奶奶，给我们讲点儿什么吧！"多媚和蕊寒央求着说。

三皇姑说："好，待着也是待着。我就给你们讲讲李太白对对联镇藩夷的故事吧！"三皇姑讲：

　　在大唐王朝的时候，有一个外藩这一年没有来进贡，没进贡或不进贡，就属于不称臣，要与大唐王朝平起平坐了。大唐皇帝唐玄宗生气了，好你个藩王，你想跟我的肩膀头一般齐啊！我非打你个匍匐在地不可。这个藩王听说唐皇要发兵征剿他，

---

① 体登：辽东方言，损坏、损害、浪费、践踏之意。

他想，我先探听探听你大唐朝的虚实，看你朝中有没有能人。于是，就派使者去长安面圣，并递上国书。皇帝唐玄宗李隆基打开国书一看，一个字也不认识，全是藩文。可又不能说不认识，那不掉价嘛！于是，假装看了一气，说，好，三天以后答复，先送使者到驿馆休息。使者走后，皇帝让满朝文武大臣传阅藩王的国书，结果，谁也不认识。这可急坏了皇帝，堂堂一个大唐帝国，竟没人认识藩文，答对不了藩王国书，这不太没面子啦嘛！

正在李隆基皇帝和大臣们急得团团转的时候，有个太监贴皇帝耳朵说，把李太白叫来，他指定能认识。

皇帝一听，乐了。对呀！那李太白是什么人，那是谪仙啊！他连忙说，快去请李太白上殿。

一个个太监，可长安城找李太白，好歹在一个酒馆里把李太白找到了。

李太白上殿看了藩王的国书，只见上面写的是：

琴瑟琵琶八大王，王王在上，
一将出马，單戈即戰！

李太白一看，这是一个拆字对联啊，小菜一碟。连忙说，拿纸笔来。太监把纸和笔拿来了。皇帝说等等，快传使者进殿，让他亲眼看看，我大唐人杰地灵，他一个小小藩王，是一个小鸡蛋来碰石头。

那使者上殿了，只见李太白在展开的纸上，唰唰唰地，几下子就写完了。写的是：

魑魅魍魉四小鬼，鬼鬼占边，
尔若进犯，合手便拿！

这副对联，上联中的"單戈即戰"，是说"單"与"戈"二字合为"戰"（即"战"字），对的下联"合手便拿"，是"合"字与"手"字，结合成"拿"字，你藩王来的战将，手使长戈一杆来战，我这边两手指一捏，便把你拿住。你们八个王，我们四个鬼站在大唐边境上，就合手拿住你八个王！

那使者一看，立刻惊呆了，大唐皇朝不可小视。灰溜溜地回国去了，李太白一副对联，镇住了外藩。

"好啊好！再给讲一个吧！"蕊寒几个小丫头又央求道。

三皇姑来了兴致，说好，又讲上了：

说有一天哪，乾隆爷正坐在亭子里喝茶，见刘墉走了进来，就说：

冰凉酒，一点，两点，三点

刘墉进了亭子坐下后，心里话，皇上在逗我啊，我刚来，还没有思想准备，就考上我了。他一边坐下，一边寻思，一边四下撒目，找对对联的引子，扭头一看，见亭子外有一簇簇一丛丛的花，灵感一下子来了，开口就对：

丁香花，百头，千头，萬头

乾隆爷听了很高兴。见刘墉正拿着大烟袋吧嗒吧嗒地抽着烟，灵机一动，就又出了上联：

因火成烟，若不撇开终是苦

刘墉一听，这联好，"烟"字由"火"字与"因"字组成，"若"字中间的"十"字，那一竖，不是撇，不就是"苦"字吗！火若燃着冒烟了，岂不烧手了吗？烧手疼了可不就"苦"了吗？好联，好联！可若对上这联，一时还真有些难的。

正在这时，一个宫女进亭子给乾隆爷斟茶，刘墉眼球一亮一转，下联出来了：

少女本妙，如能勾上定为妃

乾隆爷一听，连说好好好！

蕊寒听完，笑着说："乾隆爷真是作诗联对的高手啊！"

三皇姑笑着说："那刘墉更是天下第一才子啊！你们可要好好学，也做个才女啊！"

"我们可没那个天分。"丫头们齐呼啦地说。

三皇姑说："是啊，这天才，一靠天生，靠聪明；二靠学习，靠勤奋。聪明不聪明，一是爹妈给的，二是后天的学习勤奋，这学习也很重要啊！不学习，不勤奋，脑瓜子再灵也成不了天才啊！"

这时，只听山上传来了歌声，那是杨珍的声音：

为敬祖先上山冈，
手拿镰刀采香忙。
不畏山高坡儿陡，
采来好香献祖堂。

三皇姑也来了兴致，轻声地哼唱了起来：

今儿个腊儿初七，
明儿个腊儿初八，
上山去撅达子香花。
达子香花儿，
生性乖，
腊七采，
腊八栽，
三十儿打骨朵，
初一开。
红花开，
粉花开，
花香飘到敬祖台。
财神来，
喜神来，
又赐福，
又送财，
达子香花道年喜，

达了香花年年开。

　　忽然，只听山岭上"妈呀"一声。"快救人！"多媚耳灵，说山上出什么事了！

　　三皇姑也听到了，说："快去看看！"

　　多媚小丫头拔脚就往山上奔去。过了一会儿，多媚又跑了下来，气喘吁吁地说："皇姑奶奶，是山上有一对青年男女上吊了，被杨珍他们救下来了。"

第十五章　哥哥生子

　　杨珍和耿乐把那对青年人领到三皇姑面前，让他们坐下来。三皇姑看看那男的，又看看那女的，见他们也就二十岁上下。二人低着头，默不言语，那女的只吧嗒吧嗒地掉眼泪。三皇姑问："你们是哪里的人？叫什么名字？年纪轻轻的，好日子在后头呢，怎么想死啊？"

　　"快说说是怎么回事，问你们话的是皇姑奶奶，知道吗！"杨珍说。

　　"皇姑奶奶？！我们只是听说过，"那个男青年说，"今日见到皇姑奶奶，"没等说完他就跪下叩头，"这回我们有指望了！"

　　男的拉了下女的跪下说："皇姑奶奶，救救我们吧！"

　　三皇姑说："快起来，起来说话。说说是怎么回事。"

　　那男青年说："我是汉人，姓张，叫德祥，家住边台子屯。她住边里，她是旗人，她爹爹，啊不，叫阿玛，是乌图里，是有名的财主。他们家四口人，她阿玛、讷讷，她还有一个阿浑①，一家四口。我家里有哥哥嫂子。我给她们家扛活三年了。我和她很好，她看我也好，我们俩谁也离不开谁，她说非我不嫁，我非她不娶。可她阿玛说什么也不同意，没办法，我们俩一点儿招儿没有，一寻思，只好到阴世间做夫妻去了。今天能有幸遇到皇姑奶奶，我们可算有救了，万望皇姑奶奶救救我们。"

　　三皇姑问那姑娘："你是什么旗？"

　　那姑娘说："满洲镶蓝旗马力善佐领下人，姓阿颜觉罗。奴才叫依力兰，阿浑叫羊成林尔。"她扭头瞅了瞅德祥，又说："我俩相爱一年多了。他勤劳，诚实，憨厚，心眼儿好，他……他爱我，我喜欢他，我愿意嫁他。"说着要往三皇姑身上扑，被蕊寒挡住了："万望皇姑奶奶成全我们啊！"

　　三皇姑又问："你知道你家里有多少地土吗？"

---

　　①　阿浑：满语，哥哥之意。

依力兰说："具体多少我也不知道，大概也有三百亩吧！"

德祥说："我知道，有三百三十六亩。"

依力兰说："我们家是我们村子里最富的了。我阿浑都二十二了，可还没订婚，阿玛就想给阿浑找个有钱人家的姑娘，可有钱人家都看不上阿浑，说他就靠阿玛的财产过活，自己连五谷都不分，既不会武，又不识文，干什么都不行，所以，有钱人家的姑娘不愿嫁给我阿浑，可找穷人家的，阿玛不要，就这么到二十多岁了，还没娶上阿沙①。我呢，今年十九岁了。阿玛就是想叫我嫁有钱人家当官人家去，可我就是不同意，我就是看中了德祥哥。头几年德祥哥在我们家当大半拉子，可干的是大人的活儿，到年底我阿玛只给一半的工钱。今年他本来不打算干了，可为了我们俩能常见面，再说，出来扛活还带出来一张嘴，我苦劝阿玛看他已经二十岁了，是大成人了，该给成人的工钱了，阿玛看他特能干，又勤快，就同意了。他才留了下来。"

"那为什么今天上吊想去死呢？"三皇姑问。

那姑娘说："昨天他嫂子生了个大胖小子，捎信儿叫他跟我阿玛先支点儿工钱，好给嫂子买鸡蛋什么的下奶，给孩子买点儿布做个小布衫什么的。他跟我商量，怎么跟阿玛说。我们俩一合计，我阿玛肯定不能干，我们俩没有一点儿招儿，我们想活着也没指望，不如一块儿死了算了。"

"噢，是这么回事啊！"三皇姑说，"真是没有出息。"三皇姑又说："你阿玛也真是老脑筋，满汉一家亲嘛！何必分得那么清，自己划线，把民族割裂开呢！我们满洲人若是没有广大的汉人的支持和拥戴，大清江山能长久吗？大清皇朝，实际是满洲人、汉人、蒙古人，这族人、那族人，是各个民族的共同的江山啊！怎么就得汉人嫁满洲人行，汉人娶满洲人就不行呢！这是没道理的嘛！都什么年月了还讲究这个！你们俩相亲相爱，就可以嫁，可以娶！德祥，你嫂子生孩子的事，老乌图里他们知道不？"

"谁也不知道！我没跟人说，就她知道。"德祥说。

三皇姑又问依力兰："你们俩是什么时候出来的？"

"昨晚上我和他一道走的，我们家不知道。"依力兰说。

三皇姑说："好。这么说，你们俩从昨晚到现在没吃东西了？这样吧，

---

① 阿沙：满语，嫂子之意。

你们跟我马上去三道岭子，先吃点儿东西，然后你们就回德祥家，依力兰上炕搂着德祥嫂子的孩子，德祥就去给乌图里报信儿，就说依力兰生孩子了。乌图里去了，依力兰听着，你阿玛若问你这是谁的孩子，你就说是你哥哥的孩子。乌图里为了羊成林尔的名誉，肯定同意你们俩的婚事。那时，你就要乌图里一半的家产，记住，要写字据，要画押。这样，你们的婚事也成了，又有了财产了。"

两个青年人听了还没明白是怎么回事，三皇姑问："怎么，没明白？"

他们两个一琢磨，一下子明白了。依力兰拉住德祥跪下叩头，起来说："谢谢皇姑奶奶了！我们不吃东西了，现在就回去。"两个人拉着手跑下了山。

三皇姑看着他们的背景，也笑了。一看杨珍和耿乐摘满了两口袋达子花叶，说："回去吧！"

一帮人捋着山冈就回到了三道岭子。

张德祥和依力兰回到了张家，跟哥哥嫂子一说，是皇姑奶奶出的主意，都高兴得不知做什么了。

这时，依力兰掏出身上带的仅有的一点儿银子，交给了德祥的哥哥，说上街去买笔墨和红纸，叫德祥快去乌图里家报信儿。一切安排停当，就等乌图里了。

张德祥急三火四地颠儿颠儿地来到了乌图里家。乌图里家正闹得像热锅里的蚂蚁，真是闹翻了天。女儿依力兰一夜没在家，不知跑哪儿去了，天头都日上三竿了，也没有影，急得一家人直转转。长工张德祥也不知蹾哪儿去了，人没影了，活儿没人干了。家里人正急得蒙头转向的时候，一看张德祥进了院子，乌图里一脸怒气地问："张德祥，你干什么去了？我的宝贝女儿依力兰是不是跟你去了？"

张德祥不急不躁，一字一板地说："岳丈大人！"

"什么！"乌图里急了，"我还没答应把我女儿嫁你呢！"

张德祥说："您老先别急，听我慢慢说。"

乌图里怒道："我不听，你说什么说！我女儿是不是跟你去了？快告诉我！她现在在哪里？"

张德祥见乌图里那个样，心里好笑。可脸上还是那么不冷不热的样子说："依力兰在我家生孩子了，你们快去看看吧！"说完，转身就走了。

"什么？你给我站住！依力兰在你家生孩子了了？"乌图里像被谁当头一棒，晕头转向地瘫在了地上。依力兰的讷讷更是拍手打掌地坐在院子里，哭天号地。那羊成林尔更是莫名其妙地打转转。

乌图里怒喝一声："别号了！家丑不可外扬。快！把德祥给我叫住。"

羊成林尔叫住了张德祥。

乌图里缓了缓神儿，问张德祥："你刚才说依力兰在你们家了？生孩子了？"

张德祥慢条斯理地说："她昨晚上在我们家生了个大胖小子！你们快去看看去吧。"

"她在哪里？"乌图里似乎还没听清。

张德祥一字一字地说："在我们家了，快去看看吧！"说完就磨身去了，一次也没有回头。

乌图里一跺脚，恨恨地说："你滚吧！"

张德祥心里直乐，心里说，你不叫我滚，我也得走喽！

乌图里狂怒地大喊："羊成林尔！羊成林尔！"

乌图里的唯一的儿子羊成林尔，又转了回来。他长得又矮又胖，进院子问："阿玛，叫我吗？"

"不叫你叫谁？"乌图里愤怒了，说，"你快给我套车，拉你讷讷，咱们去张家！"

坐上车后，乌图里对老伴儿说："出了院子不许号！装作没事的样子。"又对羊成林尔怒斥说："还不快赶车走，寻思什么！"

羊成林尔鞭子一挥，"驾！"赶起马车就出了院子，直奔边台子屯张家。羊成林尔一边赶车，心里也琢磨不透，妹妹怎么会有孩子呢？能是谁的呢？

乌图里怒气未消，斥责儿子说："快赶！瞎磨蹭什么！"

车进了张家的柴门小院后，三个人下了车。一看，三小间破草房，房门檐上插着一枝儿李子树枝儿，树枝儿上还拴了一条红布条，说明这家人家生了儿子，"李枝儿"，立子了！红布条是喜庆吉祥。

张德祥听见马车进了院子，就出门迎接，把乌图里三人让进了西屋。乌图里三个人进了西屋一看，南炕上挂着又破又旧的幔帐。乌图里和羊成林尔两人站在地下，乌图里气得一句话也没说。依力兰的讷讷掀开幔帐，见女儿躺在炕头上，胳膊弯里枕着个小孩，孩子正睡着，依力兰在闭目养神。她哈下腰轻轻地问："乖女儿，告诉讷讷，这孩子是谁的？"

依力兰没有睁眼，把头转向了炕头，没有理睬。

她妈妈又急切地问："这孩子是谁的？是德祥的？"

依力兰转过头来斥道："我俩也没结婚，也没有机会到一起，天天被你们看着，怎么是他的！"

她妈妈仍刨根问底："那到底是谁的呢？"

"谁的谁的，我哥哥的呗！"依力兰看了她妈妈一眼，"还能是谁的！"就把头脸用被子蒙上了。

她妈妈好像没听清，又急三火四地追问了一句："你说是谁的啊？"

"我哥哥的呗，说了还问！"依力兰又说了一句。

依力兰的爹爹乌图里一听，直愣愣地睁大了眼睛，她的哥哥一听，竟呆若木鸡。乌图里好容易缓过神儿来，焦急愤怒，又不敢大声，就急切地哈到炕沿憋着气儿地问："你说这孩子是谁的？快说，是谁的？"

依力兰也急赤白脸地说："我哥的呗，还能是谁的！我要嫁给德祥，你们死活不让。这回好了，哥哥的孩子也生出来了，德祥不嫌乎，我只好来他家生了。"

"啊？你哥哥的孩子？！"这下子乌图里是听得透明透白的了。

"我的妈呀！咱们这是造的什么孽呀！姑娘生孩子，就让我们抬不起头了，可又是你哥哥的，家女儿配家郎喽，这可让我们怎么有脸儿见人哪！"说着，依力兰的妈妈哭瘫在了地上。

那个傻愣着的羊成林尔，听了妹妹的话，两手捂住脸跑出了屋子，一句话也说不出来。

乌图里挺了挺神儿，对老婆子低声吼道："别号了！"他两手撩起了幔子，对依力兰说："好女儿，听阿玛的话，家丑不能外扬，你一个姑娘家生了孩子，你阿玛讷讷就抬不起头了，可这孩子又是你哥哥的，这可让我们怎么活下去啊！你哥哥还怎么说媳妇啊，谁给咱们家传宗接代啊？听阿玛的话，千万不要说是你哥的孩子啊，听到了没有？"

依力兰装作思考了一下，就一本正经地说："不让我往外说也行，那得答应我两件事儿。"

乌图里赶忙答应说："行，行！你说吧，都什么条件？"

"第一，得答应我和德祥的婚事。"依力兰说。

"行，我答应。"乌图里很爽快地答应了，"那第二条呢？"

依力兰说："第二条嘛，就是把家产的一半儿做我的陪送。"

"这……"乌图里划了魂儿。

依力兰也挺干脆，说："不答应是吧？不答应也行，我明天就抱孩子回家，满了月，我就抱孩子上大街上见人就说，这孩子是我哥哥的。我哥哥的孩子都生下来了，我还顾什么脸面！"

乌图里连忙说："别，别！阿玛答应，阿玛答应！"

依力兰仍是绷绷着脸说："答应了？可想好？……好！德祥，把纸、笔、印色拿来！"

张德祥连忙进了西屋，把幔子撩了起来，把炕桌放炕上，把红纸铺好，墨已研好，笔放好了。

乌图里一看，急着说："阿玛答应了，就是答应了，何必写单子！"

"那可不行，我不信你。"依力兰快言快语地说，"去年，你倒答应给德祥大工的工钱呢，可到年根底下，你还是没给够，赖账！你的话，没有准儿了。不写在单子上，空口无凭，只有立据为证。到时候你反悔了，我拿单子上官府衙门告你，跟你打官司。"

乌图里一听，真叫女儿治住了，也只好写了。一连写了一式两份。

依力兰说："我看看！"

乌图里将写好的两份单子放在了桌上，张德祥拿给依力兰看了两份单子。看完了，点点头，又递给了乌图里，说："签字画押吧！"

乌图里只好又写上了自己的名字，无可奈何地说："我们服了，我们服了！羊成林尔！看我回去怎么收拾你！"

张德祥见乌图里签完了字，就将单子收了起来。

乌图里这一吼，把睡着的孩子惊醒了，"哇哇"地叫了起来。

这时，一直在东屋里的德祥嫂子说："依力兰，快把孩子抱过来，该喂奶了！"

依力兰跳起来，扯掉绑在头上的布带，跳下地，抱起孩子就送到东屋里，给嫂子奶孩子。

这时，依力兰的妈妈明白过来了，急忙说："这孩子不是你哥哥的吗？"

依力兰还是一本正地说："是呀，是我哥哥的孩子啊！你们同意我嫁给德祥了，德祥的哥哥不也是我的哥哥嘛！"

乌图里听了，气得直翻眼珠子，一甩袖子，气哼哼地冲出了屋子。

德祥和依力兰站在门口，目送着乌图里三人坐车出了院子，捂住嘴直乐。两个人一转身，就紧紧地搂在了一起。

　　第二年这个时候，张德祥和依力兰抱着自己的孩子去拜谢三皇姑，三皇姑高兴地给孩子挂了一桄白线，给了五两银子。

第十六章　争地风波

　　四平街村下三里半地的地方有一条东西横亘的柳条边墙，边墙上的柳树也仅剩有几棵了，稀巴棱登地立在边墙上，像是站岗守卫的哨兵。边墙下半里地的地方有一条半截的水壕，水从西山根下泉眼出来，东流二里地入于大河。这道小水沟本来不大，水量也少，但是就是大旱三年，这水沟的水也不干，依然我行我素，长流不断。这道小水沟就是四平街和东升堡子两村的分界线。两个村的村民，常常因为这道水沟而发生口角争讲，从此，结下了积怨，久而久之终于爆发了两村的械斗。

　　这年夏天连绵阴雨。水沟上边的崔家、初家人穿着蓑衣赤足光腿，扛着铁锹下去看水，一眼发现水沟下的纪家、高家人正在水沟里取南边土，叠垒在北边沟坡上，崔、初两家人上前质问，纪、高两家人自知理亏，先是不辩不争，而崔、初两家人据理不让，最后，终因话不入耳，动起了铁锹，纪、高两家人吃了亏，自此更萌动了复仇的火焰。

　　四平街的村民有几户买了东升堡子村民的山场，使四平街的山场逐渐向北扩大延伸。因为有的山场的交界不十分清楚，也有时东升堡子村民借故为两村水沟的事而找碴儿，在山场上也引起了纷争。

　　一年冬天，四平街的几个青年农民去北大山捡柴火，当四个人将枯树枝垛好装完了爬犁往回拉的时候，被东升堡子村的人强行截住，硬是将爬犁给卸了，让四平街人拉着空爬犁而回。

　　两个村的人就是这样由于三家四户的矛盾，逐渐扩大到亲友睦邻，进而成为两个村的仇怨，逐渐发展成了村仇。

　　可是，就在这年春正忙于种地的时候，东升堡子村纪老头家发生了火灾，各家的男人大多都在地里干活儿，村里几乎没有壮年男人。这时，正在柳条边上干活儿的张书田，发现了火情，大喊一声："东升堡子起火了，快救火去啊！"他撂下锄头就拼命地跑向东升堡子村。当他气喘吁吁地跑进村子后，见正是村南正中的纪家起了火。天空中浓烟滚滚，熊熊的烈火已经上了房子。热烘烘的西风正向东北方向刮，火势很容易蔓延到东邻，若不尽快压住火势，恐怕东边半个村子的房屋都保不住。

那时的村屯，各家房屋都相距很近，又是仓房、牲口棚、猪圈狗窝，又是柴火垛、草垛，正值春干风燥，又没有强大的灭火工具器材，不巧的是，正赶上人们都在远处地里干活儿，村子里就剩妇女儿童和老人了，火势越吹越旺，又吹刮着西风，真是祸不单行啊！

张书田一边跑一边想，越想越急，越急越快跑。当他跑到东升堡子村里后，只见各家的人都在护着自己的房屋，很少有人上前救火。只见一个老年妇女，坐在街上，拍手打掌地哭号："天老爷啊，快来救救火吧！"

只见纪家房屋浓烟滚滚，烈火熊熊，人们哭天号地。救火的人寥寥无几，大多是妇女儿童。人们的呼喊声、哭叫声，与那熊熊烈火燃烧的嘎巴声，西南风刮着烟火的呼呼声，水筲木桶的碰撞声，混成一片，听不清，辨不明。

张书田跑到近前一看，那巨大的火舌从窗户往房檐上直舔，浓黑的火烟滚翻而出，又被热风刮向东北，房子里外被火烧得嘎巴嘎巴直响。

这时，瘫坐在院南街上的一个老太太哭天号地："快救人哪，快救人哪！俺那死老头子还没跑出来哪！"

张书田一听，没管三七二十一，顶着从房门涌出的浓烟，破门而入。只见东屋北炕头脚下，一个老头吓得目瞪口呆，两拳微举，抖动不停。张书田要背他逃出，他竟屁股爪爪①着不动。张书田跳上炕拽住老人的胳膊一扭背在肩上，冲出了屋子，把老人放在老太太身边坐下。老太太见张书田救出了老头，两手拽住张书田的两腿，哀号着说："好人哪！快救救俺闺女吧！"

张书田急问："你姑娘在哪屋？"

老太太说："在西屋。"

这时正有一人挑水过来，张书田拽住扁担，示意那人把水放下。他赶忙脱下上衣，往水筲里一蘸，拎起来就要跑。可那老太太还抱住他的脚哭号着救人。张书田着急地说："您拽住我，我怎么去救您姑娘啊！"

这时，门窗已经被火封住，屋子里炉火燃烧，根本进不去人了。可人还是得救啊！张书田把湿衣服往头上一蒙，猫着腰就跳进了火海。

① 爪爪：辽东方言，往回佝偻，收缩。

屋子里满是烟和火，房笆一块块地带着火往下掉。

张书田喊不出声，说不出话，呛得喘不过气来。他冲进西屋，透过火焰，影影绰绰地看见炕角墙边站着个人，只听有轻轻的哼哼声。

他跳上炕，直奔炕角底下，只见纪家十七八岁的一个大姑娘，两拳举在胸前，不哭也不叫，只浑身发抖。张书田上前把湿衣服蒙在她头上，背起姑娘，就跳下地，猫着腰冲出了火海。刚一出房门，憋得好歹才喘出一口气儿来。把纪家姑娘背到街上的时候，他已经累得精疲力竭了。老太太一看姑娘被毫发无损地救了出来，拽住张书田连连叩头。

这时，已经聚来了许多人。村内的干活儿的男人大都跑回来救火，各家的水筲、水盆、大锅，能盛水的大的器具全拿了出来。院子里、街道上满是人。这时，张书田站在院西的柴垛上，指挥人们将东邻家的房子草扒一段，再用被子蘸水铺在房上。挑水的人来来往往，盛水的、空桶的，拥拥挤挤，甚至卖呆儿的妇女小孩也挡路绊人。张书田大喊着指挥，让闲人离开院子，让开运水的道，让人们放下扁担，站成两排，从井台到院里，男人往院里传水，女人小孩往井边传空桶。这样，用了不到半个时辰，人们终于把火扑灭了。

人们都大大地松了口气。这时张书田又喊道："还要传水来！浇在扒下的房草里，免得死灰复燃！"

看了看一切都安全了，张书田才悄没声地走了。这时，老纪太太一颠颠地撵了上来，问："小伙子，你是四平街老张家的二孙子吗？"

张书田说："是。"

"你叫张书田吗？"老太太问。

"是。"张书田说。

老太太的女儿也赶了来，张书田这时候才看清纪家姑娘的容颜，亭亭玉立，容颜姣好。纪家姑娘腼腼腆腆地说："张家哥哥，你真是好人，谢谢你救了我。"说着，递上了张书田的衣服，说："本来应该给洗洗的。"

"啊，不用。"张书田接过了衣服，"我真差点儿忘了。"他看了看自己光着的身子，有点儿不好意思地说："我走了，你们家里损失挺大，回去照看一下吧。"

纪老太太说："书田啊，我们谢谢你啊，再到东升堡子来，一定到家里坐坐啊！"这母女俩站在村头上，一直到看不见人了，才回去。

东升堡子的人莫不夸奖四平街张家的二孙子，老纪家家里失火，不仅救出两个人，而且若不是他指挥得当，那火不定得烧多少家呢！

两个月后的一个雨天，四平街下小水沟上，发生了一件惊天动地的事：为了挖水沟，水沟南和水沟北的几家又吵了起来，起因仍然是水沟北的人家将沟南的土挖起来，贴在沟北边。两家越吵劲越大，火也越旺，在附近各个地块里干活儿的，在山坡上干活儿的，两村听着信儿的亲戚邻居，卖呆儿凑热闹的，全都聚拢了来。还有些好事儿的人各自跑回村里一传话，两个村的男男女女，老老少少，几乎倾巢出动，人人都顺手操起家伙，扛着镐头的，拎着铁锹的，握着棍棒的，大都手里拿着应手的家把什儿。骂声，呼号声，叫号声，铺天盖地，一场村仇的恶性械斗，一触即发。

在这数百号的两伙人中，四平街的代表人物张桂森站在水沟南沿的一块石头上，愤怒地阻挡着四平街的人，不许动手，说谁若动手，就先把他打倒。那保长方二爷更是挥动着文明棍儿，高声地阻拦着。张桂森的两个儿子张元昌、张满昌和两个孙子张书金、张书田紧紧地维护张老人前后。而水沟北的人中，有个姓孔的保长也正在喊破嗓子地劝说本村的人，谁也不许动手，谁动手打人，就把谁家撵出村子。在这两位老人拼命阻挡下，尽管没有人先动手，可两村的数百号人，越叫骂火气越大，恐怕只要有一个人，不管是哪个村子的人，稍微有个要动打的动作，一场恶性械斗就不可避免了。

正在两村人越骂越凶剑拔弩张千钧一发的时刻，张桂森对他孙子张书田耳语说："快去报告衙门来人制止。"张书田钻出人群就跑回了村里。杨巡检一听，大吃一惊，这若发生械斗，死伤了人，他这个巡检可就当不成了。他马上派人快马报告三皇姑，心想，真要打了起来，他衙门里去一二十个兵不好干什么，根本挡不住，于是，也不得不求救于三皇姑，她手下的人，一人当十人。再说了，真若死伤了人，上边怪罪下来，我报告了皇姑，皇姑也能替我说说情，开脱开脱。

很快，三皇姑的车马和衙门的人都来到了。皇姑和巡检叫三格子几个人，还有几个衙役巡捕到人群里，看两村人中谁是最叫号的，把他们强行拘来。

三格子带十来个人进入人群中，见四平街的二流子祁海志叫骂得最凶，几个人上去把他像拎个狗崽子似的挟带出来，又把一个长得细高灰黑脸细长脖，无儿无女无家室的流氓张西林猴起来^①，又把东升堡子村张牙舞爪要大动干戈的纪一夫薅了出来，把他掐着膀子送到了三皇姑和杨巡检的轿车子前。那边三格子站在张老人身边高声说："大家都听着！谁先动手打人，我立时叫他趴在地下。"他哈腰从地上拣起一块灰石，用手一捏，一使劲，就把那块石头捏成了小碎块。壕南沟北的人一看，"哎呀妈呀！这功夫还了得，不用打，掐住胳膊一捏，也得把骨头捏碎了！"这一下可算把人镇住了。

这边，杨巡检训斥那几个刺头："都叫什么名字？"

"祁海志。"

"纪一夫。"

"张西林。"

巡检厉声说："你们要挨四十大棍吗？送衙门去！"

"不敢哪，大老爷！"三个人跪地求饶了。

巡检说："去！把你们俩村的保长以及和水沟有关的人户叫来！"

这时，人们见三皇姑和巡检带兵来了，有些挑刺叫号的人就溜边儿回去了。

四平街的崔家人、初家人，东升堡子村的纪家人等都来了，跪下给皇姑奶奶叩头，给巡检叩头。

巡检让崔家初家人先说了几年来的纠纷因由，又问纪家人，纪家人说是这么回事。

杨巡检怒道："就这么点儿事何至于结成这么大的仇口！你纪家为什么挖沟南的土贴你北边的沟？"

纪家人说，水沟在那个地方有个弯儿，沟南边有个鼓肚。

三皇姑说："老崔家，那个鼓肚的地方能种几棵苞米？"

"能种十来棵！"崔家人说。

三皇姑生气了，说："就因为十来棵苞米的地方，两家记仇这么多年，弄得两个村子几百号人来械斗，若是出了人命，伤了人，你们能赔得起人命，还是养得起伤号？"

杨巡检厉声说："把他们押回衙门！"几个衙役上来就要带走。

三皇姑说："先等等，崔家、初家，你们能不能就把那十来棵苞米的地方挖了，让水沟直直的，水也能顺畅地流淌。就因为这十来棵苞米的

---

① 猴起来：辽东方言，贬义，抓起来。

地方，你们与沟北的人家年年口角，年年积怨，弄得两个村子都不太平。今天我和杨巡检做主了，把那个地方挖直了，把土贴在沟北去。什么老婆孩子不让人，房屋地土不让人，就那么几铺炕大的地方，你们就让了，看能不能穷了！"

"是！听皇姑奶奶的。"崔家和初家的人答道。

三皇姑说："你们去，把两个村的人都叫过来。"

这两个人从道上往下走了走，挥舞着两臂，大声喊道："你们都听着！都过来，皇姑奶奶和杨大老爷要训话。快都过来，皇姑奶奶要训话！"

两个村的人以小水沟为分界，都顺着水沟向西边走来，到了地头，往南拐了拐，对着道上的皇姑和杨巡检都齐刷刷地跪下了。

三皇姑说："我这个轿车子正好站在柳条边奔山上走的头上，这柳条边是个封禁的界限。虽然有边里边外之分，边里有满洲人，现在也有汉人了，边外汉人多，也有满洲人了。满洲人也好，汉民也好，都是大清皇朝的子民，手心是肉，手背也是肉，我们都是一家人。何必为那么几铺炕大的地土伤和气、争个里表、打个河漏水干呢？今天我和杨巡检就这么定了，把这道下水壕取直了，壕南边栽几棵树，壕北边错开也栽几棵树，做界线，今后谁也不许纷争！谁挑刺儿，就治谁！"

三皇姑又说："听说头些天，你们东升堡子一家姓纪的人家失火，那大火把房子都要烧落架了，是四平街的张书田跑了三里多路去先救出了两个人，又指挥救火，你们说，他张书田不怕火烧、不怕死吗？他跟姓纪的没亲没故，甚至都不认识，他为了什么呢？什么也不为，就是人应该有这种精神，团结互助，友善友爱。有了这种精神，什么十几棵苞米的地方，就是百八十棵苞米的地土，又算得了什么呢！"

这时，巡检发话了："你们大家听着，皇姑奶奶说了张书田救火的事，他就是个榜样，两村人要以他为楷模。以后凡有纷争大事，要到衙门去处理，谁私下动手打人伤人犯法，我就制裁谁！好了，你们都散了吧！"

人们齐呼啦地散去了。

两个村没走的人还有几十人，听皇姑说要把水沟修直了，拿着锹镐的人纷纷下水沟里，主动地帮助崔家、初家、纪家干了起来，他们好像不是仅仅帮助这几户人家，而是帮助两个村、两个村的数百户人家，铺平了两个村子人的团结之路。

在挖土的时候，东升堡子有人说，就这么点儿地，你争我抢的，真不值得。

两个村子的人很快把水壕从西头到东头挨着修整完了，才各自散去。三皇姑的人和衙门的人也撤了回去。

一场风波就这样平息下去了。

打这以后，两村的人再也没有竞争过。到今天，壕北仍有一棵大榆树长得繁茂兴旺，成为两个村子的交界树。

第十七章　村野谍影

　　盛夏的一天，平静的四平街来了两个陌生人，身穿长袍马褂，头戴凉帽，足蹬黑色半腰皮靴，年纪大约四十岁。进村后，就问坐在路边抓虱子的一个老者："可有洁净住处吗？"

　　老者没有抬头，说车马住张家店，行人官宦住路北老张家。

　　二人来到了张桂森家。问："这村里谁是村长？"

　　张桂森说："有保长姓方，这村长原来是我，我年老了，又有病，衙门人就叫我孙子书田干了。"

　　这时，张书田进屋见了两位客人，问："二位从何处来？有何贵干？"看着这两个来人穿戴，说官宦吧，不像，说买卖人吧，也不像，更不像走亲串友的，心里好生疑惑。

　　这时，只见一人说："我们从辽阳来，想买几车焦炭。"

　　张书田"噢"了一声，心里想，从说话的声音听，不像辽阳人口音。要买几车焦炭，就多数是买卖人，可看这二位的穿着做派又不像是买卖人。再说了，三皇姑几个炼焦场的焦子都卖往辽阳几个地方去的啊，还从没有人到场子来买的啊！看来，这两个人大有文章。按说，街里有车马店，可以住人，又何必来我家？若是真正的官家人，可以去衙门。唉！不管怎么说吧，先让他们住下吧！

　　这时，那客人问："听说这开矿炼焦的有位三皇姑？"

　　张桂森说："有哇！那皇姑奶奶人可好了，在这四平街开煤矿、炼焦子、炼铁，可对我们这地方的人有老了好处了，好多人都有活儿干，这四平街也跟着开起了好多个这个场、那个矿的，这个店铺、那个买卖的，我们这地方可发达了！再说，皇姑奶奶给我们办了多少好事啊，办学堂、修车道，惩罚坏人，扶持好人，那好事干得可多了。"

　　"啊，啊！"那人说，"听说她还组织了几千人练兵习武？"

　　"什么！练兵习武？那可没有的事。"张书田说，"我们从没看到皇姑奶奶有几千人练兵习武，光知道跟她来的小子丫头十来个人。"

"噢，噢！那他们在什么地方住呢？"一个人问。

张书田思忖了一下，说："在三道岭子住。怎么，你们不是买焦炭吗？"

那人说："是，是买焦炭。"

"那……来，我领你们去住店吧！"张书田说。

"怎么，我们住你们这吧，不可以吗？"一人说。

张书田想了想，说："可以，可以！"他看了一眼爷爷，说："爷爷，您陪客人坐着，我去找我媳妇回来做饭。"

他借机会出来了，对哥哥张书金说："哥哥，我看这两个人有问题，说不好他们究竟是干什么的。三皇姑炼的焦子也是三天五天就往辽阳送，还没听说买主亲自来这儿买几车的，这是一。二是看他们的穿戴，官不官，商不商，民不民。三是他们若真是商人来买焦子，为什么不去车马店住？四是他们为什么总是问三皇姑奶奶的事，还说什么三皇姑奶奶练什么兵，说几千人练兵习武，这不是胡说八道吗？我看哪，他们是冲着三皇姑奶奶来的。哥，为了不让他们起疑心，你出去借匹马，快去向皇姑奶奶说说，好让他们心中有数。"

张书金出去了。

张书田进屋后，说："饭菜马上就好，客人饿了吧？"

一人说："是啊，是饿了，走了多少天的路了，也真是又累又困乏啊！"

"那吃完了饭就早点儿歇着，"张书田说，"热乎炕，睡一宿就解乏了。"

张书金到了三道岭子，向三皇姑说明了情况，三皇姑沉吟了一会儿说："你先回去吧，谢谢你们，我知道了。"张书金走了后，三皇姑对三格子等人说："两个崽儿。看来是宫中要有什么举动了。载淳皇帝，咳，那兰儿掌了天下喽！"

三格子说："这几天皇姑不要出门了，我们就守住这个小院，谅他们两个人也不敢进来，进来了也难想出去！"

三皇姑笑了笑说："两个崽儿，何必那么看重！"

那两个"买焦子"的客人，第二天吃过早饭后，自张家出来，似乎要走走看看，张书田说："二位客人要买焦炭，我可以领二位去，一是那边人我熟，我更懂得焦子质量好赖，什么样的火候硬抗烧禁炼，正好今儿个我有空。"

那二人说："谢谢了，我们自己去能行。"

张书田无奈地说："那好吧，请你们走好。"他是实在替三皇姑着想，对这两个人不放心哪。

二位客人出来一看，这四平街虽是穷乡僻壤，可街道比较整齐，也还清清净净，街中主要道路两边都用石板砌成水沟，各家各户虽是草房茅屋柴门，却也整整齐齐，利利落落。井台上有人挑水，井上围有木头井裙子，黄犬睡卧，鸡儿寻食，房山头上成群的麻雀叽叽喳喳。房檐门窗下的燕子，飞进飞出，真是一派太平景象啊！

二人信步来到了巡检衙门大门口，见大门口有四名清兵站班，哨楼上各有一名清兵监视。

二人又进了学堂院子，虽没看见有多少学童，但听见有群童的读书之声，从那课堂中传了出来：

太祖兴
国大明
号洪武
都金陵
迨成祖
迁燕京
十七世
至崇祯
权阉肆
寇如林
至李闯
神器焚
清太祖
膺景命
靖四方
克大定……

二人听了，点点头，走了出来。见一村民，问了三道岭子在何地方后，径直奔村南而去。

这天，三皇姑几个人吃过早饭，坐上车轿去了马道岭。这马道岭，位在四平街南道西，是西河掌屯后西边的第一条沟，沟很短很宽敞，岭也低矮，在三皇姑和张氏家族修四平街到碱场这条马路之前，四平街的人要往西去，都是赶着驮子走这道小岭西去的，走得时间久了，走得人马多了，就把这道小岭叫作马道岭了。

三皇姑上马道岭干什么去呢？原来我们在前边没有交代，三皇姑的炼铁场子用的铁砟子①，就是从马道岭的东坡开的井口挖出来的。今天，她是视察她的铁矿来了。

马道岭的西坡半山坡偏北的地方，开了一个大井口，有一人多高，一庹半多宽，井下巷道跟她的煤矿井下巷道一样，也是凿成梯子磴，上下走人，脚可以踏实走稳。铁矿井下的水虽然没有煤矿井下的多，可也得有专人用柳罐斗一个水箱一个水箱地往上倒，一直倒到井外去。那顶棚子也同样是双顶子，两庹宽一棚顶子。井上井下的人都在不停手地劳作，脸面虽然不像煤黑子那样黑得像锅底儿，可也是灰汗满脸。他们见三皇姑来了，要跪下叩头，背的扛的东西要放下，被三皇姑止住了，说："不用拜，接着干！"

铁矿的工头姓孟，是从山东过来的。见三皇姑来了，急忙迎接，引到他的工棚子里。一看，站没站的地方，东西物品太多，坐没坐的地方，没有个像样的炕铺。三皇姑说："好了，好了，不用坐。我来看看，有什么事没有？矿工们干得怎么样？孟师傅，可一定要注意安全，不能死一个人。死了人，我叫你顶罪！"

最后，三皇姑说："一定要注意安全，三块石头夹一块肉，碰着就是硬的。这从矿井里打出来的水怎么是土红色的呢？有没有毒？"那孟把头解释说，因为是铁矿，井下的水就是这样的。有没有毒……从淌下去的水看，草没蔫，虫没死，可能没有毒吧！"

三皇姑说："你注意一下，若是有毒的话，就得想办法，不能叫它这么淌下去。"

孟把头诺诺称是。

三皇姑一行人车马快出沟的时候，见沟门北坡有一盘被遗弃了的石

---

① 铁砟子：辽东方言，称铁矿石。

碾子，她问："三格子，你们谁知道这石磨石碾子是怎么来的吗？"

"不知道。"跟随的小子丫头们都说，"给我们讲讲吧。"

三皇姑说："这里有个传说故事，反映出辽东的历史，这还是在四平街的时候，听张老说的呢！"

三皇姑讲了这个关于石磨石碾子来历的传说：

在农村几乎家家有石磨，大家族才有石碾子。这磨呢，有上合下合^①，两合一合就成磨，落在磨盘上，安上磨杆一推，就可以磨粮食，这种加工粮食的方法叫"推磨"。那碾子呢，得有碾盘、碾砣，还得有碾框，这个碾盘必须得是石头的，不像磨盘有石头的，多数是厚木板拼成的。碾盘架上，碾砣安放碾盘上，再安上碾架，一拉就把碾砣拉动了，人们就把这种用碾子加工粮食的劳动叫作"拉碾子"。

这种石头制作的粮米加工工具看似简单，可它的历史却有三千多年啊！

自从人们种庄稼收五谷杂粮，就得把五谷杂粮的皮壳去掉，舂米、磨面以后，才能煮饭、做干粮吃。开始时，没有磨啊碾子的，人们只能把粮食倒在石板上，用石块磨，或是用木棒敲打，才能去掉粮谷的皮壳。这样日子长久了，就把石板上硌出个窝，渐渐地这个窝变成了圆坑，把粮食放在圆坑里边捣，不能溅出去，这才开始用石头做成臼来捣米，这样把粮食放在石头的凹窝里捣米，比在石板上捣既省工省力，又不糟践粮食。

舂米的时候，用一个圆木棒，或者是用圆柱状的石头的头往对窝子里捣，就很方便了。这个圆柱状的石头就叫石杵。人类用这石杵捣米至少有一万多年，直到商纣王的时候，人们还是用石杵子捣米。既费工费时，成效还低，一个人舂一天米，也仅够几个人吃一顿的。这实在是古人类一种繁重的劳动。据传说，是到了商朝贵族箕子路过辽东的时候，发明了用石磨石碾子来加工粮谷，才推进了粮食加工业的进步。据传说，周武王伐商纣王的时候，两方交战，血流成河，把杵子都漂起来了。

那么，这石磨、石碾子是谁发明的呢？人们传说是商纣王

---

① 上合下合："合"发音"哈"，即上扇下扇之意。

的叔叔，叫箕子的发明的。

商朝末年，纣王无道。箕子和比干、微子一些贵族大臣苦谏纣王行善道，施仁政，可纣王死活不听，还把箕子、比干、微子一些忠臣视为眼中钉，下令将比干的心挖出来。比干惨死，把箕子、微子下了大狱，打进死牢。周武王消灭了无道的商纣王以后，知道箕子是贤人，就把他从大狱里放出来，劝他辅佐周武王。可箕子不愿看到商的国破家亡，不愿做周朝的大臣，就率领五千户商朝民众向东迁徙。

箕子路过辽东的时候，看见人们用对窝子捣米又苦又累，几个人吃饭，就得有人成天捣米也供不上。于是，他就琢磨怎么才能想法子让百姓捣米又省力省工，还能快。箕子就是这么一路琢磨一路走，来到了辽东。

一天，他住在一家马架子窝棚里。这家人家八九口人，待箕子非常好，见箕子身板单薄，怕他吃米饭胃口扛不了，就给他捣面擀面条吃。正赶上这些天是又下雪又刮风，冰天雪地，箕子一连住了七八天也走不成。这家人待他还是那么诚心实意热情，箕子打心眼儿里过意不去。

到了第九天晚上，箕子怎么也睡不着，就觉得这家人这么好心，这么实心实意，该怎么报答人家呢？这时，鸡叫头遍的时候，他就听到村里人舂米的杵子声，房东家八九口人，天天都得用两个人舂米，为了他这个客人吃面条，舂米又得多一个人。听到这里，他真是再难躺在热乎乎的炕上了。他穿好了衣服，悄悄地出了窝棚。

外边月光照着雪地，白皑皑的，一望好远。箕子信步登上后山坡，站在山顶上一望，月光照耀下的大大小小的山头，像滚着浪花的大海，一阵冷风吹过，使他单薄的身子一激灵，冲淡了他愁苦的心情。忽然，他听见了一阵阵的轰鸣声，只见那圆圆的大冰雪团，被旋风吹得在冰面上团团转动，冰团下的冰湖溅出细小的冰粒儿和雪花。

这情景令箕子苦闷的心一下子敞亮起来，犹如打开两扇门，更像锅底漆黑的天，一下子黑云散尽，立刻天晴气朗一样，使他心中的愁苦和烦闷一下子烟消云散了。原来，他看到冰团在冰湖面上转动，溅出了雪花，使他联想到，这不正好可以用石头制作出一个团团圆圆的碾盘，再用石头做出一个可以转动的圆圆的碾砣，再做个框架，用人力可以推动碾砣，平平光光的碾盘面，光光平平的碾砣面，就把五谷杂粮的皮壳挤压磨掉。而那风吹雪团的转动，正好似人力的推拉，使碾砣转动。风能把粮食的皮壳吹掉，也可以用人力，把粮食的皮壳簸出去啊！这么就可以省下许多的工夫和人力了啊！又一想，是啊，石臼杵粮，石板对石板、石棒或木棒打压磨粮，实际不就是这个道理吗！

箕子意识到这点后，真是高兴极了。

这时，只见房东带领许多村民找来了，他们沿着箕子踩的雪脚印找到了这里。一看箕子正在这里，就高兴地上前说，家里已经早早就烙了一大锅饼，知道他今天要赶路，好给带着路上吃的。

箕子兴奋地说："谢谢乡亲们的好意。我在你们这已经住了九天了，天天看见乡亲们舂米实在费工费力。这些日子，我就琢磨这件事，想找出个方法，制作出一套工具，来代替人力加工粮食。今天，我终于受到启发，想出了这套工具的制作方法和使用方法。这套工具制作出来，用它加工粮食，肯定让乡亲们满意，这也算是我对乡亲们盛情款待的回报吧！"

说完，箕子领乡亲们下山坡，来到河面上，他用两手推动那个大冰雪团儿在湖面转圈儿，一边推着转一边说出能加工粮食，去掉皮壳，将粮食粒儿磨成米、面的道理。他一边说一边转动冰团冰块，大家似乎明白了许多。

回村后，箕子吃完饭就领着村内的几个石匠上山找细面沙石，他一边比量，一边讲述，指挥石匠们如何凿如何铲，先做出来个碾砣。然后又量尺码，找了一个大大厚厚的石块，铲成个圆形的，又把碾砣一圈儿的面磨光，再让出一拃宽的一圈，省得推碾子压斥出来的粮食掉地下。碾砣、碾盘制作成功了。人们把碾盘捆起来，把下边安上几个平平乎乎的大石头，把碾盘抬上去垫平垫牢，又把碾砣抬上碾盘，人一推碾砣，转了！

可是，转了几圈一看，碾砣总往外使劲儿。这不行，转的圈儿多了，不就转掉地下了吗？怎么才能叫它不往外使劲儿、不能掉下去呢？箕子琢磨琢磨，哎，有了，把碾盘心儿凿个大方眼儿，安上一个下方上圆的木柱作轴，把碾砣两头的中心也凿上小圆眼儿，再做个大木框，把碾砣套上，碾框里外的两根框架木的时面，安上一个小圆轴，正好下在碾砣两头的芯里，使之凸凹一扣。再把碾框里边的横框木掏一个大圆眼儿，套安在碾盘心里的木柱上。这样，就把碾砣固定住了，不能转掉下来。再把一根一手能把攥住的木杆，镶插在碾框上，人上去一推，碾砣就转了起来。有个小青年回家拿来了半斗谷子，铺在碾盘上，推动碾砣，推了百十圈儿，谷子碾成了米，米碾成了面子。成功了！村民一下子高兴得跳了起来。人们把箕子抬了起来，举过了头，高兴得狂呼乱叫！

碾子就这样制作成功了。可是，叫它个什么名字呢？箕子想了想，说："就叫它碾子吧！"碾砣又大又沉，碾砣和碾盘挤、碾、压加工粮食，就叫它碾子正好。碾砣得有人推拉，才能碾粮米，这种劳作就叫推碾子。箕子就这样为村民们做了一件大好事。

这消息一下子传遍了十里八村，人们纷纷拿着粮食来碾米，人来得多了，大家得排队挨号，长长的队一排多老远。

箕子几次要走，都被乡亲们留住了。他闲来无事，也常到碾子那去转转看看。一天，碾框上的小木轴磨坏了，碾砣不能转动了。他上前看了看，一想，还是得用铁的轴才抗磨，于是解下戴在身上的金刀，用金剑剁成碎块儿，镶到轴眼儿里，再浇上点儿油，推起来又轻又爱转又抗磨损，这样多少年也磨不坏了。

可是，这么多人挨号排队等着碾米，也不行啊，还是得想个法子，能让村村屯屯、家家户户都有自己的碾磨才行。

这天，箕子又上山在那些石头堆子上琢磨起来。他琢磨来琢磨去，觉得还是得用碾子原理，底下的不动，上边的转动，把粮食碾磨在中间。他一边琢磨一边顺手拿起一块板石，石上正好有小透窿的眼儿。他拿这块板石在另一块石板上，把手指伸进那石板的眼儿中转动。可这粮食得怎么样放在两块石板中间去磨啊！这有一个眼儿可以安个木把，那若再凿个眼儿往里填粮食不就可以了吗？噢，还不行，那碾子转动，能把碾出的粮碾到外边一圈来，这若是两片大石板可以吗？他抠了把土试了试，不行。可若是把两片石头碾磨的那面凿上一个棱一个棱、一个沟一个沟的呢？他两手伸开，穿来窝去，土沫就从并起来的手指逢沟里满了出来。啊，有了，这可以试试。

箕子想好就进了村里，找来了那几个石匠，按他说的，叫石匠找好石头铲两扇圆形、薄厚均匀的磨扇子。又把两扇磨里面凿成肋巴条子似的一道棱，一道沟，上扇的磨心里面，再凿成往外淌粮的宽糟，在下扇磨心凿成圆眼儿的芯，镶上铁轴，在上扇磨心也凿成个圆眼儿，两扇一合上，下扇的中心轴正好插入上扇的中心轴眼儿里。这样，下扇不动，上扇一转，也跑不出去。上扇靠边上凿个圆眼儿，插入一个铁轴，可以用手转动上扇磨扇，从上扇磨的中心大透窟圆眼儿里往磨里填粮食。这磨凿成以后，箕子说："回去试试。"因为这磨扇不大，一个人就可以拿得动。他们回到村里安装好了一试，行了！可是，还得给它起个名字啊，箕子一寻思，这扇石磨合起来转转，像转迷糊打磨磨，两合磨扇一磨，就把粮食加工了，好，就叫它"磨"！

磨研究打凿出来了，可手摇，一天也是磨不出多少粮，虽然比舂米快多了，省事多了，可也供不上人多口众。于是，箕子就叫石匠凿大些的，把石磨架在磨架子上的磨盘上，把上合磨对称凿两个眼儿，安上短小的木棒，用一个弯木挂上，用人推拉磨杆，这就又快又省事了。那磨盘有用一大块板石铲成圆形的，有用厚木板拼成的。这样，就研究制造成了磨。

碾子、磨都研究制造成功了！这可解决了村民们生活中的一件大事。这件事一下子轰动了起来。这石匠可就忙不开了，整天在山上凿啊、铲啊，这村要，那村要，后来就这家做，那家打，三里五村，十里八村，百八十里，渐渐传扬开、普及开了。

箕子做了好事，平民百姓万分感激他，可是他并没有要人们回报他，更没有因为做了好事，就把自己当作了神。他一看，百姓的疾苦减轻了，心里很高兴，就悄没声地离开了村子，继续向东方走去。等乡亲们发觉箕子不在了，出了好多人撒开人马到处找，后来听说有人看见往东走了，人们就往东撵去，撵了好几百里也没撵上。人们为了怀念箕子为民造福的功德，就把箕子造碾子磨的故事流传了下来，一直流传到了今天。

二皇姑讲完了箕了造碾了磨的传说，车轿可也到家了。三皇姑说："百姓是诚实的淳朴的，谁为百姓做了好事，百姓永远不会忘记，他就永远活在百姓的心中。好人有好名声，恶人有恶名声，好人被颂扬，恶人被唾骂，这把衡量好人、恶人的尺子，就掌握在百姓的心中。"

三皇姑回到三道岭子后，那账房先生和把头陈作为连忙跟了上去，他们把矿上来了两个陌生人看这问那的事，详详细细地说了。

三皇姑听了，不动声色地说："明天他们还能来，他们乐意看什么就叫他们看，想问什么就随他们问，也不用专门接待，也不用理睬。问我呢，我干什么做什么，你们就告诉他们什么。不用怕，他们是冲着我来的。明天我们要出去溜达溜达。听说西边有个铁刹山，有不少可看的好风景。我们明天去铁刹山，玩它几天。也让这两位贵客好好看看我三格格究竟是什么样的人。矿上的事，你们二位好好管着，千万注意安全，别出事。煤矿、铁矿、炼焦场、炼铁场，一切都照常干。这两位贵客叫他们多转悠几天，等我回来再收拾他们。"

停一会儿，三皇姑又说："我大清皇朝看来气数已尽，先皇帝的预言虽然英明至极，可我一个小小的皇姑，无凭无据，哪一位大臣将军会听我的？再说了，她慈禧已经是太上皇了，亿万臣民的小脖颈都掐在她手里，有谁敢不听她的！咳，大清的气数尽了！我又能怎样呢！老疙瘩又能怎样呢？！"

三皇姑一阵心酸，就到铁刹山去散散心吧！

三皇姑决定了之后，说今晚上咱们都好好睡一觉，明天吃完早饭就走。红珠说："那我们怎么也得准备一下啊！"

三皇姑说："没什么准备的，就带上洗漱的就行了，几天就回来了。路上缺什么，买就是了。只要不缺钱，就什么都有。"

当晚，她们就早早地睡下了。

可三格子没有睡意，心想，听说京城派来了杀手，这几天都没露面，听说三皇姑要出门，还不趁这时候下手啊。他把这话跟杨珍儿人说了。

这天晚上是月黑头。三皇姑海青房的小院里静得吓人，只时而有马打嘟噜的声音，甚至针掉地下了都能听到。这时，也就三更天吧，突然两个黑影嗖嗖地翻进了院子，贴近了三皇姑的窗下，只见那两个黑影蹑手蹑脚地来到三皇姑窗前，一个黑衣人手握大刀向外张望，一个黑衣人用刀尖撬窗。正在这时，只听一声断喝："哪里蟊贼！如此胆大！"说着，从房角跳下一个大汉，只听"唰"的一声，一道青光，一剑刺向那向外张望的黑衣人。那人架起大刀，格住宝剑，那撬窗的黑衣人也立时抽出大刀，二人挥刀来战大汉。只听刀剑撞击的"铮铮"声，只见火花飞溅，三个人影腾跃闪动，却分不清谁是谁来。这时，只听一个黑衣人"啊"的一声大叫，大刀掉在了地上，另一个黑衣人更是拼着性命抵挡大汉。正在这工夫，杨珍、隋元、耿乐和佟清也从各处飞杀而来，没几下子，三格子等人就制伏了那黑衣人。

这时，素雪她们也都手拎宝剑、擎着灯烛，出了屋子。

三皇姑见了这两个黑衣人，说："把他俩带进屋。"三格子把两个黑衣人猴进屋子。

三皇姑坐在炕上，两个黑衣人跪在地下。三格子等人围了半圈。三皇姑问："你们是什么人，干什么的，为什么到三道岭子行刺？"

三格子用宝剑指着这两个黑衣人，厉声一喝："说！"

三皇姑说："说吧！我不杀你们。你们不说，我也知道你们是谁、干什么来了。可还是你们自己说好，我是要看你们的态度。"

那黑衣人低着头仍不吭声。

"那么好吧，"三皇姑说，"你们不说话是吧！三格子，把他们绑了，送给杨崽儿，看杨崽儿怎么治你们的罪！"

说着，隋元几个人就要绑。这时，一个黑衣人用肩膀碰了一下另一个黑衣人，小声说："说了吧！"于是，他稍微放开点儿嗓子说，他是皇太后慈禧的李公公派来的，是奉皇太后之命来刺杀三皇姑奶奶的，为什么要刺杀，他们不知道。但是，他们来到这四平街以后，四平街的大人小孩都说三皇姑奶奶是好人，他们看到的，都是三皇姑奶奶做的好事。所以，他们很纳闷儿，为什么要刺杀好人呢！可不刺杀，又交不了差，保不了命。今晚上是无奈之举。

三皇姑说："你们现在想怎么办？"

那个先说话的黑衣人跟他的同伙耳语了几句，说："我们两个奴才都是失去父母、无家无业的人，我们不想回京送命，三皇姑奶奶若能收留奴才，我们愿意做牛做马。"

三皇姑问："说的可是心里话？"

三格子说："发誓！"

三皇姑说："算了，我相信他俩。若是不真心，起誓有什么用！当年太祖爷起兵的时候，海西的布占泰与太祖爷先后七次盟誓，与太祖爷同心同德。可他七次盟誓七次悔盟，最后终于被消灭。所以，我不信你们起誓发愿，我看重的是你们的心。好吧，既然你们想留下来，我也不能撵你们，那你们就留下来吧。三格子，你明早领他俩去见唐阿里，让他安排他俩。"

第十八章　铁刹云光

九顶铁刹山，脉由长白蜿蜒而来，至辽东崛起高峰，钟灵毓秀，成为辽东名山。明末之季，有南京道士郭守贞隐于九顶铁刹山八宝云光洞，艺秫种蔬，以供炊爨，淡静苦修，饥餐松子，渴饮洞内天然泉水，久则怡然乾健，温养而神通大化，涵虚以妙证金身。收徒讲道，吟咏自娱。

康熙初年，辽沈大旱，官民祈雨。郭真人应聘请雨，天降甘霖，是为扬名。奉郭真人为辽沈道教之祖，自此，名声大噪，仙道远播。

铁刹山正是：

> 辽东半壁万峰连，
> 长白高欲插青天。
> 奔赴南下四百里，
> 山脉如龙走蜿蜒。
> 突尔腾空一昂首，
> 九顶陡绝矗云巅。
> 自昔著名曰铁刹，
> 云光洞里八宝镌。

三皇姑自来四平街之后，就频频有故老乡邻演说铁刹神奇，早就有心前往观瞻，无奈事务缠身，不得悠闲。眼下，他们的事业已进入正常轨道，正可借此前往。

这天，早早吃过早饭，三皇姑一行十人，坐车骑马奔向铁刹山。

铁刹山位于四平街西南八九十里，他们一路行来，得约约一天[1]。路

---

[1]　约约一天：辽东方言，足足一天工夫。

上，他们紧走慢赶，响午歪的时候，到了碱场堡。这碱场堡是辽东边墙的一个重镇。到了清代，朝廷修柳条边保护"龙兴重地"的时候，又在这里设了边门，叫加木禅边门，后改碱场边门。设驻防边门兵丁四五十人。自那以后，碱场人烟稠密，农耕商贸日益繁华。

三皇姑的车轿进入街内，三皇姑说："三格子，找个洁净店铺，吃晌饭吧，也好歇歇脚，喂喂马。"

他们就在路北一家，名叫"仙客来"的饭旅馆停了下来。店小二一看来了尊贵的客人，立即跑出门外迎接进院，并大声喊馆里跑堂的快给贵客让座沏茶。小二将马匹一一牵到牲口棚子里拴好，添上草料喂上，才进后屋告诉掌柜的，说来了十位贵客。掌柜的急忙走上前屋，见了三皇姑一行人，就叫灶上师傅一定要做好饭菜，又叫小二好好招待，不许慢待。

三皇姑一行人坐下后，从外边进来一个胖墩墩、憨乎乎的傻小子，手里举着一面旗帜，上写"二傻子保镖"五个大字。他见了三皇姑一行人五男五女，女的如花似玉，男的一表人才，男的女的个个精精神神，就乐呵呵地走上前去，自我介绍说："我成天价笑嘻嘻、乐呵呵，没有愁的时候，人家都叫我二傻子。你们别听这二傻子名不好，我可是武功高强，苦练过九年功夫的啊！听说店里来了一帮贵人，我就来了。想请问一下，要不要保镖的，我能给你们保镖，保证你们的人身安全。"

三皇姑和几个小丫头听了，笑了笑没有理睬。耿乐听了，就笑着打趣儿地说："那好哇！你先说说你都会什么功夫，我们听听。"

二傻子一听有人搭话了，要他说说练功的事，就走到耿乐身边，站在一旁，兴冲冲地说了起来。

原来他有个姐夫，是行伍出身，专门给客商当保镖，每每都是大碗肉大碗酒地受招待，每回保镖都赚许多的银子。他看在眼里，动了心思，心里直痒痒，认为这保镖可真是个好营生，成天这走那逛，溜溜达达，就赚那么多银子。

于是，他苦苦央求姐夫说："再有保镖的活儿，让我也去一趟，走一走，游一游，好赚银子，挣钱养家，省得你老说我是白吃饱！"

他姐夫听了，不觉好笑，说："你还能保镖？"

他不服气，说："我怎么就不能！我能，我就能！"

他姐夫一看，这小子真是认准一条道跑到黑的主儿，硬不让他去还不行呢！我得给他出点儿难题。就说："那好，不过当保镖得有本事，你得先学本事，你要学会了一样本事，就可以去当保镖了。"

二傻一听乐了，说："什么本事，只要你告诉了我，我就能学会。"

"那好，你天天练用手抓苍蝇，多会儿能练到把飞来的苍蝇一伸手就抓住了，你再来告诉我。"他姐夫心想：这功夫你得练个三年五载的，到那时候，你早就泄了气了，不来嚷嚷当保镖了。

可是，没想到，这二傻子还真有股子犟劲儿，他每天除了吃饱睡大觉外，什么也不干，就是左一把、右一把地抓苍蝇，天天抓，时时练。他心想：我都跟姐夫答应了，保证能学会。怎么地也不能说了不练啊，那样的话，我姐夫也不能叫我去当保镖挣银子了。他就这么天天练，时时练，一点儿也不泄气，一练就是三年。你还别说，他真就练成功了，飞来飞去的苍蝇，只要被他看见，一伸手，保证就抓住。

这天，二傻子高高兴兴地来找他姐夫，蛮有把握地说："姐夫，好了，我能抓住苍蝇了。不信，我抓个给你看！"二傻子说着，只见迎面飞来一只苍蝇，他一伸手就抓住了，又从一旁飞来两只，他另只手一伸，把那两只也抓住了。

他姐夫一看，心里高兴：这小子还真练成了。可是，光能抓苍蝇不行啊，当保镖是要有真功夫的啊。就想，我还得再难难他，就说："二傻子，你还没练成啊，光能用手抓不行，得能用筷子夹，那飞来飞去的苍蝇，用筷子一夹就夹住了，那才行呢！"

二傻子一听，还得用筷子夹，心想：不管怎么，只要能让我去当保镖，能挣到银子就行。他说："那好吧，我再练用筷子夹苍蝇。"

他姐夫说："去练吧。"

二傻子又不放心地说："我练好了，你可得让我去当保镖，不能说话不算数。"

他姐夫说："我说话算数，你放心。"

打这以后，二傻子手拿一双筷子，又练起用筷子夹苍蝇的功夫来。

光阴流逝，日月飞转，二傻子练来练去，一晃又是二年。二傻子的一双筷子，能连续夹住从几个地方飞来的苍蝇，只要他看见了，就别想逃脱。

一天，二傻子兴冲冲又来找姐夫，说，"这回可以让我当保镖了，你叫我练用筷子夹苍蝇，我练成了，你看。"他见飞来一只苍蝇，用筷子一夹，还真夹住了，"我能夹住苍蝇了。"

他姐夫一看，赞扬说："练得好，真行。"心想，看来他去当个保镖还有点儿希望，说："不善劲儿，不过要真当保镖还欠点儿火候，功夫还不到家，还得练用筷子专夹飞来的苍蝇的翅膀，练好了再来找我，那个时候我保证你可当保镖了。"

二傻子一听，高兴地说："好嘞，我这就去练！"这回二傻子练得更来劲了，也更勤更苦了，练得饭忘了吃，水不顾喝，一个劲儿地练用筷子夹飞来的苍蝇的翅膀。

二傻子就这么又高高兴兴、辛辛苦苦地练了三年，已经练得技艺精熟，飞来的苍蝇，他要夹哪个翅膀，就能夹住哪个翅膀，只要他一伸筷子，飞来的苍蝇准被夹住没个跑。

二傻子练艺，专心致志，先后练了九年，功夫不负有心人，他的技艺这回可算练成功、练到家了，练到了惊人的程度。他姐夫一看，这回可以叫他去当保镖了，就决定让他走一趟。

二傻子高兴地装束起来后，他姐夫领他去见客商。客商一看他憨里憨气傻呆乎乎的样子，担心地问："这个人当保镖，行吗？"

他姐夫说："行！保你们一路平安。但要好好供他吃，供他喝。"

客商还是不放心，又问："这个人我看有点儿傻乎乎的，当保镖行吗？"

"傻？我说他行，就行在这个傻劲儿上。你看他的旗帜，不就写着'二傻子保镖'吗！真要有抢劫大贼来了，他傻乎乎地打斗，不怕天地，不怕死，傻打傻拼，哪个劫匪不怕丢命啊！"

经他姐夫这么一说，那个商人没话说了，就同意让二傻子保镖。

这天，客商的马队来到了一座大山脚下，只见山上林森树密，阴气森森。客商害怕了，早就听说这里劫匪结伙成帮，有多少客商在这里折财丧命。商人害怕起来，问二傻子："咱们在山上歇脚还是在山下歇脚？"

二傻子傻乎乎地问："山上有好吃的吗？"

商人一听心里一凉：得了，这保镖光知道吃。可又寻思，也没有办法啊！不管他有没有本事，看他那满不在乎的样子，也只好按他的意思办了。就说："当然是山下有好吃的了。山下有酒店，山上只有山神庙。"

"那咱们就在山下歇了，"二傻子说，"好吃的好喝的全上，吃完了再走。"

商人无奈地说："好吧！"

他们就在山下的酒店里歇了，"二傻子保镖"的旗帜挂在酒店门口，商队的人进店，要来了好吃的好喝的，大吃大喝起来。

再说山上的贼寇，听说来了个"二傻子保镖"，不知何方人氏，武艺如何，就派几个飞镖高手去试试。

几个高手到了山下酒店，绕到后窗窥探，见几个人围着一个傻里傻气的胖小子正大吃二喝呢！不用说，这胖小子就是保镖二傻子了。大半保镖的都是精神抖擞，眼观六路，耳听八方，威风凛凛的茬儿，这二傻子保镖，憨里憨气，呆傻逗人，还能保镖！真是头一回见着。

几个高手不屑一顾，"嗖"地飞出一镖，直奔二傻子脑门儿。二傻子正狼吞虎咽，直道"好吃！"突然见有个大"苍蝇"飞来，赶忙举起筷子夹，夹住了，放在一边，又大口吃了起来。那几个高手又接连飞出几镖，都被二傻子轻而易举地夹了下来，放在了一边，连看都不看抛飞镖的一眼，像没事一样，照吃照喝。

那几个陪着吃饭的客商一看，吓出了一身冷汗。见二傻子这么轻易地夹住了飞镖，若无其事，他们才放下心来。

后窗外的几个高手贼寇一看，更是惊得目瞪口呆，没想到这保镖二傻子是真人不露相啊！看来动他不得，还是好汉不吃眼前亏，让他们过山吧！

就这么的，"二傻子保镖"名扬四海，各地匪贼一见"二傻子保镖"的旗帜，就抱头鼠窜，藏匿躲避起来。后来，有些商人干脆找个胖傻的人假扮二傻子保镖，还真管用。一来二去，二傻子失业了。

今天听说这店里来了一帮富贵人，二傻子一听，乐了，这回又有管吃管喝的了，就兴冲冲地举着他的旗帜来到了店里。

三皇姑听了二傻子保镖的故事后，笑了笑，没说什么。耿乐却有意逗他一逗，说："你用筷子夹个苍蝇看看，让我们饱饱眼福。"

二傻子高兴地放下旗帜，拿起筷子，撒目苍蝇，见眼前有一只飞来，他一伸筷子，耿乐一下子抓住了二傻子的手，停住了，苍蝇飞了过去。耿乐说："不行啊，你没夹住苍蝇，看来你是说的行，嘴上的功夫啊！回去吧，给我们当保镖还得再练三年。"

二傻子的兴奋劲儿没了。可还是不服劲儿，说："我再夹！"耿乐说："好，你再夹一个我看。"二傻子又"唰"地伸筷子夹，耿乐随手飞起一根筷子，二傻子的筷子被打了出去，那苍蝇又没抓住。二傻子服了，说："你才真是高手，是我师父。"

这时，店小二已把饭菜端了上来。一行人吃了饭，又歇息一气，等喂饱了马，好再上路。

正这时，忽然闯进一个人来，见了三皇姑就跪地叩头，说："听说皇姑奶奶来了，正好我们碱场堡里发生了一件盗墓案，请皇姑奶奶能为小民做主，抓到盗墓的人。"

三皇姑一听，就问："你起来，细细说来我听听。"这时，堡里人听说有位三皇姑奶奶来到了堡里，就都涌来饭馆，争相一睹皇姑芳容，把院子都挤满了。又听说有盗墓的，死了的人又活了，就更觉新鲜。那人说，他姓祁，赵家堡子人，女儿祁玉，昨天嫁给了碱场堡村里的郭华。入洞房后不知怎么就气绝身亡了。郭家刚办完了喜事，又接着办丧事。郭家把祁玉埋葬在郭家坟里的当晚，他女儿的坟墓就被人盗了。万幸的是他女儿却活了。半夜时，他女儿只穿件裤衩子和一件兜肚回了娘家。她妈妈哭了一天，刚要迷迷糊糊睡去，听女儿叫门，还以为是女儿的鬼魂。女儿说，她死了，又活了，叫妈妈快开门。她妈不信，叫女儿把手伸进门眼儿扎了一针，一看鲜血通红，知道是真的女儿，不是鬼魂，才开门让女儿进屋。

"女儿进屋子，我们一看，只穿了件裤衩和一个兜肚。一问，才知是有人盗墓。"

三皇姑叫来了碱场堡的保长，让保长传来祁玉、郭华和祁玉的妈妈。先问了祁玉的妈妈，说明了昨晚女儿半夜叫门的事，又验看了祁玉被针扎破的手指，证明了昨晚祁玉复活的事是真。

三皇姑问祁玉，"你是怎么死了又活了的？"

祁玉说："郭华是碱场堡子人，我家住在离碱场几里地的赵家堡子。昨天是我们结婚的正日子。我知道郭家穷，也没跟他们要什么彩礼，我的爹妈看郭华勤劳，人品好，愿意多陪送，除了我用的，我们俩用的，全陪送了，还给他做了新外衣、内衣和鞋帽。可他去迎亲的时候，却还是穿他那套旧衣帽。我以为他舍不得穿呗，就没在意，也没倒出工夫说。可入了洞房，一看什么都是旧的，幔子是旧的不说，我们给做的嫁妆新被子、褥子、枕头和我的衣服、鞋子，全都没有了。当时正是人客放席的时候，我也没能问，还以为是郭华卖了，把钱用到侍候客人上了。可等晚上人客都走净了我问他说，叫你拿回来的那一大包子的新衣服、新被子褥子你都卖了？郭华说，没有拿过来啊！

我一听，不对呀！我是让大姑姐给捎的信儿，叫你寅时去我家后窗，我把衣服被子包好，从后窗递你拿回来的啊！免得叫邻居看见说三道四。

郭华对我说，他姐姐是叫他去了，可是叫他学猫叫学狗叫，叫半夜子时去扛包裹。他去了，又学猫叫又学狗叫。当时我听到猫狗叫声，还以为猫狗打架呢！就没理睬。"

三皇姑问郭华是这么回事吗？郭华点头说是。三皇姑又问祁玉："你什么时候叫你大姑姐捎的信儿，是怎么说的？"

祁玉说："是那天白天，大姑姐到我们家串门，我炒好了一大盘子瓜子，我们俩一边嗑瓜子一边唠嗑。当时我还寻思，再有两天我就要出阁嫁人了，有的是活儿要做，大姑姐闲来无事，我可哪有工夫啊！可是，大姑姐来了，我怎么也得陪陪她啊！就陪她唠。唠着嗑，吃着瓜子，大姑姐说渴了，我就上外屋去烧水。等我烧完水进里屋一看，我放在炕上的大花被面没有了。我还以为是记错了地方，就没在意。后来一找，怎么也找不到，没办法就又重买了一床。

那天唠嗑，大姑姐直门儿跟我说，郭华家什么都没有，结婚大喜的日子，宴席吃啥？高粱米干饭就大咸菜瓜子，喝自己个儿酿的黄酒。我听了很着急，就让大姑姐给郭华捎信，叫他来一趟，想把我们家的东西拿出一些，省得叫郭华为难。大姑姐说，不能让郭华白天来啊，大白天他来拿东西，让我爹妈看见怎么寻思啊！还没出嫁呢，就把娘家的东西往婆家捞捎。我一寻思，也好，就说，那就叫郭华寅时来吧！大姑姐又说，叫他来从你们后窗取走，说叫郭华敲三下窗户，就叫我把包好的包裹递出窗外，就行了。"

三皇姑听了，说："那你怎么死的呢？"

祁玉说："我问明白了郭华去取包的时间、学猫狗叫的情形，我就知道了，这事出在哪里了。当时就把我气的，一口气儿没上来，就过去了。"

三皇姑又问："那你是怎么活过来，又光着身子回家去的呢？"

祁玉说："我也不知是什么时候了，缓醒过来了，一看四下漆黑，一摸，四面是板子，我心寻思，坏了，指定是郭华看我死了，就把我葬了。我真是又急又怕，就大声喊叫，可有谁能听到啊！我哭我喊，累了，就又迷迷糊糊地昏过去了。

正在这时候，听到有刨土的声音，不一会儿，就听见有斧子劈棺材的声音。我一想，可千万不能吱声，若是一吱声，把这个盗墓的人吓跑了，我怎么出去啊！

又过了一会儿，棺材被劈开了。就有个人拴了个绳套套在我脖子上，又拴个套套在他脖子上，一起就站起来了。我一寻思，我若是身子发软，这人肯定就知道我是活了。这个时候，棺材都开了，又看我是个女的，还不把我掐死啊！我就硬挺着。这个人站起来后就扒我的衣服，下我的首饰，他拿起衣服首饰就跑了。我借着月黑头的一点点光亮，睁了一下眼，见这人好面熟啊！

等这人走远了，我才又冷又饿又怕地跑回了娘家，叫开了门。"

三皇姑说："保长，你去把郭华的姐姐和姐夫押来，耿乐、隋元你俩跟去。"

不一会儿，这两个人被带来了，他们一看这架势，明白了，那男人一直跪着低着头，捂住脸，那女人一看祁玉活了，大吃一惊。

三皇姑冷厉地说："你是郭华的大姐？说说吧！你是怎么偷的嫁妆！"

杨珍几个青年男子怒吼道："快说！"

那个大姑姐跪在地上一打战，看了看左右，才慢吞吞地说了她偷嫁妆的经过。

她说，她和她丈夫一向爱小①，不思勤劳。她隔三岔五就回娘家捞捎，哪次回家都不空手回来。这回听说兄弟媳妇的嫁妆很多，就想去赚点儿什么。就这样，她去了祁家，既给祁玉出了个主意，设计了让自己的丈夫寅时去取了嫁妆包裹，让弟弟子时去，空手而回，又顺手把祁玉放在炕上的一床新被面，趁祁玉烧水的时候，把被面塞在裤裆里带回了家。

她说，弟弟和弟媳入洞房后，不知怎么死了。她去看了，见祁玉的衣服首饰都很值钱，回家后就硬逼着丈夫去盗墓。

三皇姑说："杨珍，你们几个带这个大姑姐和郭华、祁玉去他们家取衣物首饰。"

杨珍等人去了一袋烟的工夫，抬回了一个大箱子。三皇姑对那个大姑姐说："打开！"箱子打开了。郭华和祁玉一件件拿了出来，祁玉一看，自己出嫁的嫁妆一件件、一样样，都在这箱子里，一点儿不少。

三皇姑说："郭华、祁玉，你们俩把你们的东西认领回去吧。"又对那个大姑姐说："你害了一条命！"又对那个姐夫冷冷地说："你救了一条命！但盗墓是违犯官法的。你们两口子都应该受到惩罚。杨珍、隋元，你们俩把这两口子送巡检衙门去，叫杨崑儿收拾收拾他们。我在这里等你们

---

① 爱小：爱占小便宜。

俩回来，咱们一块儿去铁刹山。"

后来，听说这两口子再也没脸见郭华和祁玉了。

这天晚上，三皇姑一行人就住在了这家"仙客来"饭旅店。三皇姑觉得这店名起得似乎有点儿典故来头，就让小二叫来了店掌柜的。店掌柜的说，这个饭旅店开了有三四十年了。刚开店时，中午来了一位云游道长，吃了四个包子，没有饭钱给，老掌柜的说，吃吧，吃饱吃好，不要饭钱。那时候，饭馆没个正经名，掌柜的姓张，就叫"张家店"了。这位道长吃完后说，贵店将来必有贵客仙客光临，饭旅馆就叫"仙客来"吧，说"仙客来"是花名，是从外洋引来的花，在中华却成了土生土长的了，说仙客来的花瓣反开，鲜艳紫红，芳香四溢，将来必有仙人一样的仙客来此店，能为小店增光名楣。老掌柜的，就是他的爹爹，听了道士的话，就请人写了"仙客来"的店牌，一直叫到今天。

店掌柜的说，今天真是应了那位道长的话："我们这个小店能有皇姑奶奶来光顾，真是我们可以上家谱的荣幸啊！"

"噢！你把我们当成仙客了？"三皇姑笑着说。

店掌柜的连连跪地叩头："谢谢皇姑奶奶！谢谢皇姑奶奶！"

掌柜的叫小二送来了水果盘、瓜子、茶水。三皇姑问："这铁刹山听说有许多景致，每个景致都有一两个传说故事或者典故逸事，你能给我说说听听吗？"

那店掌柜的就讲起了铁刹的传说故事：

这铁刹山是东北道教的发祥地，传说商代豫州偃师县摩元道人李辉李长庚就是在铁刹山创立的龙门派道教，在这里修炼成仙。李长庚的眉毛长，人们就称他为长眉李大仙。

古人说，山不在高，有仙则名；水不在深，有龙则灵。这铁刹山从东、南、北三面望去，三面都能看见三座山峰，好像倒立着的三齿铁叉，三三见九，所以人们就叫它九顶铁叉山。后来，山上建了寺庙，人们又叫它九顶铁刹山。

铁刹山的三座最高峰南面的是元始顶，北面的是真武顶，北下有泉叫饮马泉，东下是救苦城，它的西边有个小山形如龟，东边有小山形如蛇，俨然像龟、蛇二将。龟的西沟叫金库沟，沟西有岗叫朱雀岭，岭西过沟是一面城岗，岗顶以东为庙界。岗下山头至孤石子、蛇之东沟叫银库沟，东有岗叫玄武岭。元始顶下偏西叫天桥洞，洞下稍东为八宝云光洞，又下为乾坤洞，其下的两峰对峙则是左右狮子峰。中顶的东山口叫紫气崦，又东而南突出的小峰叫锦绣顶，南下的叫升仙岭，岭东有郭祖塔，又东至天然井顶，东山口叫聚龙崦，又东高峰矗立，南面叫灵宝顶，南下有岗，叫赤精岭。上有土地庙、灵官庙，是镇山之神。岭头西边至鹿圈沟的东面叫玉皇顶，东北下有玲珑洞，洞中有路可通，其下为心窝沟。又北山口叫太平崦，就是北天门。北边斜下是老虎洞，又下叫金童山，山下名宝仓库沟。沟北有岗叫水精岭。玉皇顶东南下为三仙洞，又下为聚仙台，南岗下山口称南天门，南下叫玉女宝印山，其北叫地仙观。再下有路，名叫通仙路。

元始顶西，过瑶池崦山口，由盘道迤逦而西，又见奇峰峭立，那就是太上顶。由顶南下为仙鹤岭。其西半里有山口，叫月牙崦，崦西叫瑶池。金母顶由仙鹤岭下叫避仙谷，又下为狐仙洞沟，过山冈西叫果子沟，沟西之东为庙界。玉皇顶下横道以下缘东山高低不平，有桃园村，建有正教宫山门。正教宫正殿三楹，中奉关岳，东奉吕祖，西奉娘娘；主殿三楹，奉元始、灵宝、太上三清。宫之北叫凤尾山，再北之岗叫庙岭，其东山势陡起，叫香炉峰。香炉峰下南北线车道，道下有钓鱼台，屹立于太子河西岸。香炉峰南下又起峰叫钟楼顶。正教宫南有龙泉山与凤尾山，二山对峙。其东南下为长山子，再东有鼓楼顶、影壁山、来龙岭。由此山而南有老君石庙。

这就是铁刹山的天然形胜。

三皇姑听了，深有感慨地说："这铁刹山有这么多好风景，起了这么多好听的名字，真是煞费苦心啊！看来，到山上一游，是来对了！"

几个小姑娘也插言说："这铁刹山真是大有看头啊！"

三皇姑说："那铁刹山肯定有许多的传说故事喽！"

"有，有，有许多的传说呢！"店掌柜的说，"就我们老张家还有故事呢！"

三皇姑说："噢！说来听听！"三皇姑来了兴致。

掌柜的说起了他家跟铁刹山有关联的故事。他说，他们张家是南甸子村张家的本支，是他爷爷的时候搬来的。

他讲述了他们张家"铁刹山神赐红匾"的故事来历：

张家住九顶铁刹山下。祖上只有老头领儿子过日子。老头又当爹又当妈，好歹把儿子拉扯大了，给儿子娶了媳妇，生了个小孙子。

有一年九顶铁刹山的三清观、乾坤洞、八宝云光洞四月十八一齐举办娘娘庙会。月初，所有的庙门就大开，钟鼓齐鸣，善男信女烧香还愿，天天人来人往，熙熙攘攘。几条山路旁做小买卖摆地摊儿的，支棚安柜台的，耍枪弄棒卖膏药的，拉胡琴弹琵琶卖唱的，捏泥人吹糖人的，烤干果做烧饼炸油条油炸糕的，搓麻花油炸丸子的，还有挑八股绳卖零碎小杂货的，更加上卖呆儿看热闹游玩的，铁刹山上简直是人山人海。

由于勤奋节俭，张家的日子过得挺红火的。张老汉拿了十多斤用作灯油的苏子油和九籽香，让儿子和儿媳妇去赶庙会敬香。老汉自己则到庙上当十天厨子。原来庙上每年庙会都要设盛宴，宴请送香火钱多物重的香客，款待乡绅会首。张老汉是会炒各种菜的名师，庙里的道长每年都以神仙点化的名义，请张老汉去做菜。而在筵席上，道长又说筵席是仙家所赐，不说是谁炒的菜，这样，谁也不知道这待客的菜是张老汉炒的。张老汉呢，每年都是有求必应，不取工钱，权当行善做功德了。

这年忙到最后一天，张老汉忽然看见儿媳妇哭着叫着来到三清观，说她和丈夫到天桥洞进香的时候，踩着木板桥过那两步紧三步松的天桥时，她丈夫一不小心，摔到山涧里了。

张老汉一听，脑袋嗡地一下，就像冷丁挨了一榔头似的，扔下炒菜勺子就往天桥洞底下跑。到那一看，儿子已经摔得血肉模糊了，看不清模样。这大陡碴子，就是个铁人也禁不住这一摔啊！张老汉和儿媳妇哭得死去活来，谁见了都掉眼泪。村里人都说，这老张家几辈子没做过亏心事，怎么还摔得这么惨呢！问三清观道士，都无话可说，只有道长连连叹气："善哉，善哉！"

打这以后，张老汉也没精神了，干什么也没力气不爱干了，儿媳妇也悲伤得得了场大病，为治病，花光了钱财，日子过得越来越紧巴，连被也只剩下一床了。没办法，张老汉只得把被子让给孙子盖，他趴外屋锅台睡。

可儿媳妇怎么也不忍心让老公公睡锅台啊，她就让老公公和儿子盖被睡炕梢，自己抱些草睡炕头。这在夏天秋头子还可以，可到了寒冬腊月了，儿媳妇冻病了。老公公又把被子让给儿媳妇和孙子盖，自己又去趴锅台。等儿媳妇病好了，又把被子让给老公公，老公公说啥也不盖这床被。怎么办呢？儿媳妇想来想去，家里穷，冻病了没钱治，身子正不怕影子歪，儿媳妇就让老公公睡炕头，儿子睡中间，自己睡炕梢，三人盖一床被子，等到了来年春暖花开了，也就好了，先对付这一冬吧！

老公公听了说什么也不同意，说这传扬出去，好说不好听啊！儿媳妇说："只要咱们走得正，行得正，脚正不怕鞋子歪，谁说什么就让他们说去！咱们不理睬也就是了。"就这样，一家三口人老少三辈盖一床破被子熬过了冬，迎来了草青树发芽的时候。

这回张老汉可算出了名喽！村里说什么话的都有了，要多难听有多难听。儿媳妇说："身正不怕影子斜，谁愿意说什么就说去吧！哪个人前不说人，哪个背后无人说，不理他就是了。"

转眼又到了四月十八娘娘庙会，三清观不来请张老汉了，村里媳妇不邀会张家儿媳妇了。张老汉气得直叹息，可儿媳妇却不在意。她对公公说："咱们年年进香火，今年更得去，我要给孩子他爹烧周年。"

张老汉说："不去了吧！人言是把软刀子，能杀死人的。再说了，咱们年年去庙上做功德，可还是家穷人亡，还花那冤枉钱干啥！"

儿媳妇说："往年进香是咱们随大流，今年进香是堂堂正正，清清白白，我非去不可，让那些长舌人看看我们的一身骨气。"

这媳妇从亲友家借了一扎香一沓纸，就上了九顶铁刹山，过了八宝云光洞，直奔天桥洞而来。

那两步跨不过去、三步还富富有余的天桥虽然换上了新木板，可信男信女们谁都知道这里去年掉下一个小伙子摔成了肉酱了，再也没有人敢过了。而张家媳妇却噔噔噔地上了桥，攀进了天桥洞。

张家儿媳妇烧完了香纸出了天桥洞，回到了仙人桥。只见她一失足，"咕咚"一声，摔下了百丈悬崖。

正在游逛闲遛的乡绅地保见了，便幸灾乐祸地说："这是报应！"

"又摔下去人了！去年掉下去的人把他媳妇也领去了！"这惊人的消息迅速传遍了九顶铁刹山和附近的村屯。

铁刹山的道士央求乡绅地保把尸首盛殓入棺，由三清观出钱安葬。可地保说什么也不干，说这是淫妇，让鹰犬吃了她的肉吧！道士又请求乡绅，乡绅说这张家公媳同盖一床被，岂能没有养汉扒灰之事？这回儿媳失足落崖，实是天理报应。道士一看，只好请乡绅地保捎信儿给张家，另找人安葬掩埋了。

乡绅地保来到了张家，既幸灾乐祸，又阴阳怪气，说："老张头儿，今天可剜掉你心上一块肉喽！你那儿媳妇让你儿子领去喽，你的被子闲半边喽，一会儿庙上就要把你儿媳妇棺材送来了。"

张老汉一听，气得暴骂道："你们又是乡绅又是地保，不说人话学驴叫，也比你们放屁掺沙子咒骂人强。我儿媳妇正在房后韭菜园里薅草呢，你们这么咒骂人，就不怕断子绝孙吗！"

地保一听，奸笑着说："你说你儿媳妇在房后干活儿呢，你叫出来我们看看，若真在，我给你们盖三间瓦房，送你们十床被子十床褥子。要是她摔死了，你可得裤子套脑袋上，大头朝下在村里走三圈儿，走一步，喊一声我是老扒灰的！"

乡绅说："这个赌打定了，吐唾沫是钉，谁也不许反悔！"

张老汉骂道："你们这群畜生！"

正这时，只见张老汉的儿媳妇手里拿着一把韭菜，从房后走过来，大大方方地说道："你们乡绅地保，是当地有头有脸的人，说一句话出来，大地都乱颤的主儿，现在我就站在你们面前，你们不是说了嘛，吐唾沫就是钉。好，趁这春天，把三间瓦房给我家盖起来吧！还有那十床被十床褥子，今天就得给我送来！"

乡绅地保一看，惊得大瞪两眼，大叫道："有鬼！我明明亲眼见她从天桥上掉下去了，怎么还在家里！"就想反悔。

张家儿媳妇哪里肯依，她义正词严地说："乡亲们，大家都看到了，听到了。乡绅地保也把我们孤儿寡母骂够了，现在又想反口！我岂能容！今天你们想赖账，我就去衙门告你们！"

正在乡绅地保无言可答的工夫，铁刹山的道士已经雇人把棺材抬来了。这时，乡绅地保们想，如果眼前这女人是鬼，见了棺材里的尸首就得魂灵附体，那就可以赖账了。于是，他们急不可耐地叫打开棺材。

揭开棺材一看，衣服是张家儿媳妇的，可里边不是尸首，而是一块红地金字的大匾，匾上赫然写着四个大字：

节良冰霜

众目睽睽之下，乡绅地保鼠迷了①。这时，聚来的村民们一齐跪下向金字红匾磕头，都说张家媳妇正派，是神仙赐给的红匾。于是，要把红匾往张家门上挂。

张家媳妇拦住人们，说刚才乡绅地保骂人打赌，现在又要反悔，他们不兑现打赌的事，这匾不能挂。众乡亲们一听，人人仗义执言，都向着节良冰霜说话。乡绅地保一看，叹了口气，"众怒难犯啊！"只得叫人送来十床新被褥子，并在当天破土动工，给张家盖三间瓦房，把"节良冰霜"天赐红匾挂在了正堂上。

听完店掌柜的讲的他家的这段故事，三皇姑说："这三清观的众道士是很了解张老汉和张家儿媳妇的为人的，也很熟悉这些乡绅地保们的所作所为，对此很义愤，为伸张道义，维护忠良，才设计帮了张家啊！"

多媚听了，不明白怎么是道士与那张家儿媳妇设计，就问三皇姑，三皇姑笑笑，说："你慢慢想想就明白了。"

看看天头不早了，店掌柜的说："请三皇姑奶奶早点儿歇息吧，小老儿不打扰您了。"

当夜，一宿无话。

第二天中午时候，杨珍和隋元骑马回来了，向三皇姑报告说，杨巡检把那个大姑姐打了二十大棍，把那个姐夫打了四十大棍，就放他们回

---

① 鼠迷了：辽东方言，像老鼠见了猫一样没精神了，蔫了。

来了。

三皇姑说："罪有应得！"

吃完晌午饭，三皇姑一行结了账就动身去了铁刹山下的南甸子村，找了一个洁净宽敞人家住了下来。第二天车马登上了九顶铁刹山。

早有人把信儿传到了铁刹山，老道长黄老道率领众道士恭恭敬敬地在山门迎候三皇姑一行。黄道长引导三皇姑一行缓缓地上了铁刹山。铁刹山道观当天倒出一个清净庵房道舍，先让三皇姑一行休息一下，喝喝山泉凉水。晌午饭，道士们给三皇姑做的是水豆腐，几样小咸菜，小米干饭。兴许是走得乏累了吧，三皇姑他们吃得特别香甜。

饭后，稍事休息，便先观光出名的"八宝云光洞"。

八宝云光洞位于元始顶南坡，洞口朝向西南，洞口平行斜上，进深约五丈多，然后又斜下五丈多，洞宽有的地方两丈、有的地方三丈不等，洞高一丈多。

刚进洞的时候，就可见洞上有一个如珠子似的圆石，大可盈尺，这就是"定风珠"。人在洞内，洞外刮多大的风都进不了洞内，故而得此名。据传说，周武王讨伐商纣王的时候，纣王的军师摆布了"十绝风吼阵"，这个阵式很难攻破。无奈，周武王派了两员大将，叫散宜生和晁田的，二人前来九顶铁刹山八宝云光洞，向正在修行成仙的长眉李大仙李长庚借去了定风珠，才攻破了"十绝风吼阵"，打败了纣王。

这里有王紫佐诗赞道：

珠大堪持玉尺量，
天然异宝畀山乡。
非由沧海探丽得，
能授春风敛虎狂。
道士犹知师镇定，
风姨何敢逞风扬。
龛灯不使摇红炎，
珍漫称奇诩夜光。

洞内正顶，有一寿星石，高约三尺，两手扶膝端坐，面向东，俨如画像中的寿星老。

对此，有庆升诗赞道：

不言不笑一神仙，
常坐龛中千百年。
凿石每从搏土后，
摘星远在补天前。
风霜颐面同翁仲，
天地为炉比偓佺。
纵便碑文无李冶，
长生不蜕磨兜坚。

洞内东壁有石虎一只，状如蹲踞，两目眈眈，若搏若噬。
有宋云程《石虎》诗曰：

枢星下降有狂形，
此日山君化石生。
冯妇亦难矜善射，
北平常负射得名。
休夸七日身能变，
不类南山哮有声。
闻说应真标伏虎，
故教弥耳永无争。

再往里走几步，有一石木鱼，长一尺五寸，犹如一条大鲫鱼。很奇怪的是鱼腹中空，一敲击便发出空空的声音，很为神奇。
因此，也有诗人王紫佐写诗赞道：

古洞敲来石有声，
仙家法物本天成。
揣形应肖琴高鲤，
侧耳如闻太乙鲸。
击若牺经传豫枑，
鸣能鹤岭答簧笙。
静中时振琳琅响，

更达灵音到玉清。

洞里上顶有形如盆的石盆，名叫石莲盆，盆的上口一圈儿有如莲花瓣。盆上有常年水滴入于小洞，永不枯竭，经常有居民取石莲盆的水回去治病。黄道长现取一小碗，舀石莲盆中的滴水给三皇姑他们喝。水一经入肚，沁心清肺，甘洌宜人，因此被称为"圣水井"。

诗人王紫佐写诗赞曰：

莲盆影写月光团，
承滴涓涓簇玉澜。
能借观音沃瓶柳，
漫矜皇帝赐玉兰。
个中抱注堪炊石，
炉内烹烧便浴丹。
水积上池供日饮，
胜他仙露接金盘。

洞中上顶又有石龙，长十余丈。石龙身上皴然如鳞，首尾鲜明，龙尾曳于石莲盆之北，首出于石莲盆的南边，昂然不瞰，前两足一前一后，似若行步，好像要下石莲盆吸清水，折而入井，鳞甲森然，令人望而恐怖。

庆升有诗曰：

蜿蜒初下碧翁翁，
似与真龙象四同。
孔某隆称夸老子，
楚人酷好说叶公。
懒随野战群雄后，
勿用潜居易卦中。
洞外白云终不改，
卷舒常宵蕊珠宫。

洞内西壁下有一长五尺多、宽四尺多、高三尺半的石床。据称是九顶铁刹山八宝云光洞开山鼻祖长眉李大仙打坐睡眠修炼成仙的石仙床。

这也有诗人王紫佐写诗赞道：

打坐仙翁据石床，
频经岁月忘炎凉。
不支龟壳千年久，
岂借龙须八尺长。
一枕眠云消白昼，
几人宦梦醒黄粱。
造成疑出娲皇手，
座上痕留古藓苍。

石仙床的北边有一石，形状像一个蟾蜍，有一尺多长，二目圆睁，口似吐沫，沫痕下注二尺有余，其腹彭亨，这就是石蟾。石蟾下还有一深洞，通太上顶南下的碧仙谷。

仍有诗人王紫佐的诗，赞石蟾曰：

化工呈巧胜雕镌，
现出灵蟾势宛然。
此象疑是月宫谪，
如蛙曾向井中眠。
形同香鼎成三足，
负累仙人重一肩。
笑尔金钱为目的，
致遭刘海戏当年。

黄道长又向三皇姑一行人介绍了道教龙门派的祖师爷邱处机，以及龙门派第八代祖郭守真在九顶铁刹山为东北首传龙门派道教的情况。

诗曰：

道德通玄静，
真常守太清。
一阳来复本，

合教永圆明。
至理宗诚信，
崇高嗣法兴。
世景荣唯懋，
希微衍自宁。
未修正仁义，
超升云会登。
大妙中黄贵，
圣体全用功。
虚空乾坤秀，
金木性相逢。
山海龙虎交，
莲开现宝新。
行满丹书诏，
月盈祥光生。
万古续仙号，
三界都是亲。

　　三皇姑不信佛，不崇道，来铁刹山只是想观光观光东北道教发源地的山水风光。所以说，什么龙门派不龙门派的，她一点儿都没有兴趣。他们在铁刹山上玩赏了两天，就回到了四平街。

第十九章　喜香缭绕

三皇姑的事业很兴旺，可以说，她是财源广进了。一天，她决定庆祝庆祝，就叫佟清走趟瓜瓢子沟，叫住在那沟里的保长给请帮"烧香"的。她要"烧香"，烧"喜香"，乐呵乐呵。

那保长名叫张万财，住在瓜瓢子沟。张万财这个保长，是管三个地方的，一是瓜瓢子沟，后来叫成了挂牌沟；二是西河掌，原名叫三架窝棚；三是边岗岭，后来又叫肚脐岭了。这三个地方是"头不顶，脚不沾"，每个小堡子间都有三四里地。那边岗岭的名，是因为柳条边从四平街北边西上山，南折五里至边岗岭，再南爬过武大郎岭，经过东营房再南行而去。四平街上的边岗岭至今还有深一尺宽三尺的边壕。

那瓜瓢子沟在四平街的西南方，在西河掌的西北方，从四平街南去西河掌，路西共有三道沟，头一道沟叫西沟坎子，第二道沟就是二股道，进沟约二里就分南北两条道，两条道中间有个山包。过南股道下岭就是瓜瓢子沟，沿山冈再南走下小岭，就是马架子村。二股道南的沟是马道岭沟。从马道岭顺岭南走，就是边岗岭，今天叫肚脐岭。四平街北三里半地的横在大地里的柳条边，从平顶山镇南的关门碴子顺山岭西南走，从大闹枝沟南岗下来，横跨大地，爬上西山，又顺山冈南去，经肚脐岭，再南过武大郎岭，过岭到了本溪县的荒沟村，这里设有加穆禅边门。

保长张万财就是负责这三架窝棚周围的几个居民部落的，主要是管三道岭子的社会治安的。那时的三道岭子人户很多，各个煤矿的工人和家属等，都住满了岭上岭下。

那张万财有个儿子叫张德，人送外号叫"张三屈"，他有个女儿叫张文卿。张万财经常领着才四五岁的孙女张文卿去三道岭子，也常常见到三皇姑。这回三皇姑要烧"喜香"，叫张万财给请帮"烧香"的来。这张万财像一个士兵得了将令一样，立即找到了这一方围最出名的"烧香"班子，领头的叫于显义，他的嗓子稍微有点儿沙哑，唱起歌来，音调悠扬优美，口齿伶俐，唱出来字正腔圆，他们称"烧香"叫唱太平鼓。一个班子共有三四个人，人多的有五六个人，上场人看地方大小，人可多可少。有时一人唱，几人和，有时几人同唱，形式不一，腔调有几十种。一听说谁家唱太平鼓，就涌去数百人观看，唱的太平鼓很受人欢迎。这回听说三皇姑要请他们唱"喜香"，他高兴极了，立即叫来了打小鼓的，传授技艺，检查器物，做好准备。

十月初一这天晌午饭后，三皇姑就让张三格子等人将早已备好的供品等在三皇姑的海青房西屋里摆好了，先设好了神桌，满堂的香供，供上了公鸡、猪头、火龙鱼。据说火龙鱼是不可少的，民间有句俗话说："少了火龙鱼不能'烧香'"，那是必备不可的。神桌上还放着一个斗，斗里装满高粱，上插一杆色旗，一支秤杆，挂五色彩布。还有三摆供养，一面铜镜，说是纪念佛朵妈妈。

房屋内真是明灯亮烛，香烟缭绕，气氛热烈。

那个时候"烧香"有个说道，烧一宿香的叫"小香"，烧两宿的叫"节半香"，烧三宿的叫"大香"。一般人家大都烧一宿，就是烧"小香"，一般富户烧"节半香"，只有少数富户大家族烧"大香"。三皇姑举办的这次"烧香"，是烧"大香"。而在边外的四平街地方，"烧香"的是汉族平民，"烧香"也就称为"烧民香"。

那烧香的班子，打大鼓的是于显义，那两个年轻的，是打小鼓的。在烧香人的传说中，有一句话说，"烧香"累不累？几个人从吃完晚饭开始，一直又唱、又舞、又跳，到次日清晨才住，除了半夜吃顿饭的工夫算休息，就不停地演唱，能不累吗？可他们也有自己的一句话，那就是："有心想不干，舍不得'烧香'那五顿饭。""烧香"，一天要吃五顿饭，顿顿都得有鱼肉鸡酒，这对那个时候的人来说，的确有如过年，甚至比过年吃得都好。

"烧香"要开始了，于显义带领几个徒弟，穿戴整齐，头上扎着彩色绷带，头后飘下五六条彩色布带，腰后扎串铃，右手执单鼓，左手执鼓鞭，开始下场了。围观的人将屋子、院子里挤得满满的。他们首先开坛，唱了《开坛调》《摆供》等几小段，唱站鼓，于显义唱，四个小鼓和，这叫"一唱一和"。之后，又"一领众和"，又是于显义独唱，唱的内容主要是说东家请香的缘由，香的来历，小灵童设案摆香。这是第一个仪节，也叫作第一铺。

第二铺是请土地，也是站鼓表演。唱的是遣灵童去请土地神，土地神随灵童到来，途中遇白马先锋一同前来。

他们从第一铺一直表演到第十铺，每铺都演唱三四个内容的唱段，从站鼓表演，到走鼓表演，走鼓时表演打霸王鞭，抡三节棍，滚小鼓，走腰铃，耍鼓，掰鼓，打刀，表演得精彩万分。一会儿是秧歌舞蹈，一会儿是耍刀演杂技，一会儿是武术片段，真是秧歌舞、铡刀舞、对鼓舞，载歌载舞，丰富多彩。特别是那几个打小鼓的，一会儿是摆水打鱼姿势，一会儿是穿针织网姿势，一会儿是奔马打猎姿势，一会儿是双奔马出征姿势，一会儿又是怪蟒出洞的龙蛇蠕动姿势，时而表演清唱，赢得围观人的一阵阵喝彩。

最受欢迎的唱段，还是那《孟姜女哭倒万里长城》的演唱，真是有情有彩，最打动人心。于显义领唱，打小鼓的有时随声附和，有时接唱下句，真是有独唱，有合唱，有领唱，有重唱，有随唱。只听他们唱道：

万里长城通海边，
海边有座山海关。
山海关靠秦皇岛，
秦皇岛上巴狗山。
巴狗山前一古庙，
古庙门旁有对联。
对联之上有金匾，
金匾雕刻字周全。
三个大字"姜女庙"，
谁知写在哪一年。
传说有个孟姜女，
故事流传千百年。
秦始皇当年登基坐金殿，
筑长城防备北国来犯边。
修城的土工上千万，
人马累死有万千。
马死剥皮人当饭，
人死就往城墙里边填。
天下人民遭涂炭，

单表江南孟家滩。
孟家滩有个孟老汉,
房前有块小田园。
三月清明天气暖,
春草发芽地皮暄。
老孟头园中忙翻地,
拿了一个葫芦籽埋在土里边。
春风一刮苗青地,
葫芦苗出土长得真新鲜。
根在墙东土里长,
蔓子爬到墙西边。
墙西边的老姜头心欢喜,
搭上一个葫芦架要把光沾。
葫芦开花天色晚,
月光照得葫芦花白翻翻。
正赶上天宫玉女空中过,
一点精灵落尘凡。
葫芦花落就结纽,
结个葫芦长得滴溜圆。
五月过了端午节,
转眼就是八月天。
老孟头过墙就把葫芦摘,
惹的那个老姜头把脸翻。
老孟头说:"是我下的种。"
老姜头说:"结在我这边。"
老孟头说:"是我培的土。"
老姜头说:"是我掐的尖。"
孟姜两家为争葫芦来吵架,
怀抱葫芦去见官。
县官问明当堂结了案,
葫芦开瓢两家使唤。
当堂开锯一拉两半,
里边有个小姑娘叫苦连天。

老孟头说："这个孩子该归我。"
老姜头说："孩子长在我这边。"
老孟头说："孩子随我该姓孟。"
老姜头说："我给起名叫姜娟。"
为这小孩两家又打架，
县官从中来周全。
给孩子起名叫孟姜女，
两家抚养早成年。
两家公堂结了案，
官断民服各回家园。
孟姜女一年小来二年大，
一晃就是十八年。
不光模样长得好，
性情刚强品德还贤。
找个婆家本姓范，
母子二人度荒年。
老孟家贪东西要了八对子布，
老姜家图彩礼要了四百吊钱。
孟姜女过门当天没到晚，
秦始皇下令抓丁抓到他家园。
范杞良被绑抓走一去三载，
书不回来信也不传。
只想得孟姜女茶饭天天减，
哪宿她不趴在被窝哭到三更天。
想丈夫单薄的身骨谁怜念，
谁为他扛那沉重的石和砖。
要有个头疼脑热三灾和八难，
谁能给端茶捧水把药煎。
要碰上长官打骂他可怎忍受，
人在外只好把命交给那老天。
盼一年春风刮到阳气往上转，
清明这天丈夫换没换上单。
又一年入了夏三伏天气热，

浑身出汗嗓子干谁给把茶端。
盼一年秋雨一场倒比一场冷，
冷露寒霜披满肩有谁去可怜。
又一年交立冬北方多大雪，
冰雪在地丈夫穿没穿上棉。
混一年三百六十单五日，
黑夜白日算一算七百三十天。
人在外边心在家天天盼年节，
三十晚上在边关怎过这个年。
忧忧恋恋身疲倦，
恍恍惚惚入睡眠。
孟姜女这天晚上连做三个梦，
醒来吓得心胆寒。
头一梦梦见丈夫回家转，
站在那炕前低头不搭言。
二一梦梦见丈夫愁容满面，
愁眉苦脸眼泪不干。
三一梦梦见丈夫浑身直打战。
口口声声和奴要寒衫。
要说是梦是心头想，
小奴我为何眼跳心不安。
连宿带夜忙做上一条粗布子裤，
点灯熬油又做上一件细布寒衫。
包好衣裳带上雨伞，
到上房去辞别婆母泪涟涟：
"婆母你在家自己好好地过，
我要去给你儿子送寒衫。
找你儿要是回来得早，
一家老少早得团圆。
找你儿要是回来得晚，
说不定三年还是五年。"
辞别婆母就往外走，
回手倒把门来关。

孟姜女走上一里盼二里，
走了一天盼两天。
走了些高高低低荒草路，
过了些洼洼汲汲烂泥滩。
走得她头上青丝风摆乱，
晒得她桃花粉面改容颜。
只走得一双绣鞋帮做底，
脚后跟痛得活活像刀剜。
上山去走呀走也走不动，
下山来杵得腿根都发酸。
太阳不落趁早就住店，
日头出来才敢奔阳关。
孟姜女五月十三在家起身走，
九月九重阳佳节才到山海关。
远看去城高足有三丈六，
近前看少说也有六丈三，
一个垛口一墩炮，
十名小卒将一员。
城墙高挡不住南来的雁，
楼子大它可没能遮住天。
大道上的行人来往走，
也有女来也有男。
南来的人没有范呀范公子，
北来的人看不见我的丈夫男。
人都说贫居闹市无人问，
富居深山有人攀话儿不虚传。
城里寻来城外找，
哪有个熟人跟我来搭言。
城里找不着丈夫主，
城外也找不着丈夫男。
孟姜女心里正在暗凄惨，
有两个土工大哥来到跟前。
那一个扛着一把镐，

这一个抱着一把锨。

要问大哥名和姓，

一个叫周青一个王宽。

孟姜女迎上前去飘飘拜，

尊一声："好心的大哥听我言，

小奴是范杞良之妻孟姜女，

涉水登山前来送寒衫。

二位大哥知道给我指条路，

今生不报来世结草再衔环。"

孟姜女从头至尾说一遍，

痛坏了周青和王宽：

"不提起范兄还则罢了，

提起来叫人心里好发酸。

范杞良身子干瘦硬活儿不能干，

哪一宿他不哭到三更天。

想老母哭得他肝肠俱断，

想娇妻哭得他头昏眼眩。

要回家头天请假假没准，

第二天又请假也没放回还。

他夜晚偷跑出去四十里，

监工官带领兵马追回还。

四十军棍将他活活打死，

尸首就填在城墙里边。

今天是九月初九重阳节，

俺哥儿俩偷着出来给他烧纸钱。

一来是尽尽结交朋友意，

一来是也算俺同病相怜。"

孟姜女闻听此言号啕痛哭，

只觉得天昏地暗倒在平川。

苏醒了半天忙爬起，

哭了一声地来哭了一声天：

"只曾想我来夫妻能见面，

没料到想见尸首比登天都难。

你死了只顾着你自己，
抛下俺婆媳两个谁来照看。
我有心回家好好地守着过，
可惜我身边缺少一女和一男。
我有心寻夫出门另改嫁，
扔下了高堂婆母谁可怜。
千难万难你可活活地难死我，
我的命苦胜似黄连。"
只哭得天上飞禽飞也飞不动，
狼虫虎豹下了深山。
只哭得行路君子奔不上店，
正往南走又往北颠。
只哭得东海龙王身子直打晃，
水晶宫鱼鳖虾蟹也把浪潮翻。
只哭得王母娘娘坐不住灵霄殿，
斗牛宫太上老君心神也不安。
孟姜女真心惊动天和地，
她把那四大金刚哭下了天。
推倒长墙震天响，
尸骨露出白翻翻。
孟姜女不见尸骨还则罢了，
眼见着尸骨心更发酸。
谁知道哪块是我丈夫的骨？
丈夫呀死了为何还叫妻为难。
忙解下八幅罗裙铺在地，
十指尖尖就往嘴里含。
咬破中指流鲜血，
喊一声死去的丈夫显灵验。
哪一块是我丈夫的骨，
血珠上去立刻吃到里边。
哪一块不是我丈夫的骨，
血珠上去你就打转转。
孟姜女认一块来拣一块，

三天三宿才把尸骨认全。
收拾罗裙包起来丈夫的骨，
怀抱那尸骨哭苍天。
你来时是八尺的男子汉，
没想到回去包在小奴罗裙里边。
孟姜女抱起尸骨刚要走，
秦始皇打马巡城把路拦。
他见那孟姜女容颜美，
要收她进宫坐宫院。
孟姜女再三再四不应允，
惹恼了秦始皇把脸翻。
孟姜女一见事不好，
叫一声："秦始皇你听我言。
你今天应下我三件大事，
随你进宫坐宫院。
你今天应不下我三件大事，
想叫我进宫难上难。
头一件把我婆母搬进养老院，
一年四季供吃穿。
吃的是粳米好白面，
绫罗绸缎随便穿。
供吃供穿还不算，
你还得一天三时三晌去问安。
二一件把我丈夫金殡玉葬，
蟒袍玉带装在棺。
文武大臣给穿孝，
还得你披麻戴孝陪棂送葬去打幡。
三一件修上望海楼一座，
望海楼修在海里边。
我的心里犯愁闷，
上楼去把景致观。"
秦始皇闻听哈哈大笑：
"三件大事我应全。"

皇王力量比天大,
果然金口无戏言。
孟姜女婆母搬进养老院,
绫罗绸缎任意随便穿。
吃的是粳米白面鱼肉鸡蛋,
秦始皇还一天三遍去问安。
范杞良的尸首金殡玉葬,
蟒袍玉带装在棺。
文武大臣都给穿孝,
秦始皇披麻戴孝陪椁送葬给打幡。
又修望海楼一座,
望海楼修在海里边。
君命一下限期完毕,
孟姜女登楼要把景致观。
近处看来山连水,
远处看去水连天。
天连水,水连山,
孟姜女满面流泪喊声天。
掀起八幅罗裙蒙粉面,
登时跳进海里边。
秦始皇扯了一把没扯住,
被孟姜女一脚蹬个面朝天。
爬起来看看天来看看海,
但只见大海里边浪花翻。
从与不从我不恼,
不该踢我鼻子直发酸。
踢坏了鼻子我怎么坐殿,
五官不正怎么掌兵权。
早知你是一个贤良女,
不能收你进宫坐宫院。
命令修了一庙孟姜女庙,
封孟姜女海神娘娘镇守海关。
大船来把娘娘拜,

小船也来拜神仙。

哪个船不把娘娘拜，

不是碰船就是撅桅杆。

千古流传孟姜女，

孟姜女故事代代传。

于显义带领几个小鼓，唱完了一段又一段，唱了《劈山救母》，唱了《李翠莲盘道》，又唱《张郎休妻》《唐王征东》，一连三宿，唱了几十个段子。他们唱的又有拉场戏、二人转，还有鼓词、民间小调，甚至还有民歌小曲，可真是"九腔十八调"。在一个唱段中又几次换调，有的段子注重辙口韵律，多押花辙，有的段子不讲辙口，不注重修辞，有的段子重句、重字较多，真是"调调不着调"。他们一边唱，一边表演各种动作，演到高潮的时候，那几个小鼓手，手持小鼓，闪、转、腾、挪、翻、滚、蹦、跳、嬉、逗，真是花样繁多，动作灵巧优美。鼓声益骤，激情益高，时而鼓在胸前，时而鼓在背后，时而鼓在脚下，时而鼓在顶梁，时而二人双颈交叉扛肩绞扭翻转，浑似双龙出海，二蟒出洞，令人拍手叫绝。

那双鼓舞，俗称"打小鼓的"，他们表演起来那可真是精彩万分，杂技、武术、三节棍、七节鞭、水火棍、霸王鞭，都耍得精彩纷呈，令人眼花缭乱。翻筋斗、花把式、就地十八滚、倒行术、二指禅、倒背腿、戴假官等精彩的表演动作，使看的人聚精会神，全神贯注，赢得一阵阵拍手叫好，一阵阵欢声喝彩。看得三皇姑和她的人真是兴高采烈，神采飞扬。

三宿的"烧香"活动，在人们的欢欢乐乐的笑声中结束了。三皇姑早在几个月前，就决定要在过新年前，让杨珍、多媚他们四对年轻人喜结良缘，让他们吹吹打打入洞房，把喜事办了。十月初十就是好日子，可日子太近，就决定在腊月十五办，过小年前，让他们都回家跟家里人过个团圆年。

第二十章　尼姑奇案

　　一天，一个兴京副都统衙门的清兵汗马流水地跑来，传信说皇妃病重，让三皇姑速速回夏园行宫，面见母亲，情况危急，稍有迟疑，就难见面了。

　　三皇姑一惊，光顾自己干事业去了，都没有做到女儿应尽的孝顺。她立即叫套车，马上动身。他们连夜往永陵赶，到第二天辰时，终于赶到了夏园行宫。

　　一看，皇妃真的病得起不了炕了。三皇姑扑到妈妈的身上，一声声地喊："额娘！额娘！你睁开眼睛看看女儿吧！我是你女儿啊！"三皇姑几次哭晕了，被素雪她们唤醒过来。

　　皇妃终于睁开了眼睛，看了看三皇姑，滴下了大大的一滴泪水，攥住三皇姑的手不放。

　　自打皇妃见了女儿三皇姑以后，精神渐渐清爽；身体也觉得有了力气，米水也渐渐进了。几天后，额娘的身板渐渐恢复了健康，能下地了，能自己走动了。三皇姑寸步不离额娘左右，细心照料，亲自下厨，四个小姑娘转前围后，丝毫不差地服侍，煎汤熬药，终于使皇妃恢复了健康。

　　看到皇妃已经痊愈，三皇姑索性多待些日子，好好跟额娘亲近几天，也该趁机尽尽孝道。

　　一天，三皇姑正在跟额娘开心地闲聊，见三格子进来轻轻地对三皇姑说："副都统来了。"

　　"快请！"三皇姑忙起身迎了出去。

　　奕唐阿兴冲冲地进了屋子，见了皇妃就叩头请安，问寒问暖，彼此寒暄一气之后，奕唐阿就津津有味地唠起了新近发生在老城关帝庙尼姑庵的一件人命案子。

　　奕唐阿讲起了案件的发生经过，说：

十天前，有人举报说老城关帝庙的尼姑庵里发生了尼姑被杀的人命案，他奕唐阿亲自带人到尼姑庵侦案。到了尼姑庵，见尼姑婉静赤条条死在炕上，口内还含有半截舌头，炕脚底下还有男人的衣物。他心中高兴，案情清楚，是为奸杀人，就没再细细勘查。

回到永陵街兴京副都统衙门后，立即升堂。两捕快班头带人到老城村去查验无舌之人，不管他是旗人还是汉人，不管他是官宦还是闲散百姓，只管抓来。

众衙役奔到老城后，城里城外，河南河北，逐户挨家搜查，不到一个时辰，就将许东抓获，捕拿归案。这许东是何许人也？原来他是老刘家的家生子，因无力养活，只好送给了老许家。老许家养大给起名叫许东。

那许东也可怜见儿，明知是那犯罪除职的佐领的大女儿大姣所为，制造了这起人命大案，故意栽赃于他。可面对冤情，他有口难辩，有言无舌，不能说话，不会写字。人命关天，他只能嗷嗷乱叫，脑袋直摇。

大老粗的奕唐阿有勇无谋，更无心计，他认定了案情明白清楚，奸杀无疑。所以，在大堂上，他惊堂木一拍，怒喝许东道："大胆刁民，奸杀人命，还敢乱扰公堂，来人，先打他四十大棍！"那些衙役一哄而上，四十大棍打完，那可怜的许东早已皮开肉绽。

奕唐阿又怒喝道："你强行奸淫尼姑，尼姑咬掉你的舌头以示反抗，你气急败坏，将尼姑勒死，畏罪潜逃，惶恐之中又丢掉衣物。罪证如山，有何话说！"

那许东听得清清楚楚，明明白白，这一通罪状罪证的严词厉句，早把他吓得魂飞魄散。这才悔恨当初不学诗文，至今一个大字不识，一个小字不会写，弄得自己白白替人去死，还得了个杀人罪名。他拼命挣扎，百般摇头否认。

"打！再打四十大棍！"那奕唐阿见许东如此顽固，也已气得浑身乱颤。

八十大棍下来，许东已昏死过去。衙役扯过昏死的许东的食指，在罪状上按了手印，将其关进死牢。不久，上头行文批下来，将许东斩首。

奕老疙瘩讲完了这件人命人案的发生处理过程，十分得意。

三皇姑听了，心中疑惑，对她的这位老兄弟处理的这件人命案子有些惋惜，她说："你啊！处理得有些草率了，太急快了。你想啊，这案情能像你说的那样简单吗！我看哪，有可能是错断了无辜，冤枉了许东了，那真正的凶手却逍遥法外。"

奕唐阿吃了一惊，问："此话怎讲？"

三皇姑说："你好好分析分析，那奸夫许东的舌头既被尼姑咬断，含在嘴里，许东把尼姑已然勒死，怎么不把那半截舌头抠出来带走，还留下罪证呢？再说了，那许东的衣物丢在尼姑的炕上，他是赤身裸体逃走的？他作案时没有任何惊动，从从容容杀的人，怎么会不穿衣服就走了呢？还有第三点，你看验了那断舌上的牙印了没有？是否跟尼姑婉静的口齿相同呢？"

奕老疙瘩一听，觉得三格格分析得太有道理了，简直没有破绽，批驳不了。想了想，问道："那三格格，我的好姐姐哟！这事得如何收场啊！"

三皇姑想了想，说："有办法，只需如此。"三皇姑对奕老疙瘩说了一番话，奕老疙瘩高兴地连连点头。

咱们压下三皇姑和奕老疙瘩这边不知如何继续办案的事，回过头来说一说，这老城关帝庙的尼姑庵人命案到底是怎么发生的。

原来老城村河北住着一个穷书生，姓方，名成圭，没爹没妈，一个人自个儿过日子。人长得虽然不能与潘安相比，却也一表人才。书读得多，也能写一手好文章，可以说是兴京一带有名的才子。在老城城北住着一个汉军八旗的除名佐领，姓羊，名青林，字白达，因办事不力，出了差错，且又自恃才高力强，很是傲慢无理，被免了职。这人虽然不算十分聪明，头脑有点儿拙笨，可嘴却如叨木冠子一样，叨叨起来就没个头。他花了三千两银钱，又让自己长得有几分姿色的老婆跟人睡了几个月，才好歹买了个佐领。这佐领可是个四品武官，那可是不小的官员哪，谁知他不善审理，又无本事，只会穷叨叨，办事出了重大差错，被好端端地免去了官职，不仅银子白花了，而且老婆也被人白睡了。

这白达羊青林生有六个女儿，个个亭亭玉立，尤其长女大姣、次女二姣，更是貌如秋月，身如娇燕。可膝下没有儿子，见长兄生了六个儿子，就设计让老婆跟他长兄睡了几晚，还真就有准儿，给他生了个儿子，他很高兴，心想，这回可有为他传宗接代的了。两口子乐的，把他大哥捧得像老祖宗似的，恨不得打块板供起来。他大哥什么时候来，他就什么时候躲出去。可是，人言可畏呀，那是杀人不见血的刀子啊！无奈，他们才迁居老城北门外。被免去官职以后，他不学无术，又不肯劳作，只好赋闲在家。

这一年，白达羊青林要为自己的宝贝女儿选择佳婿，那些秀才啦，举人啦，书香门第的子弟后生啦，他都觉得不可心，不满意。听他那几个狐朋狗友说，老城河北有个叫方成圭的，日后准有出息，便将大姣许配给了方成圭，几天之后，选了良辰吉日，完了婚，招赘入门。

方成圭娶了大姣，就别提有多高兴了。岳丈是个做了四品官员的佐领，媳妇又美如天仙，他深知娶了个这么可心的天仙女一样的媳妇，全靠他肚子里那点儿墨水换来的。所以日后便越发摆出一副学问很深的样子，在秀才面前卖弄词句，在妻子面前也装作苦读诗文，既为了装门面，又准备下考场，能考中个功名的话，也好谋个一官半职。

大姣见丈夫这么用功，心中欢喜，便想着法地让他高兴，两个人也真是恩恩爱爱，卿卿我我，不觉日子就这么过去了半年。待到考期临近的时候，方成圭收拾行装上路，大姣不免难舍难分，一路相送，一路深情，一路长吁短叹。方成圭也是千叮咛，万嘱咐："我此去赶考，也不过就一年半载，望娘子在家少出门，免遭口舌，一心等我金榜题名吧！"

方成圭一走，大姣也真的是听丈夫的话，整天大门不出，二门不迈，只在家中吟诗、抚琴、作画，闷了就跟丫鬟说说笑笑闹闹，打发着时光。

可日子一长，大姣就觉得百无聊赖中、烦闷透顶了，更加思念丈夫，越发感到寂寞，渐渐地睡不实，吃饭也没有味，眼瞅着人瘦了下来，家里人十分着急。

一天，天气晴朗，风和日丽，丫鬟忽然想到了关帝庙尼姑庵。寺院地处城南西边，风景秀丽，环境幽雅，何不让小姐去那玩玩，一来为方成圭老爷早日中举祈祷，二来也可让小姐散散心。这主意一说，深得大姣小姐的赞同，二人略加打点，便一路观光，一路向关帝庙尼姑庵走去。

这尼姑庵地处城西南台地之上，周围松柏滴翠，古树参天，百鸟啾唧，青虫竞鸣。台地西下一条溪水北流，清澈见底，溪流两岸，翠柳浓浓，清风沁心。庵后一座峭岩拔地而起，其上有一株古榆，苍劲挺拔，高耸云天，一派清幽，那大姣如临仙境，立刻感到神清气爽。

一次快慰欣愉，令大姣铭心不忘。一遇心情烦闷，便信步尼姑庵，时间一久，竟发生了意外，小丫鬟万没想到一片好心，却因此而惹下祸端。

原来那寺里七八名尼姑，有一尼姑道号名叫婉静，长得一张巧嘴，年纪轻轻，身如轻燕，面如秋月。天长日久，与大姣相处甚笃，哄得大姣神魂颠倒，两人遂成至交，不分你我，无话不说，两天三日不见，就如少了什么。

有时大姣来玩，天色太晚，就和婉静住在一起。大姣心实，万没想到婉静与她相处是别有心计。婉静生性轻浮，不守道规，早在几年前便与当地一富户的公子哥频频偷情。那公子名许东，一个大字不识，却偏偏长得浓眉大眼，专干寻花问柳勾当，大把大把的银钱也肯往女人身上使。

婉静开始时是图许东银钱，后来足了，也腻了，更烦了，便想方设法要甩掉。无奈那许东有如年糕一样贴上了，有事无事总缠住不放，缠得她心烦意乱，便想到了这美貌如仙的大姣，变着法地极力撮合那事。结果就让守空房的大姣上了套儿。

初时那大姣还忸忸怩怩，躲躲闪闪，可次数一多，就把那人间耻辱事丢得净光，频频与许东寻欢作乐。世上哪有不透风的墙，结果弄得满城风雨，尽人皆知。

冬去春来，转眼就是一年了。那方成圭在京考试完了，就立即动身返回故乡。到了永陵城外，他偏偏饿了，心想，先吃点儿东西再回去吧，就鬼使神差地在路边一家小酒馆里坐了下来，要了酒菜，边喝酒边与店小二闲聊。谁知这一闲聊不要紧，店小二唠的全是大姣与许东宿奸的风流韵事，他脸上一阵阵火辣辣地热。为了探个虚实，方成圭饭后走了十里路，趁夜潜回家里。一进院子，见妻子大姣正与许东畅饮。大姣身穿薄薄的纱衣，肌肤微露，正与那许东搔首弄姿，那许东正毫无顾忌地对大姣抚弄调情。

看到这儿，那方成圭肺都要气炸了。但一想，不能气，不能急，我得想办法收拾这对狗男女。心意已定，他反倒心情敞亮了许多，便哼着小曲儿回了永陵客栈。

第二天，方成圭便打发心腹书童回去报信儿，说姑爷回来了。方成圭回到岳丈家里，羊家家里人大大小小都非常高兴，那大姣也变了个人似的，一本正经，一派斯文，一心服侍丈夫。那方成圭故作不知，装疯卖傻，学着那许东的样子，解衣宽怀，调情骂俏，丑态百出。开始时，大姣还迷惑不解，倒被丈夫弄得满脸通红。嗔道："看你，怎么出去一年就变得如此放荡，好叫我害羞啊！"

那方成圭听了，怒道："那许东哪点比我好，倒叫你讨厌我了？"

大姣一听，脸色一下变了，知道事已败露，赶忙跪了下去，鼻涕一把眼泪一堆地哀求饶恕，否则只有一死而已。

方成圭看了大姣一眼，慢条斯理地说："咳，这也不能全怪你，只恨许东那个畜生，害得你好苦。"

"我该死，我该死。"大姣悔恨不已，跪在地上不起来。

方成圭叹了口气，慢慢说道："请你放心，我不会怎么样你。不过，那许东夺妻之恨我必报不可，娘子你既有悔改之心，必须答应我几件事，如能做到，咱们还是恩爱夫妻，白头到老。"

那大姣听了，忙说："多少件事我也去做。"

方成圭说："那好。一，你要还跟往常一样，继续和许东来往，不能异样。"

大姣一听，忙说："不敢。"

方成圭火了，大姣无奈，只好答应。

"二，近日约许东来家，你仍和他调情引逗，让他脱光衣服，要他个舌头。等他将舌头伸入你嘴里的时候，你一口将他舌头咬下，他舌头被咬掉下来后必定逃跑，你马上将他的衣物带到尼姑庵，趁机将那骚尼姑婉静勒死，然后把舌头放入婉静的嘴里，丢下许东的衣服，你就回来。你下得了此手吗？"

那大姣一听，明白了丈夫的用意，但事已至此，只好顺从丈夫，保全自己。想要不干，丈夫不允，又一想，都是那尼姑害的自己，这也是报应。一不做，二不休，只得全答应下来。

三天后，大姣依计而行。那许东闲了两天也正心闷意慌，接到信儿就准时来会大姣。两天没见，大姣越发娇艳，急得许东脸颊涨红，额头青筋直暴。那大姣更是气喘微微，多情脉脉，哄得许东急速脱去衣物，两人搂抱一团。那许东更是情不自禁，将舌头伸入大姣口中，正在得意之时，大姣眼睛一闭，狠命一咬，那许东嗷的一声惨叫，两手捂嘴，夺路而逃。这边大姣顾不得什么，只感到一阵恶心，忙将嘴里黏糊糊、腥蒿蒿的半截舌头吐了出来，用手帕包了，擦了嘴，漱了口，抓起许东丢下的衣物，揣了根细绳，就奔尼姑庵而去。

也该那婉静尼姑阳寿已尽。大姣潜入寺内，推门而入，她竟毫无察觉，独自睡在那儿，正进入梦乡。大姣趁着夜色，把细麻绳往婉静脖子上一套，没等怎么样，自己个儿却心跳不停，狠了狠心，就双手狠命勒了下去，婉静只一阵儿躁动就不动了。大姣还怕不死，又用力勒了半刻，这才松手。

大姣看婉静尼姑真的死了，吓出了一身冷汗。但人已勒死，只能一不做二不休了。她扒光了婉静的衣服，将许东的半截舌头塞进婉静的嘴里，丢下许东的衣物，就悄悄地溜回了家。

第二天，老城关帝庙尼姑庵一片惊慌，尼姑婉静被害一案很快报到了兴京副都统衙门。副都统奕唐阿立即带人去现场查看案情，便将许东抓获，屈打成招，丢了性命。

三皇姑想了想，对奕唐阿说："我们如此这般，就能破案。"

第二天，三皇姑扮作一个小道士，奕唐阿扮作一个老道士，二人来到了老城，又听说了一件上吊自杀的人命案件。

原来那许东被处死之后，老城的人无不议论纷纷。那被废了的老佐领白达，也觉得衙门处决了许东大快人心。就在喝酒的时候，跟女婿方成圭说："那奕老疙瘩的案子断得如此神速，实在高明。"白达说着，甚至还扬扬得意。

可是，那女婿方成圭却不冷不热地说："那个许东啊死得太屈了。岳父大人，您想啊，许东能从容地杀了人，他是先奸后杀，若不那样舌头怎么会在尼姑嘴里！既是先奸后杀，临走时怎么不穿衣服，不把自己的半截舌头抠出来，还留下罪证呢？那奕老疙瘩啊，也是个糊涂蛋！实际啊，那许东不是杀人罪犯，那杀人罪犯还逍遥法外呢！"

白达一听，觉得很有道理，也就光喝酒，不再说什么了。可方成圭的话却被大姣听了个一字不漏，知道方成圭不会饶了自己，她万没想到方成圭这个貌似文雅的伪君子竟如此歹毒。她回到了自己房内。不一会儿，丫鬟惊慌地大喊："小姐上吊自尽了！"

白达听说女儿自杀身亡，知道这里一定大有文章，他看了看方成圭，方成圭竟坦然一笑，拂袖而去。

白达明白了其中的缘由，严命家人，不许声张，严守秘密。为了保护名声，只得将次女二姣续给了方成圭。

这方成圭好不高兴。他巧用计谋，只用小计就杀了两条人命，换了个媳妇，神不知，鬼不觉。那许东呢，只怪他罪有应得。

正在方成圭自鸣得意的时候，关帝庙尼姑庵来了一对云游道士。这老道士相貌堂堂，红光满面，五绺长髯飘飘洒洒，而那青年道士，白白净净，秀秀气气。他们腰系丝绦，肩背布袋，斯斯文文。一到尼姑庵就十分惊讶，说关帝庙和尼姑庵上空冤雾缭绕，似有冤魂隐现。

这天，正好是七月十五，进庙来庵烧香、还愿、求医、问药的人，熙熙攘攘，摩肩擦背，真是不少。见这两位道士举止不凡，仙风道骨，都围了上来，想卜占问疾。但仔细一听，那老道士好像对谁说什么，可又说得含糊不清。这时，见那白达悠悠闲闲地走了过来，奕唐阿大笑着吟诗一首：

> 自古郎才配女貌，
> 安知美貌钻圈套；
> 冤家有主各自取，
> 几日之后见分晓。

说完，两位道士径自去了。那白达听了，翻了翻眼皮，一句话也没有说出来，眼睁睁地看着两位道士走了。

几天之后，京城里皇榜公布，那方成圭的名字列在其中，消息传来，白达家上上下下无不高兴。

忽然，一队人马从永陵方向而来，那白达和方成圭等人慌忙出迎，都以为是来接方成圭赴京上任的。谁知那人马到了羊青林家大门外就一字排开，从轿内走出兴京副都统和三皇姑，一声喝令，将方成圭和白达拿下，待仔细看时，原来那二位一长一少的道士，竟是副都统和三皇姑奶奶，暗访巡察，不免大吃一惊。

当即，将羊青林当众打四十大棍，因其教女不严，治家无方，纵容女婿犯罪杀人。打完之后，放了。将那方成圭押回衙门的死囚大牢，免去功名，秋后问斩。这样，老城关帝庙尼姑庵人命大案终于真相大白。

尼姑奇案侦破后，真是大快人心。

俗语说:

> 世间有邪正,
> 谁来辨真伪!

我们说,只要官为民,认真辨真伪。这话一点儿不假。

第二十一章　四方平安

几天后，三皇姑拜别了皇妃，辞别了奕唐阿奕老疙瘩，就要回四平街了。夏园行宫总管、永陵总管、防守尉、掌关防等大小官员都来送别后，就上路了。

这次回行宫，整整住了半个月。回去的路上，也不急，就让车马优哉游哉地走着，四个小姑娘都陪着三皇姑坐在大车轿里。红珠想起了三皇姑回到夏园行宫，见了妈妈时的哭叫，就好奇地问："皇姑奶奶，你们旗人管妈妈叫额娘是怎么回事？能给我们讲讲吗？"

三皇姑情绪很好，说："好，我就给你们讲讲额娘的来历。"三皇姑说，"这里边还有段故事呢！"

故事说，老早老早年以前，有八个小伙子到长白山上去打猎，经常看到天池里有八个姑娘在洗澡，这些猎人们想，这大高山上哪来的姑娘呢？怎么老是八个姑娘来洗澡呢？于是他们有一天就早早地来到天池边，藏了起来，想看看这洗澡的八个姑娘到底是从哪来的。他们一直等到晌午了，才看见从天上飞来八只大天鹅，落在地上变成了八个美天仙，脱了衣服就跳天池里去洗澡嬉戏。

这八个猎人一合计，说，咱们都老大不小了，也该娶妻生子了，不如咱们就把这八个天仙一样的天鹅姑娘娶了做媳妇吧！一人说，怎么才能得到她们呢，她们都会飞。另一人说，好办啊，把她们的衣服藏起来，她们就飞不走了。八个人一齐表示赞同，说好，就这么办。

于是他们一人藏一个天鹅姑娘的衣服。等八个天鹅姑娘洗完了澡上岸的时候，发现衣服没有了，个个惊慌失措。这时，八个年轻的猎人出来了，告诉她们说，你们同意跟我们结婚，给我们做媳妇，就给你们衣服。八个天鹅姑娘没有办法了，不得不同意，就一人找一个猎人成了夫妻。

三年后，这八个天鹅女都生了孩子，有生男孩的，有生女孩的，有生一个孩的，有生两个孩的。八个天鹅女跟丈夫说，我们都做了三年夫妻了，也生了一两个孩子了，这回该相信我们不会走了吧！八个猎人一合计，也是啊，已过了三年，孩子都一两岁了，她们也不会走了，就把藏起来的衣服取出来给了天鹅女。

天鹅女说，都三年没穿这身衣服了，看还能不能穿上了，就纷纷穿上试试。结果，八个天鹅女穿上天鹅衣以后，对丈夫笑笑说，我们走了，你们好好养活好孩子吧！说完就飞上了天。

这八个猎人一看，傻眼了！叫也叫不回，抓又抓不住，就抱起孩子，让孩子哭喊叫"鹅娘"。八个天鹅女穿上天鹅衣，飞升上天后，就变成了天鹅。孩子们挓挲着两只小手，喊叫"鹅娘"，也没有把天鹅女喊回来。从此，这些孩子一想妈妈，就叫"鹅娘"，叫来叫去，这"鹅娘"就改成了"额娘"了。

"闹了这一遭，"红珠听完后，笑着说，"原来这额娘是从天鹅名字来的啊！"

三格子插话说："开始是天鹅生子，子称天鹅为娘，后来改成额头的额字，一字之差，就把纪念天鹅妈妈的意思变了，只保持了一个鹅字音了。"

多媚插言说："这就是一字之妙啊！"

三皇姑来了兴致，说："我再给你们讲个一字之妙的故事听吧！"

蕊寒把轿帘子掀大点儿，将帘子绳拴紧点儿，几个姑娘高兴得拍起了巴掌。

三皇姑先讲了一个"增一笔画，化大为小"的故事，说：

从前哪，有个江洋大盗，经常作案。有一次案发，被人告到官府。在诉状中有"从大门而入"的字样。这个强盗为了保住自己的性命，不惜花费重金，去请求讼师帮忙。讼师把诉状中的"从大门而入"的"大"字，右肩上添加一个点儿，成为"从犬门而入"。诉状呈到县衙，县官一看，"从犬门而入"不是个小偷吗？就以小偷小摸论处，只打了二十大棍放了。一字之差，把个江洋大盗按小偷处罚了，性质完全变了。

三皇姑说："这是一字之差，将大事化小的故事。我再给你们说一个'增一笔画，化小为大'的故事。"故事说：

　　某年的一天，在苏州的阳澄湖口浮起一具尸体。地方保甲按例向上报告，呈文中有"阳澄湖口发现浮尸一具"的话。后来被湖口岸边的人家发现，他们认为这样写不太好，担心会被牵扯到谋杀人命的案子里去，带来不应有的麻烦，于是请来一个讼师帮忙，讼师看过呈文，便在"湖口"的"口"字中间加一竖，便成了"阳澄湖中发现浮尸一具"，这样出现浮尸的范围就扩大了，就不能仅仅涉及湖口岸边的人家了。

三皇姑说："还有一个说的是'换一笔画，化守为攻'的故事。"说：

　　某秀才找一个和尚问道："'秃驴'的'秃'字怎样写？"和尚一听，知道这是秀才在奚落自己，于是认认真真而温温和和地回答说："'秀才'的'秀'字把屁股转过去，再往上翘翘就是。"和尚将秀才的恶意侮辱，运用拆字法把"秃"换成"秀"，用幽默的语言给秀才以回去，可谓妙极。

素雪听了刚想拍手说好，谁叫秀才想捉弄人来，让他受点儿讽刺活该。可一想三皇姑曾说过，应该尊重教书先生，尊敬读书有知识的人，那秀才是读书人，我不能说他活该，就立刻憋住了。其实，三皇姑已经看出了素雪的意思，只笑了笑，没说什么。

红珠听三皇姑不讲了，觉得没什么趣儿了，就央求三皇姑说："三皇姑奶奶，能不能再给我们说一个啊！"

三皇姑想了想说："好吧，我再说一个。"于是，三皇姑又讲了一个"小寡妇改嫁"的故事。说：

　　有一个年轻的小寡妇要改嫁，可是婆家人说什么也不同意。

那个时候，寡妇改嫁是要带走财产的，这寡妇就找到讼师，请讼师帮忙给写个诉状。这讼师想了想，就写道：

> 一间草房半铺炕，
> 婆母早去世，
> 公爹年少壮。
> 允则乱伦，
> 不允则不孝，
> 请大人做主张。

那个县官看了诉状，惊堂木一拍，说："改嫁！"这桩案子就这样判定了。

三皇姑说："还有一个案子，只是将诉状中的诉词改动一个字的前后位置，就使案件的性质改变了，判决的结果就大不一样。"三皇姑又说：

有一家的马跑到街上，踩死了一个小孩，小孩家请讼师写状子说，"跑马街上，小孩踩死。"马的主人家看了诉状，吓了一大跳，"跑马街上"，显然是这马有人骑着，人骑马在大街上跑马，踩死了人家的小孩，那这骑马人就有罪。马的主人一看，不行，得找人破解了。就花重金去请讼师帮忙。讼师看了状子，想了想，就将"跑马街上"，改成"马跑街上"，这马跑了，是没拴好，跑到街上踩死了小孩，就没有直接的重大责任。结果县官只判罚马主人赔钱给小孩家，案子轻多了。

他们一路上就这样讲着，第二天中午，不知不觉就回到了四平街。
三皇姑说："咱们到张老家打尖①吧！"
他们进了张桂森家的院子。张家热情地和面的和面，剁馅子的剁馅子，不到半个时辰，饭菜端上了桌子，"四平菜饺子"烙出来了，热热的，香香的，小米子水饭，几碟小咸菜，咸盐捣蒜泥酱，吃得他们十分开心满足。

---

① 打尖：辽东方言，旅途中休息下来简单吃点儿东西。

吃饭的工夫，张老说："这两天四平街发生了两件事，一件事是四平街有个村民，叫东长林，头几年出门，一直没回来，谁也不知道他上哪去了，干什么去了。头两天，这东长林突然从外边回来了，还拿了一杆自己造的老洋炮①，把老滕家姑娘抢去了，到外三保安了家。这回回来，右腿瘸了，说是偷人家大牛，被人家抓住，把他右腿打坏了，从那以后这条腿就瘸了。老滕家哥儿俩本来都长得五大三粗的，有五个东长林也不是滕家兄弟的对手。可是，他拿着老洋炮，就眼睁睁地看着人被抢走。"

三皇姑听了，没动声色地问："那……那件事是什么事？"

张桂森说："那件事是咱们这四平街有个叫臧西林的年轻人，没爹没妈，没有兄弟姐妹，就他光棍一个。这个人，一不务农，二不就业，什么活儿也不干，家里穷得叮当响，炕上没炕席，盆里没有米，缸里没有水，院里没有柴，锅灶上盖一块石板，到冬天烧烧火，没有柴火，就上别人家的柴火垛上去拿，谁也不敢惹，一是怕他点柴火垛，一是怕他磨豆腐。"

三皇姑不解地问："这磨豆腐是什么意思？"

张桂森说："臧西林这个人长得干瘦，个子又高，脖子又长，他若是蹲在哪里，一蹲半天腿也不会酸，两手一抱，蹲上就没个头儿，你叫他抱个膀蹲一天也能。所以，村里人都叫他大长脖、水老鹳，穷等。他住的小破房就在街东的东山根下，跟老李家中间隔着王家的菜园子，他抬脚就去了老李家。人们都怕他这手，他到你家里不管哪里，一蹲就是半天一夜，没办法，谁也不惹乎他。正因为如此，他自己不做饭，他没东西做啊，就在吃饭的时候进谁家去赶饭碗子，你不让他上桌吃，他自己盛饭吃。这些吧，村里人都熟悉，都了解，也就忍让了。可头两天，出了个人命案子，老李家大姑娘好么央儿地上吊死了。这事谁都知道是什么原因。李景松是从山东搬过来的，老头老太太领一儿一女过日子。姑娘长得黑黢黢的，高个儿，细腰，浓眉大眼儿，挺俏皮的，老头总要给姑娘找个婆家嫁出去，可谁家都乐意要，谁家也没要成。为什么呢？这姑娘就被臧西林给缠住了。老李头说什么也不愿意把姑娘嫁给臧西林，可臧西林蹲在老李家就一天天地不走。那天，老李家姑娘上茅房，臧西林就盯上了，姑娘刚站起来，他上去就把姑娘给糟蹋了。老李头的儿子

---

① 老洋炮：一种点燃火绳，打铁沙的土枪。

叫李珠，十六七岁了，听到姐姐在房山头叫，就跑去了，一看姐姐被臧西林光屁股抱住了，他拣块石头，上去就照臧西林的后脑勺子一下子，把臧西林打跑了。臧西林跑到院子还回头说，'你家姑娘不给我，我就把今天这事嚷嚷出去，看谁家敢要。'李家姑娘经这一次羞辱，就上吊吊死了。老李头是山东人，气性大，一病病了好几天。病好了一看，在四平街住不下去了，就搬北省①去了。"

三皇姑说："老李家搬走了，就没有原告了。"

张桂森说："这臧西林会灸艾子。这还是十多年前的事了，有一回曾晓尧的媳妇有肝火，请他去给灸艾子。可这天偏偏曾晓尧赶大车出门了，没在家，曾家住街南的东撇咧子②，东西院的人家里都没有人。他去了一看，真是鸡不叫，狗不咬。他进屋见曾家媳妇正躺在炕上。他在曾晓尧媳妇头上点燃了两大团子艾蒿叶团，就念念有词地叨咕上了。时间长了，那媳妇被艾蒿团烟熏得迷迷糊糊的，似睡非睡的。他一看机会来了，就急忙地褪了自己的裤子说，我再给你拔拔肚子吧。那媳妇迷里马糊儿地也没听说什么，就没言语。他上炕掀开了被子，就给拔肚子，拔着拔着，他就把曾家媳妇给污辱了。曾家媳妇要喊，也被他给吓住了。从那以后，他看曾晓尧赶车出门了，就去了，曾家媳妇不敢声张，一来二去，就这么好几年了。这两天，有妇女来找我孙子书田，书田当村长了，什么事都得管啊，有几个妇女诉说那臧西林不规矩的事。我想啊，这个二流子流氓得治治他。可村里没办法，到衙门吧，又没有人出面举报。"

三皇姑说："张老，这事好办，我来收拾他。"

吃完饭后，三皇姑一行人回到了三道岭子。当晚听了唐阿里、陈作为等人讲了半月来的账目、生产情况后就休息了。

第二天，三皇姑叫三格子去趟衙门，把东长林和臧西林的事说给巡检，并让衙门派两个清兵来。清兵来了后，三皇姑叫杨珍和隋元两人陪两名清兵去外三保访听东长林，把东长林和滕家姑娘带回四平街。

几天后，把东长林和滕家姑娘带了回来。这时，滕家姑娘已经被东长林霸占十来天了。老滕家一想，算了，东长林比我家姑娘大二十五六岁，已经这样了，也就只好认了，只要待滕家姑娘好，就不告了。但衙

---

① 北省：辽东人俗称黑龙江省。

② 撇咧子：辽东方言，那一面、那一块地方之意。

门讯问得实，东长林当土匪胡子是实，偷大牛是实，抢人家姑娘是实，私自造土枪是实，命打八十大棍，做三年苦役。

几天以后，三皇姑叫人把臧西林找来了，说姑娘素雪有肝火，来给灸灸艾子。

臧西林乐呵呵地来了。三皇姑一看，这臧西林长得像个刀螂①似的，那青筋暴露的细长脖，真如水老鹳一样，那灰饯饯的脸，像纸扎的，没有一点儿血色。三皇姑领三个小丫头，围在素雪身旁，一个个都长得冰清玉洁，花容月貌，这么近距离地接触美天仙一样的姑娘，他臧西林连做梦也没想到。三皇姑问："这艾蒿是什么时候采？怎么个弄法？"

那个臧西林不知深浅，得意扬扬地介绍说："五月节前后，上山野地挑大叶艾蒿，把叶子撸下来也行，把艾蒿割下拿回来晒干了，再撸叶子也行。艾蒿叶子阴干了以后，搓成绒团，像二大碗大小一团儿，就可以留下备用了。"又说，灸艾子的人，在大年三十晚上发纸前，点一路香，一路香就是一根香，三路香，就是三根香。这一路香点着后，从院子里迎着财神来的方向走一百步开外，边走边念：

> 天皇地皇日月三皇，
> 龙宫之母龙母之王，
> 一灸天崩地裂，
> 二灸肝肠不出脓不出血。

这时，他让素雪姑娘躺在炕上，盖上被子。之后，他拿一把锡酒壶，拴上一根绳子，去井边，把酒壶放井里，灌点儿水回来，来回都不许回头，一直走。

回来后，用锅铲儿在灶坑门画上一道横线，封住灶坑门。然后，在线外正对灶坑门，用锅铲儿在正中的位置抢起一点儿土，用酒壶里的水滴在抢起的土上，边抢土边滴水，将抢起的土和好，够封住酒壶嘴的就行了。然后，把酒壶嘴子封住，将酒壶放在锅台脖子上，把酒壶嘴封的泥烘干。

这时，把酒壶取下来，放在素雪的枕头头儿，放在头上也可。用一根红绒绳，一头拴在酒壶脖子上，一头拴个环儿，套在素雪的耳朵上。

---

① 刀螂：辽东方言，指螳螂。

把大艾蒿团子放在酒壶嘴上。把香炉碗子取米，点燃一路香，一边用香点燃艾蒿团儿，一边叨念：

北斗北星北宣房，
三人三姓灸肝肠。
无毒别处全不灸，
但灸肝疮光见光。

点燃了艾蒿团之后，把这根香插入香炉碗子里。然后再点第二路香，再点艾蒿团，边点边再念一遍。再点第三路香，念第三遍，点第三个艾蒿团。这时，三路香点完，三遍词念完，三遍艾蒿点燃完，三根香都插在了香炉碗子里。

三路香丝丝青烟缭绕，艾蒿团香烟升腾，并散发出轻轻的艾蒿香味，使屋子里烟气冈冈，浓浓的艾蒿清香味，淡淡的线香味，都呛人的鼻子。

三皇姑使了个眼色，蕊寒趴在素雪耳边说："我们和皇姑奶奶走了，你好好睡一觉，过半个时辰，我们再来看你。"

素雪也小声说："放心吧，你们陪皇姑奶奶说话去吧！"

三皇姑她们回到了三皇姑的卧房，这边只留素雪躺在炕上，那臧西林站在地上。

过了不到三袋烟的工夫，忽听素雪大叫一声，多媚、蕊寒、红珠跳起来，三两步就赶了过去。进屋后，三个人一下子将臧西林摁在地上。素雪也早一跳而起，没等多媚三人赶到，先行薅住了臧西林的头发，往后一使劲儿，一个膝盖头顶住了他的腰。这时多媚三人赶来，不费吹灰之力，就把流氓臧西林制住了。素雪仍拽住他的头辫儿，多媚和红珠一人卡住他一个手腕子膀子，蕊寒前边开门，把臧西林像捉小鸡一样，把他薅到三皇姑面前，一踢他的腿弯子，他不由自主地跪了下去。

三皇姑冷厉地说："说吧，你都干什么了！"

"没……"臧西林畏畏缩缩地说，"没干什么。"

"什么！"素雪厉声道，"你敢抵赖！小心你的狗爪子，我给剁下来！"

臧西林唯唯诺诺地说："我没小心碰着了姑奶奶的手。"

"说说，四平街李珠的姐姐为什么上吊死了，说说曾晓尧的媳妇为什么被你奸淫了好几年！"三皇姑厉声厉语地问，"还有六七个妇女都告了你的状，你趁人家老爷们儿不在家，就钻窗户上人家的炕。快说说吧！"

这时，三格子等五个小伙子，已把拳头攥得嘎吱嘎吱直响，臧西林不得不交代了他多年来奸污妇女猥亵多名妇女等等恶行。

三皇姑说："杨珍、耿乐，你们俩跑一趟，把这二流子流氓送衙门去，他有人命案子。"

臧西林被送去后，杨巡检一一审得明白，打了八十大棍，罚坐三年大牢。

这些恶棍被处罚判刑后，四平街一带地方，也真的清静安稳了下来。

到这一年，四平街一带地方，已经开办了十三个炼铁场子、六个煤场子、两个石炭窑、两个沙金场、三个铁矿、一个炼焦场子，还有其他小场子，如三个铁匠炉、五个麻绳铺、一个皮匠铺、三家药铺、一个馃子麻花铺、三家车马店、五家日用百货铺、一家纸匠铺等，都像下大暴雨时，大水泡子里的水泡一样，咕嘟嘟地冒起来了。各家的煤场子，三皇姑的有煤工三千多人，吕允成的有一千五百多人，其他家的也六七百人，只有刘新功的煤场子人少，三百多人。那些炼铁场，每家都有二三十人。这个店、那个铺的，都用人三五人、七八人不等。

三皇姑看到这些买卖，在她开办煤场、铁场子以后，都被带动了起来，使四平街地方呈现出一种经济发达、市场繁荣的景象，有数千人有活儿干，靠自己的劳动维持一家人的生活，使四平街一带地方成为辽东的经济发达地区，人口也越来越增加，各大村小屯逐渐增多壮大，四平街成为辽东的重镇，经济文化的中心。

一天，小四平屯腰段上的铁场主王金甲来见三皇姑，说他们场烧灌出来的生铁大钟、锅、铧子等产品已经远销到了辽南、辽西，甚至吉林的浑江、四平、辽源，北省的齐齐哈尔、满洲里等地。只是现在有一个问题，就是产品的牌子、字号等问题，跟其他场子有语音语意相近之处，给产品销售和业务联系带来不便。再说，这有关的商业问题，似乎应有个组织机构来协调一下。

三皇姑觉得这问题提得好。她说："我们应该成立一个什么会的组织，这个组织机构就叫四平街商业界联合会吧，它负责区域内各商业的协调管理，比如产品质量、价格、品牌、销售、企业规划发展、企业管理等事宜。"想了想，她又说："这样吧，你先回去，我明天下午去跟杨崑儿合计一下，这事最好能由他出面。就这样吧。"

三天后，三皇姑与杨巡检已经研究决定，立即成立四平街商会。各家企业，不管企业大小，均派业主参加会议。先研究了商会名称，商会的宗旨、章程、义务，商会的会长下设的会员，商会的会员金，每年的计划、工作日程等，均一一研究确定，推选了会长为三皇姑，副会长吕允成，名誉会长巡检杨文欣，常务会员，等等。每次的会务费按企业资金登记比例抽，一切都由会议决定。这样，四平街商业联合会正式成立了，由杨巡检负责向上级报告。

三皇姑心情轻松地回到了三道岭子。她高兴，又完成了一件大事！

第二十二章　山歌盛会

一天晚饭后，蕊寒从大门外进来，一边跳着，一边唱：

> 冰凌花开干巴拉瞎，
> 猫骨朵花开毛嘟拉叉，
> 达子香花开有红有白，
> 绿叶就像披罗戴纱。
> 百花里面数它最美，
> 美不过皇姑人面桃花。

进屋后，见三皇姑正跟几个姐妹一边嗑着瓜子，一边闲聊。三皇姑听蕊寒唱着歌进屋，笑着说："还真没看出，咱们的蕊寒姑娘歌唱得还真不错，挺有味儿的。"

"皇姑奶奶啊！您可别说我了，您不知道，那素雪姐唱的才好呢，跟戏班子唱的差不多，我这两下子可上不了场，排不上号！往哪摆呀。"

"是吗！素雪，你唱一个，"三皇姑说，"咱们听听。"

素雪不好意思开口，多媚用拐把头子拐了她一下，红珠立即下地沏了两杯茶，给三皇姑一杯，给素雪一杯，说："素雪姐，给你敬茶了，还不唱啊。来，润一口，唱！"

素雪润了一小口茶，笑着说："那就让本姑娘献丑了。"她清了一下嗓子，就唱了起来：

> 马蜂凶，马蜂凶，
> 马蜂上阵父子兵，
> 遇着花儿嗡嗡叫，
> 硬问人家中不中。

马蜂凶，马蜂凶，
叮住花儿口不松，
土地怕它绕弯去，
柳树见它鞠大躬。

马蜂马蜂别逞凶，
做工只管你做工（宫），
一旦恼了大小姐，
请来满汉八旗兵。

三更点着你蜂王府，
叫你一窝活不成，
天大能耐你飞不了，
问你再喊中不中。

红珠说："你可真够厉害的啊，还要一窝端了人家。人家问你中不中，不是看中了你吗！杨珍！你说是不是啊？"

素雪上来就要打红珠，红珠赶忙躲避，却没小心，躲闪不及，一下子碰了蕊寒。蕊寒上来就搂住了红珠，素雪上来就把手伸进了红珠的胳肢窝里，就要胳肢红珠，红珠求饶说："素雪姐，饶了小妹吧！"

素雪笑着说："饶你可以，你得说一个故事或唱一个曲儿给我们听。"

红珠赶忙应承说："中，中，你把手拿开。"

素雪、蕊寒才松了手。

三皇姑跟丫头们都开心地笑了。

红珠快言快语地说："大家静一静，先别闹，皇姑奶奶唱小曲儿可好听了，我们请皇姑奶奶唱一个，我再讲故事大家听好不好？"

几个小丫头一致拥护，拽膀子央求的，拍手叫好的，三皇姑笑着说："好吧，大家今天这么高兴，那我就唱一个《接艾根》①吧。"

三皇姑唱道：

———————————

①　艾根：满语，丈夫之意。

艾根出征去打仗，
打了胜仗回家乡。
过村头，进村庄，
战马拴在大门旁。
拍拍灰，整整装，
一直走进我家房。

打个"千儿"把头仰，
嘴里甜得像抹糖。
管我阿玛叫阿玛，
管我额娘叫额娘。
当去接，该去迎，
未来女婿应心疼。
左邻瞅，右舍盯，
就怕透雨（语）或漏风。
你说西，他说东，
传出好说不好听。
没处躲，没处藏，
我到窗外乘阴凉。
脸又烧，心又蹦，
又害羞来又高兴。
又想看，又想听，
隔着窗户听不清。
用舌尖，舔窗棂，
舔来舔去舔个大窟窿。
透了雨（语），漏了风，
你说丢腾不丢腾。

三皇姑唱完之后，丫头们一齐拍手叫好，几个小伙子也都随声附和。

素雪递茶给三皇姑，说："红珠，这回轮也轮到你了，快讲一个或唱一个补上，要不还胳肢你。"

红珠连忙直摆手，说："别，别，我讲，我讲。"她说：

从前哪，有个人在大街上摆了个灯谜摊儿，在桌子两旁各竖一根木头棍儿，一根上拴着一个脸谱，一根上挂着一千文钱，中间悬着一个横额，上边写着左右两物的谜面，猜中者以一千文钱相赠。猜谜的人围得密密层层，不透风不透气儿，可谁也没有猜中。这时，一个穿着很讲究的官人来了，分开众人，径直走到谜摊前，二话没说，摘下一千文钱，头也不回地走了。

大家一看，很纳闷儿，说："没猜到谜底，怎么把钱拿走了？"

蕊寒、素雪、多媚等人也都很纳闷儿："是啊！他没猜到谜底，为什么拿走了一千文钱呢？"

三格子笑了说："他猜对了，谜底就是'要钱不要脸'啊！"

素雪不让份儿了，说："红珠你这是拐弯抹角说我哪！"上前就要胳肢红珠。红珠连忙躲到三皇姑身后，说："我哪敢影射姐姐啊！我实在是没有什么可讲的啊，就这一个还是头几天听来的呢！"

蕊寒笑了说："我给大家说一个吧。"她说：

有个爱吹嘘自己，却又不懂装懂的人，看了杜甫"两个黄鹂鸣翠柳，一行白鹭上青天"的诗，说这诗做得不怎么的，我做的至少要胜他两倍。听的人说，那你就做一首大家听听吧。他便说，四个黄鹂鸣翠柳，两行白鹭上青天。你们看，这不是胜他杜甫两倍吗？

多媚姑娘见耿乐傻呵呵地听着，就偷偷抓了一把瓜子塞到了他手里。耿乐笑笑，嗑了起来。

素雪一边给三皇姑几个人斟茶，一边笑着说："哟！可真关心哪！很怕心上的人吃少了。"说着，端起瓜子盘子，递到杨珍面前，说："吃！"杨珍抓了一把，又递到佟清、隋元面前，他们都抓了瓜子嗑起来。素雪又将盘子递到耿乐面前，说："你，就不用我关心了吧！早有人把你挂在心儿上了。"

多媚害羞地说："姐姐，你快饶了妹妹吧，不就一把瓜子吗！"她上盘子里抓了满满一把，硬塞到杨珍手里，说："杨大哥，你快嗑，要不我素雪姐好心疼了，我是替她给你抓的。"

说得大家都乐了。

素雪说："好了，别闹了。我说个唱儿你们听听。在我姥姥家那面儿，有唱蹦子的，在唱蹦子正式戏文前，往往先唱段小帽。我记得有段小帽唱的是……"

三皇姑问："你说的唱蹦蹦是一种什么戏？你唱唱，我听听。"

素雪稳稳当当地说："唱蹦蹦，是两个人唱，一个人扮下装，是男角儿，一个人扮上装，是女角儿。两个人有时说，多时唱，又扭又逗，又唱又浪，可有意思了。"

"噢！哪天叫杨珍去请来唱唱，让大家听听。"三皇姑说，"杨珍，你明天就去请吧，顺便也回家看看，你们家是不是铁岭卫的？"

杨珍说："是，我们住的离得不远，也就十来里地吧！"

三皇姑说："那好！你明天就回去一趟吧！用不用叫素雪也一块儿回去？"

素雪只低头不语。

三皇姑说："那样吧，你们俩一块儿回去一趟吧，都回家看看。杨珍，你看得几天？"

杨珍说："来回得六天吧！"

"那好，给你们十天工夫。"三皇姑说，"请来两盘架的蹦蹦，换着班儿唱。"

素雪说："那我们下晌就走可以吗？"

三皇姑笑了："行！"

多媚笑着说素雪："看把你美得！走吧，我帮你打点一下。"

"没什么打点的，带几件衣服换的就行。"素雪高兴地说，"那我先去收拾一下了。"

"去吧！"三皇姑说，"去账房取一百两银子，给你们的爹爹妈妈买点儿什么。"

杨珍急忙说："不用！带几两路上够用的就行了。"

三皇姑说："带上吧，你们一个人来回六天十两够了，剩下一人四十两给爹妈的。好容易回去一趟。"看了看多媚几个人，又说，"你们回去也一样，先把这笔钱存在账上。"又对杨珍说，"把你们的月历钱都取出来，顺便带回家去吧！"

杨珍和素雪高兴地说："谢谢皇姑奶奶！"

七八天以后，三格子让陈把头安排人找了个适当的地方，平了一块场子，搭了个戏台棚子，好唱蹦蹦戏。杨珍和素雪请来了两盘架蹦蹦戏，你唱一出，他唱一出，轮换着唱了两天，让煤工们倒着班看。四平街的和周围村屯的人都赶来看，那三道岭子上下，真是人山人海，热闹非常。

一连唱了几天，整个三道岭子人人高兴，个个欢乐。

到临散场子的时候，三皇姑叫杨珍跟戏班子说说，让戏班子能留下个十天半月的，在四平街和各村屯唱唱，让那些不能走不能动的老人也看看听听，有的可以到人家里去唱，给那些下不了地的老人看。

杨珍跟戏班子人说："三皇姑说了，你们一天挣多少，三皇姑再给赏点儿。"两个蹦蹦戏班子都痛痛快快地答应了。

在这二十多天的蹦蹦戏演唱过程中，四平街里有些年轻人跟着戏班子走，场场不落地看，句句不落地听，脑筋好，心眼儿灵，大段大段的唱词、整本整本的戏文，竟能一字不漏地记在心里。

四平街张桂森的孙子张书田是个非常乐呵活泼的青年人，他听了看了的东西，就能记下来，不说一字不落，也差不多。围着张书田有许多年轻人，闲来无事的时候，就到一起唱啊，说啊，比比画画地学啊。有了这帮子年轻人，使平静沉闷的生活充满了乐趣。

三皇姑根据这种情况，产生了一个想法，能开个说唱比赛，能唱的唱，能说的说，能演的演，通过比赛，培养出一批活跃在山区的年轻人，活跃一下农村的生活，岂不很好！

三皇姑把这想法说了，三格子一帮年轻人都积极赞成，热烈拥护。三皇姑说："你去找张老，把这想法跟他说说，看他什么意见。若是乐意的话，就叫四平街村带头搞，举办一次'山歌盛会'，各村屯的人都可以来报名参加，让四平街的人生活得乐乐呵呵的，人人都快乐，人人都健康，人人都长寿，人人都幸福！"

三格子去了四平街跟张老一说，立即表示赞成。于是，就由张满昌、张书田父子主持，散布消息，定于挂锄的时候——七月二十八日，在四平街举办"歌唱比赛"大会。

张满昌家里围着一些年轻人，他正给他们讲唱曲子编词儿，要合辙押韵，这就是"十三大辙"，说"十三辙"，就是十三韵。这"十三辙"是什么呢？就是中东、言前、江阳、花发、由求、仁臣、灰堆、依期、簸波、姑苏、怀来、遥条、捏邪。这"十三辙"里最难押的韵就是捏邪，这个韵最窄。

有一个人说："张叔，您讲的这'十三辙'，我们记不住，能不能说个简单点儿的，好记。"

"有！"张满昌说，"有好记的，这就是'俏佳人（儿）东西南北坐，忸怩出房来'，俏佳人东西南北坐，忸怩出房来，也可以'东西南北坐俏佳人，忸怩出房来'，记住了吧！"

那年轻人高兴地说："这个好记，俏佳人（儿）东西南北坐，忸怩出房来，我记住了。这就像扭秧歌的唱儿似的，唱得要合辙押韵，不合辙押韵就是唱顶了板。"

张满昌说："对，就是这样。比如我唱一句：

> 下到场来呀！我唱共声，
> 口尊声那个乡亲们贵耳听，
> 新春佳节大家都好哇，
> 我给你们拜年就脱帽鞠躬！

最后这句要是唱成了'我们大家拜年就把腰弯'就不行了，因为头两句是唱的'声、听'，是中、东韵，最后一句唱了言、前韵，就是唱顶板了。我们唱唱，要是唱得不合辙押韵，就不好听了，下边的词儿也不好唱了。"

那个年轻人说："还别说，这唱唱儿还真有些说道呢！怪不得张叔年年唱秧歌都下场唱唱儿，干唱不了，还能现编现唱，真是了不起！"

这时，有人喊咕喳咕喳议论上了："村里出了这么帮子人，还不把年轻人带坏了！"

有人反驳了，说："我看未必，谁要学坏的话，不用带也坏，正经人，你就是拉他学坏去，他也不去。像二流子流氓臧西林，谁带他了？不还是流氓了吗！那东长林谁也没教他偷大牛，当土匪胡子，抢人家姑娘，他不还是干了嘛！"

又有人说："咱们庄稼人一天天累个死，干了吃，吃了睡，有什么乐子，光把人闷也闷死了。这隔个月七成的，大伙儿乐呵乐呵，有什么不好！"

说得那人不再言语了。其实大家也看出来了，她也是很愿意凑热闹的，要不怎么不在家里待着，也跑出来卖呆儿呢！

她说了："其实啊，你们说得都对，我不过就担心我家那口子，守什么人学什么人，守着叉马①会跳神！他只要不学坏，也省得老的操心！"

"不用担心哪，你看，人家张满昌爷儿俩，说啊，唱的，样样都行，人家可是正经人哪！"一个妇女说。

---

① 叉马：即萨玛，亦作"萨满"。

又一个妇女说："你就把心放在肚了里吧！"

在四平街村公所里，各村屯来报名的人挤不透，压不透。村里要举办第一次山歌盛会，人人都跃跃欲试，想上台比量比量，有个一技之长的，都来报名报节目。会唱蹦子的，唱莲花落子的，说大鼓书的，唱小曲小调的，唱头子戏的，吹柳哨的，什么都有。听说还要请兴京副都统来看戏，还要评出个头等、二等、三等的来，说商会还给押红包，来报名的人就更多、更踊跃了。

比赛那天，戏台子搭在村公所的东侧，关帝庙山门前。戏台子右侧挂着对联上联，左侧挂着下联：

文坛艺苑花争艳
桃李枝头果竞鲜
横批是：争先夺魁

为三皇姑和奕唐阿、杨巡检和夫人，还有三格子一帮人和奕唐阿的亲兵、杨巡检的亲兵，格外搭了个看台。

第一出，地蹦子唱《红娘》……

一场场戏下来，赢得一阵阵的鼓掌声。这些上台比赛的人，都是自己扮装，虽然有些土气，甚至不伦不类，倒也新鲜别致，反正人们看热闹，乐了就好。

最后表演的是张戏子的头子戏。这是从山东省宁均县张家庄来的，表演者姓张，叫张永福。他一个人坐在正方形的布围子里，一人连唱带表演木偶，连打家什连换角，两手两脚都不停，表演的木偶人物，坐的坐，动的动，说的说，唱的唱，那《猪八戒背媳妇》，那《王二小放牛》，唱得活灵活现，一阵阵的叫好声，受到了人们的热烈欢迎。

张戏子演唱的木偶戏，人们都叫它"头子戏"，他是专业的了，自然没法比。这是压轴戏，是有意安排的。

那些不是专业的演唱者，都是文艺的爱好者，他们登台献艺，参加比赛，只要有叫好的，就很高兴了。就是没有人叫好，只要能登台表演一下，就心满意足了。最后，大家按叫好次数的多少，给发了红包，凡登台的就给条手帕，这比赛就圆满结束了。

可是，在四平街的人心中，那快乐正掀起高潮。

第二十三章　太平歌舞

　　过年前，张满昌跟家里人说："今年咱们得好好办场秧歌，让大家伙儿好乐呵乐呵。再说了，咱们四平街自从三皇姑奶奶来开矿办场子，咱这一带地方就发旺起来了，这不多亏了三皇姑奶奶嘛！再怎么的，咱们也得办帮秧歌给三皇姑奶奶拜拜年啊！"

　　张老听了也极力赞成说："对！咱们是得好好谢谢三皇姑奶奶。你就张罗一下吧，初五就办。头年先给大家个信儿，愿意下场的就自己先备办装束，初五那天锣鼓一响，就把秧歌队拉出来，练练场，初六就先去给三皇姑奶奶拜年，回来再拜县左。"

　　办秧歌的事说定之后，张满昌、张元昌和张书田、张书金爷儿四个分四大片下去送信儿，一传十，十传百，很快就传遍了四平街。这办秧歌的事，年年都办。那个时候，山乡农村，没有电，没有电影电视，也没有广播，更没有剧团，一年四季能来三场四场的蹦蹦戏看就不错了，好在，还来了个张戏子，谁家有事情，请他唱一场头子戏，有时候来个说大鼓书的，这就是最大的热闹了。除了这个之外，再就是谁家跳大神，谁家烧香，大家都当看热闹了。特别是冬天，日短夜长，一些年轻人就糊到会"讲瞎话"的人那，去央求"讲瞎话"听，这就是那个时候的农村文化生活了。

　　村里人一听说正月初五就办秧歌，那些好扭好浪的年轻人，年长的，一年三百六十天，也就是这个时候才能放开脸，可着劲儿地玩乐几天。所以，一说办秧歌，那些爱乐呵的人，只要身子骨能做得了主的，都愿意下场。至于装扮吗，除了领队的之外，年年都是谁扮什么，还扮什么。

　　张满昌先请了程喇叭匠，给秧歌队吹喇叭，又安排了张鼓手专门打鼓，打镲的(大镲小镲二人)、打锣的，可以临时安排。拉棍的^①、掌包的^②都由村里人担任。

正月初五这天，在四平街关帝庙大门前这个四平街村中心广场，锣鼓一敲，喇叭一响，秧歌队员就早早地扮好了装，从四面八方集聚到了这里，上装下装^③各种装，足足有百十来号人。

张满昌看人来得差不多了，就叫领队的老吴带队开场。跑豹子张财反穿皮袄，戴个破帽头，腰系响铃，右手抡起皮鞭子，绕场打了一圈儿，让卖呆儿的人后退，站成一个大圈儿，留出空场给秧歌队。这时，只见老吴头戴红缨帽，腰系紫红色战裙，斜挎腰刀，左手握住刀柄，右手甩动大马尾蝇甩子，迈开方子步，一步一式，有眼有辙，一动一作，威严凛凛，拉开了队伍。这老吴，当时也正值壮年时期，他扮的秧歌队的"傻公子"，从二十来岁的时候起，年年扮演"傻公子"。他对这角色十分熟悉，他的扮相好，动作招式都极地道，极到位，极标准。特别是对礼，那讲究可大了。对礼，是两个村的秧歌队相会，各不相让，两队秧歌的"傻公子"要表演对礼。对礼表演好了，才允客队秧歌进村，对礼对不好，不仅不让进村，还可能动手打起来。主队不让进，客队非要进，两队相持不下，弄不好就打了起来。这时，只见两队秧歌的"傻公子"各前进几步，搂三搂，抱三抱，卡三卡，这是三套请安礼。之后，对蝇甩，对刀身，对帽缨，扛肩膀，对肘，卡腕，顶膝盖，对脚跟，鞠躬礼，抖毛，下蛋，多时达三十多种对礼。对礼时，动作的突发性很大，几乎令对方"傻公子"猝不及防，动作稍慢，就被视为失礼。请安礼、对蝇甩礼都是在有礼有节中进行的，可老"三套礼"如扛肩膀、顶膝盖，都是快中有猛，略一迟疑，就会被对方扛翻顶倒。这种"傻公子"对礼，没有固定顺序，全凭随意，见机行事。对礼之后，两队秧歌才可互相致意，融洽和睦。但也暗藏争强好斗较量的劲儿，因为这时两队的"傻公子"要率领自己的秧歌队从对方的队中"别障子"穿过，这实际就是一种较量，一种比试，如果有一人掉队走差了阵式，就破坏了全队的阵式，丢人现眼，影响本队(本村)的声誉。

"傻公子"领队在前，随后就是白蛇青蛇。一穿白一穿青，身背宝剑，手舞绢扇，还有许仙，再后就是沙公子，长长的鸡尾翎，左手拽翎尖，在

---

① 拉棍的：秧歌队的组织者，秧歌队到各单位入户拜年的联系人。

② 掌包的：秧歌队去各单位入户拜年背包收拜年礼者。

③ 上装下装：秧歌队员，上装扮女性，下装扮男丑。

头上形成一大圆圈儿，右手掐腰，走细碎小步。再后是打渔杀家，一扮白发老翁，两手握桨，一摇一摆地扭，后跟少女，一扭一扭地浪。再后有扮牛郎织女的，有扮梁山伯与祝英台的，等等。这之后便是一上装一下装，排成长长的队伍。队伍最后还有扮成老太太的老头的，老太太耳挂红辣椒，手使大棒槌，或拿大烟袋，或拐筐。此外还有孙悟空、猪八戒，还有跑场子的跑豹子，反穿皮袄，斜挎串铃，手甩皮鞭，圈场子，驱场内闲人。

队伍拉开后，走了几套阵式，八卦阵、九连环、六合阵、天门阵、葫芦阵，最后圈大场大团圆。

唱秧歌，年年扭，年年唱，不用教，不用学，看一看，练一练，谁都会。走阵式，一个跟一个，一排两排还是四排，一上装一下装，一排变两排，单数跟，双数出，这都是熟套子。挂斗走阵，领队的怎样领，后边的就怎样走，不差样，不串位，就不会乱了队，变了形。所以，锣鼓一敲，喇叭一响，"傻公子"的蝇甩子一甩，秧歌队就拉了出去。大家熟悉熟悉，认准了配队位置，走不乱就行了。

秧歌队办起来后，首先"拜关帝庙"。一百来号人的队伍拉成一排。圆好场，扭了一阵，一排变两排，两排变四排，拉成横排，"傻公子"站在排前中央，向关帝叩拜，又拉队伍扭出去，扭了几通锣鼓，又竖排向关帝叩拜。拜完之后，打成圆场，唱唱儿的张满昌下场唱道：

> 一进庙门唱共声，
> 关老爷在上贵耳听。
> 保佑保佑多保佑，
> 保佑一年四季都太平。

拜完了关帝，拜娘娘，张满昌唱道：

> 拜完关帝拜娘娘，
> 王母娘娘在上贵耳听其详。
> 保佑保佑多保佑，
> 保佑百姓年年安康。

　　初六这天，秧歌队员早早地就上好了装，在街中扭了一场之后，便在拉棍儿的指挥下，秧歌队浩浩荡荡地奔向了三道岭子，去拜三皇姑奶奶。辰时末，秧歌队到了三道岭子，拉棍儿的张满昌和几个人已经先到了，见了皇姑，向三皇姑跪拜拜年，说四平街秧歌队来给三皇姑奶奶拜年。三皇姑叫人去叫来了唐阿里和陈作为，叫唐阿里准备了赏钱，又备了些鞭炮糖果茶水等。陈作为叫人在院中摆好了桌子，将糖果、茶水等放在桌上，又烧了几锅开水，备了点心。

　　秧歌队的鼓乐先到了三道岭子，鼓架子放好后，就先打起了鼓，秧歌队一大长长的队伍，五彩缤纷，穿粉挂绿，花山头面，头面上还有一个颤丝儿，有一只小花蝴蝶，人一走，头一动，花丝一颤，那小花蝴蝶一点一点的，像在花间飞舞一样，煞是好看有趣儿。等队员们大多都已到岭上以后，"傻公子"开始领场，那丑角跑豹子甩响着皮鞭，那孙悟空猪八戒抢动着金箍棒和铁耙子，驱赶着落在后边的秧歌队员快走，赶上队伍，并将进场内的卖呆儿人赶出场子。

　　那"傻公子"把队伍拉起，看队员们都到齐了，队伍整齐了，开始向三皇姑的四合院里拉进队伍。因为院子小，拉不开横排，就变换队形，四排纵进。早有人先将院中的桌子抬到了房门口，唐阿里拿了把椅子放在桌里边，让三皇姑坐下，他和陈作为还有做饭做菜的吕师傅和蒋师傅站在三皇姑身后。几个煤工在大门外放起了鞭炮。一阵烟花炮仗响过之后，秧歌队扭进了院子。"傻公子"和跑豹子分别率领两排秧歌队员走剪子股阵式，打了两个半圈的场式，队伍都拉进院中后，"傻公子"和跑豹子带领队伍扭了个小场，之后双双带队伍扭到了三皇姑面前。"傻公子"右手使蝇甩子，左手扯住蝇甩子梢，拉成一横，单腿一屈，做跪拜状；跑豹子右手执皮鞭，左手扯鞭梢，与"傻公子"一起，同样施礼。秧歌队员也是边扭边来到三皇姑面前，一对对地施完礼便分别向左向右扭走，扭一圈回来后，又向三皇姑施礼，"傻公子"和跑豹子在两队秧歌中间退步向后扭走。第三圈回来后，变成四队，排成四排，面对三皇姑，一同施鞠躬礼，施礼毕才向左右两排两排扭去，然后到大门口变成两排，打圆场。张满昌下场，唱道：

　　　　高升炮，响咕咚，
　　　三皇姑奶奶在上贵耳听。

四平街秧歌来把年拜，
脱帽弯腰施施礼我就鞠躬。

来拜年哪来问安，
三皇姑奶奶在上听周全。
您的恩德深似海，
百姓永远把您记心间。

下到场来抬头观，
皇姑奶奶容光焕发身康健。
一年更比一年好，
快快乐乐太平年！

风和日丽红景天，
金银财宝堆成山。
银成垛来金成山，
富贵荣华万万年。

张满昌一连唱了十来板①，大都是祝愿吉祥的词儿。唱完之后，"傻公子"率领队伍扭了欢快的秧歌。扭了一阵之后，打了圆场，有四个年轻人，两个上装两个下装，进场里唱起了《十二月绣花灯》《八出戏》，表演起了节目。四个人边唱边扭，大家边走边扭边和声。唱道：

正月里来正月正，
于二姐房中叫春红：
打开奴的描金柜，
取出奴的五色绒，
闲来无事绣花灯。
嗯咳咳咳哟，
列位君子仔细听：
花灯绣上众先生。

---

① 板：即一段四句。

刘伯温督造修北京，
能掐会算苗广义，
徐茂公他有神通，
斩将封神姜子牙，
孔明破曹借东风。

二月里来春风和，
于二姐房中打丝罗。
手拿钢针盘绒线，
叫声春红你听着：
洗手的水先别泼，
再把花灯说一说。
花灯绣上好汉哥，
武松打虎景阳坡，
龙虎山前李纯孝，
赵云大战长坂坡，
薛礼救驾淤泥河，
嗯咳哎咳哟，
马芳困城多亏娇娥。

三月里来艳阳天，
于二姐房中不耐烦。
手拿凌花照一照，
粉面黄水何容颜，
小奴配个大头男，
嗯咳哎咳哟，
再把花灯绣一番。
吕布月下戏貂蝉，
小狄青反了南阳关，
十二妻妾罗士信，
梨花三难薛丁山，
花灯上绣的美貌男，
杨宗保收妻穆柯山，

嗯咳哎咳哟，
潘安美貌天下传。

四月里来铲草忙，
于二姐一心去采桑，
扒拉桑枝无心采，
那边来了美貌郎，
淫得小奴魂飘荡，
急急忙忙转家乡。
拿起花灯绣混王：
隋炀帝奸妹又欺娘，
吴王宠信西施女，
妲己滥淫商纣王，
褒姒娘娘生得俊，
嗯咳哎咳哟，
下贱的混王失落家邦。

五月里来小麦熟，
于二姐房中泪扑扑。
花灯绣上苦命姑：
王二姐北楼思丈夫，
赵美容探夫见红灯，
柳迎春守窑甚是苦，
龙女三娘柳毅传书，
嗯咳哎咳哟，
罗氏女守节单等秋胡。

六月里来天气燥，
于二姐房中心烦恼，
独坐凉床纱蚊帐，
白绫香扇懒得摇，
翻来覆去睡不着。
喊一声春红不见了，

花灯绣上众奸朝：
潘仁美专权要当朝，
董卓欺君杀百官，
最奸不过老曹操。
秦桧行事更奸狡，
嗯咳哎咳哟，
张士贵无故害白袍。

七月里来立了秋，
于二姐房中泪双流。
小奴苦来谁人守，
就像秋叶随风走，
冷风冷雨添愁绪，
花灯绣上儿女风流：
西厢莺莺崔氏女，
黛玉也曾泪悲秋，
白蛇借伞苏州府，
孙玉娇在门外卖过风流，
嗯咳哎咳哟，
蔡三姐抛彩珠不得自由。

八月里来秋风高，
于二姐房中好心焦。
明月光华睡不着觉，
翻来覆去心好恼，
点上银灯把绒线找，
花灯绣上众前朝：
包公放粮陈州转，
呼延庆打擂没名号，
李逵下山救英豪，
张飞喝断当阳桥，
嗯咳哎咳哟，
郑子明酒醉归阴曹。

九月里来菊花新，
于二姐思忖好伤心。
眼望着日落白昼短，
黄昏过后夜更深，
红绫子被啊冷清清，
嗯咳哎咳哟，
哪一个是小奴知心人。
花灯绣上出游国君：
汉刘秀下江南因称明君，
公孙众人遭国难，
司马王走古城池，
信马由缰难离身，
嗯咳哎咳哟，
芦花王遭贬一十三春。

十月里来立了冬，
于二姐房中冷清清。
叫春红你是听，
火盆多多加木炭，
烤烤手我再绣花灯。
花灯上绣愣头青，
忽然想起人几名：
程咬金瓦岗寨抖过威风，
绿林天堂单雄信，
白水滩前青面虎，
西凉大战苏宝童，
嗯咳哎咳哟，
文丑飞刀令人心惊。

十一月来雪花飞，
于二姐房中暗伤悲。
无人搭铺同床睡，

小奴睡觉何人陪？
父母真是糊涂鬼，
嗯咳哎咳哟，
恼了我跑谁管谁。
拿起花灯绣王奎，
绣上卖油郎独占花魁。
西厢再绣张君瑞，
吕蒙正赶考运不遂。
曹壮杀妻孝他母，
嗯咳哎咳哟，
张廷秀赶考名叫回杯。

十二月里来整一年，
于二姐房中心喜欢。
二十一日婆家娶，
这花灯她还没绣完。
春红快快把银灯端，
嗯咳哎咳哟，
今天晚上要全绣完。
花灯绣上红脸几员：
康茂才为将主台，
手使大刀王君可，
亘古一人关圣贤，
孟良盗骨洪羊洞，
嗯咳哎咳哟，
赵太祖创业打下江山。

　　唱了一大气，四个人扭回到队里，锣鼓喇叭又大声响起来，开始欢快地扭了起来。真的是花团锦簇，彩蝶翻飞，锣鼓喧天，欢欢乐乐。扭完了阵式，三皇姑说："让大家歇歇，喝口水，打打尖，回去还得拜衙门，好让大家早点儿走。"又对唐阿里说："赏！"

　　唐阿里和陈把头叫煤工们把果子筐抬了来，秧歌队的人排成单排，转着大圈儿，陈把头几个人给每个队员发一包果子，然后分散围着十几张桌子边吃果子边喝茶水。大约三刻钟的工夫，大家吃完了，锣鼓又响了起来，秧歌队迅速地拉好了队伍，扭一圈儿后，又边扭边变成四排，向三皇姑拜谢。这时，唐阿里高举起银钱，大声说："三皇姑奶奶赏钱了！"

秧歌队员一齐举双手，高声喊："谢！"

打了圆场后，张满昌又下场唱道：

> 又谢吃呀，又谢茶呀，
> 更谢三皇姑奶奶又把钱花，
> 感谢感谢再感谢，
> 谢谢三皇姑奶奶我就把腰哈。

张满昌唱了三板后就带秧歌队拜叩了三皇姑，就下了岭。到了西河掌屯，在屯里的道上表演了一回，就回四平街了。

到了四平街的南大门，锣鼓又响起来了，等待秧歌队员集齐了之后，才排好了队伍，扭进了村里，在"丁"字街地方扭了一场之后，就扭进了县左衙门，大门口鞭炮齐鸣，青烟旋天，迎接秧歌进了衙门。

"傻公子"老吴十分卖力地将秧歌领进了衙门大院，老百姓男男女女、老老少少，都挤进了院看热闹。秧歌队打好场子，就走开了阵式，"天门阵""八卦阵""葫芦阵""十字梅""九连环"等阵式，扭得大家都十分乏累了，才打了圆场，村里另一唱歌能手鲍振东下了场。秧歌队从三道岭子走时，张满昌要跟三皇姑唠几句嗑，就叫鲍振东下场唱。鲍振东下场唱了一板又一板，也不见杨大老爷给赏，不给赏，就不能停，就得继续扭，继续唱。眼看太阳下山了，天也冷了下来，大家也都又累又饿，都盼望杨大老爷给赏，大家谢了赏好散场回家休息吃饭。那个时候农村冬天和正月期儿，都是吃两顿饭，你说，秧歌队员们能不又累又饿吗！可杨大老爷就是不给赏。没办法，鲍振东唱几板，他歇歇嗓子，秧歌队里又下来几个人唱小节目，四个人唱《八出戏》，两个人表演《猪八戒背妻》，又有人唱了《王二姐思夫》《红月娥做梦》，这时鲍振东又下场唱了几板，杨大老爷和夫人仍是稳稳地坐在门口的桌子后，不动声色。

这时，张满昌才回来。一看，秧歌还在衙门院里扭呢，没散场。他急忙进了院里，知道了情况后，就下了场。

开口唱道：

秧歌扭得乐逍遥，

杨大老爷在上听根苗，

官运亨通洪福广，

芝麻开花节节高。

杨巡检一听高兴了，说："赏！"

衙役捕头高高举起手中的钱，高声喊道："大老爷赏钱了啊！"

张满昌一边唱一边谢赏，秧歌队员一齐声地说："谢！"

这时，锣鼓大声响起，大家伙儿卖劲儿地扭了一圈儿，扭出了衙门，又在街心打了个圆场，才卷成了白菜心后又变成两排打了圆场，一天的活动结束了。张满昌站在场中，高声告诉大家，明天要先拜各个场子、矿、店铺，各个买卖，之后，再拜各家各户，拜完年休息两天，正月十五踩灯。

正月十四，三皇姑、三格子一帮人来到了四平街的张桂森家，一为给张老人拜年，二来看秧歌踩灯。

灯，都是秧歌队员自己做，用高粱秸劈成几半儿，或是用小杏条，做成荷花灯、鲤鱼灯、苞米灯、西瓜灯，这个灯，那个灯，各种各样的灯，用红纸、彩纸糊上，有的用彩纸粘贴上各种花，那真是各种各样，纷呈异彩，争奇斗巧，千姿百态。

晚饭后，秧歌队员们装扮好之后，就齐集在街心，"傻公子"拉好队伍，张满昌等人给每个队员发一根红蜡，大家将蜡插坐在灯笼心中的尖尖的小细棍儿上，纷纷点着了蜡烛，锣鼓一敲，吹起了喇叭，于是，开始踩灯。

踩灯还有一种习俗，就是"走百病"，跟着秧歌队走，一年无病无灾，所以，村民们都自觉地下场，跟着秧歌队走啊、扭的，大人们甚至抱着孩子下场，男女老少小孩子都跟在秧歌队后，排成长长的尾巴，那阵势，那情景，真是又快乐，又热烈。只见满街的人，围住秧歌队观看，满街的花灯，真是灯火辉煌。大家又扭又逗，又舞又浪，使秧歌队的表演达到了高潮。

大家玩了一个时辰以后，"傻公子"才带领秧歌队先扭到北门，再到东门，最后到南门。到大门扭一阵儿之后，打鼓的才煞了鼓点，张满昌下场唱道：

> 高升炮喂，响咕咚，
> 牛鬼蛇神你们用耳听，
> 赶快滚回阴曹地府去，
> 赖着不走就用炮轰！
>
> 锣鼓敲，震天响，
> 瘟神恶鬼听其详，
> 不准作祟生邪恶，
> 天下太平得安康！

　　人们走完百病，驱走恶魔瘟神，又扭回街里，再欢乐一场，就结束了。

　　俗话说："耍正月，闹二月，离离拉拉到三月。"这正月的"闲玩乐"就算完了。天头一暖，人们又开始上山割柴火，又往地里送粪，春天很快就来了。

第二十四章　群芳竞艳

　　这一年，进入十月以后，天头就有点儿冷了。三皇姑到各个工棚子查看了冬季取暖情况，告诉人们把煤灶好好烧着，炕头的炕面子厚点儿抹，炕梢的炕面薄点儿抹，别炕头烧烟了，炕梢还拔凉。屋子冷的话，再砌个炉子。可千万别熏着，虽说是无烟煤，也还是要格外加小心。煤场子、焦场、铁场、铁矿等地方，看得个认认真真，仔仔细细。自己的企业都挨着查看了，因为她是商会的会长，其他的各煤场、铁场等，也都一一检查，看着没问题，可一旦有疏忽的，说出事就出事，出事就关系人命。

　　三皇姑说："都说人死了，上天堂、下地狱的，还有脱生下辈子的，那是没有的事儿，若是人死了后还有鬼魂什么的，那人世间早放不下了。人死如灯灭，一点儿不假，人只有这一辈子，没有下辈子。因此，我们得好好活着。"

　　她看杨珍等四个小伙子已经长成大人了，那四个小姑娘，也都一个个亭亭玉立，成了大姑娘了。那天，唐阿里说闲话，提起了，说："现在都是农闲了，农村的小伙子大多数都在这个时候娶媳妇，姑娘出阁了，光四平街里就两三家办喜事的。"

　　三皇姑看了看杨珍几个人，心里似有所悟。

　　回了海青房后，三皇姑把杨珍四个小伙子叫到自己房里，问："杨珍，你今年多大了？"

　　"二十了！"

　　"多会儿生日？"

　　"四月二十。"

　　"啊！那你快满二十岁了。"三皇姑又问耿乐，耿乐说他也是二十，是八月初十生日，佟清是二十一岁，十月二十生日，隋元二十，二月初十生日。

三皇姑说："是啊，都到了娶媳妇的年龄了。好吧！你们同意不，你们的婚事我来给办。你们说说吧，你们家里给没给你们定亲？"

杨珍几个人站在地上，都低着头，没有吱声。

"咳！说话呀！"三皇姑说，"要都没给定亲，连指肚轧亲的也没有，那婚姻事在家靠爹妈，在这就我给做主了。杨珍！西河掌屯的代喜香那丫头怎么样？行，我就给你说亲去！"

杨珍脸一阵红一阵白。

三皇姑继续一本正经地说："不言语，就是同意了？"

杨珍脸憋得通红，想说什么又不敢，还是没有吱声。

这时，三皇姑笑了，说："看把你吓的！我就那么糊涂？去，把素雪她们叫来！"

杨珍把素雪几个丫头都叫来了。素雪见了耿乐几个人都在场，不知发生了什么事，一个个都挺庄重严肃的。不知三格子干什么去了，只有他不在。

见人都齐了，三皇姑说："今天是十月十日，正好是'双十'日，应该说是个喜庆的日子，是吉祥日。我刚才跟他们几个说了，你们的爹妈都不在，我就替你们的爹妈做主了，给你们定亲，"三皇姑又看了看几个丫头，"给你们嫁出去，你们有什么意见没有？有没有不同意的？"

素雪连忙说："听凭皇姑奶奶做主。"多媚三人也连忙说："听凭皇姑奶奶做主。"男孩女孩都憋不住地兴奋。

三皇姑没有笑，说："好，既然听我的，那我就点名给你们定了。"

杨珍等人齐口一致地说："听凭皇姑奶奶做主。"

"那……西河掌屯的代丫头给杨珍，尹丫头给耿乐，蒋丫头给……"三皇姑还没说完，这八个年轻人齐刷刷地跪下了，什么也没有表示。三皇姑继续说："素雪，把你许配给陈家的二小子，多媚……"

素雪没等三皇姑说完，就抽搭抽搭地哭了。那几个小丫头都提心吊胆地不敢往下听了……

三皇姑假装没明白，说："你们不是说听我做主嘛，这又怎么这样了！"

见几个小丫头都哭丧着脸，没有了一点儿笑容。忽然，素雪偷偷地一捅咕多媚，一个碰一个，四个小丫头呼啦一下跳起来，缠巴头束巴尾地糊在了三皇姑身上，一个劲儿磨三皇姑说："皇姑奶奶！皇姑奶奶！"

三皇姑佯装不懂地看看这个，看看那个。素雪央求着说："皇姑奶奶，人家喜欢杨珍嘛！您就答应了吧！"

多媚说喜欢耿乐，蕊寒说喜欢佟清，红珠说喜欢隋元……"皇姑奶奶，您就成全了我们吧！"

杨珍四个人仍跪在地上，也一齐说："皇姑奶奶，您就成全了我们吧！"

三皇姑笑了说："你们都起来，"叫杨珍几个起来，又叫几个丫头，"你们都坐下！"

这些年轻人齐呼啦说："皇姑奶奶不答应，我们就不起来！"

素雪几个丫头又跪下了。

皇姑笑了，说："都起来！看把你们吓的，我那是逗着你们玩儿呢！"

他们都起来了，抑制不住心里的高兴劲儿。

杨珍等人一齐声地说："皇姑奶奶，您刚才说的话，我们就以为是真的呢，可把我们吓坏了，我们心里像放了块冰一样，凉了。"

"你们天天跟在我身边，"三皇姑说，"你们就像我的兄弟姊妹一样，你们的心我难道还看不出来？"

说得这帮年轻人都破涕为笑了。

三皇姑说："好了，杨珍去告诉吕师傅、蒋师傅，多做几个好菜，今天就算是给你们订婚的日子，也把账房先生和陈把头请来！别忘了，也把那两个黑衣小子多隆武、乌云格叫来。他们也都到了娶媳妇、出门子的年龄了，筹备筹备，今年冬腊月就让你们结婚。"

这帮年轻人一听，乐得手舞足蹈，跪地就叩头，说："谢谢皇姑奶奶，谢谢皇姑奶奶！"

第二天，三皇姑就叫人把西厢房北头夹个道栅儿，让两位师傅住，道栅西面做餐厅，外面做伙房。南头倒出来让隋元和红珠做新房，厢房中间做堂屋。东厢房南头是佟清和蕊寒的新房，北头是耿乐和多媚的新房，正房东头是杨珍和素雪的新房。安排好后，叫人统一来给收拾。

收拾好后，就定下了吉日：腊月十五日。三皇姑打发账房先生、杨珍和隋元几个人去辽阳置办他们四对人新婚的衣服首饰等，又打发耿乐和佟清出去买猪、菜等什物。

腊月十五日这天，给这四对年轻人一齐办婚礼。主婚人就是三皇姑，证婚人就是唐阿里。婚礼没有声张，也没有请客，只是给煤工、铁场人的伙房，杀猪备席。这边，由三皇姑的伙房，做了两桌酒席，请唐阿里、陈把头和张老来坐席，既无鼓乐，又无设桌收礼，但清清洁洁，快快乐乐，红红火火。之后，三皇姑给他们放假，让他们"回九"，住一个月再回来。

这几个小丫头别提有多高兴了，乐得脑后开花，简直乐颠馅儿了。

一个个小丫头打扮得花枝招展，再加上她们的天生丽质，真像天仙一样降落在人间，一个赛似一个，

真个是：

群芳竞艳！

日月辉煌！

第二十五章　皇姑被抢

　　腊月二十六，从夏园行宫送来信儿，说三格子的讷讷病危，要他火速赶回去。

　　三格子很为难，杨珍他们八人都"回九"放假回家了，他若再走，只皇姑一个人怎么行呢？他踌躇多时，不好张口。

　　三皇姑看他似乎有事，再三询问，三格子才说了讷讷病重的实情。三皇姑说："这有什么为难的，你只管回去好了，快走吧，多带点儿钱，好回去急用。顺便告诉我额娘，我就不回去了，祝她老人家新年快乐，健康长寿。等你们都回来了，我们一块儿回夏园行宫看我讷讷，多住些天。"

　　看三格子还不动，三皇姑说："快去吧，我，你就放心好了！"三格子这才骑上马，打马急驰而去。

　　三皇姑叫过蒋立福和吕师傅，安排他俩做上供的菜品，把各屋子的煤炉子都烧好了。说年三十早点儿把吃的做好，你们就回去和家里人过个团圆年。蒋立福说："皇姑奶奶，让吕师傅做完先回去吧，我等您吃完收拾了再回去看看，明早早早来。"

　　三皇姑说："行！"

　　这个年就这样平平安安地过去了。

　　可是，到了初六晚上，万没想到的是，三皇姑被抢了。

　　这还得从头说起。

　　三皇姑在年三十晚上用"银锞子"供祖先，有人看见了，传扬了出去。有七个小子听了就起了歹心，他们一听，银锞子就是银元宝，一个银元宝就是老秤五十四两，那要上供，一摆就得五个，五个就是二百七十两，若是单摆上三个的话，那也是一百六十多两啊！这若能抢到手，咱们可就发了！

这七个小子偷偷一合计，几个人一攥拳头，就下了决心：抢！他们从正月初一就要动手，可一直没敢动手。他们知道，三皇姑手下的人，个个都是武艺超群，他们几个小子哪里是对手。可发财的强烈欲望，促使他们要铤而走险。连日来，他们就访听，最后证实三皇姑的手下人都不在这儿。于是，他们才放心大胆地决定：初六晚上动手，再晚了，等人回来再动手，那可就干瞪眼儿了。

人定①之时，这七个小子把手脸抹黑了，干等三皇姑吹灯也不吹灯，他们等不及了，就跳进三皇姑的海青房四合院子里。进了三皇姑的卧室，见西山墙供的祖宗板，明灯蜡烛的，银锞子就供在万字炕上的祖宗板下的供桌上。三皇姑正坐在炕头上，摆弄小牌儿②，自娱自乐呢！

七个歹人进屋后，先把银锞子抢到手。见三皇姑纹丝不动，既没害怕，也没愤怒，好像这伙人去了不是抢劫，而是去借物一样。

那七个小子可有点儿惊慌，这皇姑奶奶怎么这么稳稳当当的呢！一个小子说，是不是她屁股底下坐着银锞子？一个小子操起烧红了的平头大铁锹就要往三皇姑的座下撮，说："还有银锞子没有了？不拿出来，我让你坐火车！"

三皇姑仍不动声色。

有一个人催促说："快走吧，算了！衙门的人来了，咱们就完蛋了！"

这伙人正争着往外挤的时候，有一个年轻的人说："等等！有话说，要抢就抢皇纲，要嫖就嫖娘娘。今儿个先让我亲亲皇姑，看是什么滋味。"说完，上皇姑脸上就要贴一下。

这时，三皇姑冷冷地"嗯"了一声，把那小子吓得立马退了下来。三皇姑说："抢了银子还不快走，等着我收拾你们啊！"

几个黑脸人互相催促说："快走！你等人来抓你啊！"说着都挤出了屋子，消失在黑夜里。

"三皇姑被抢了！"

这消息像平地一声雷一样，传到四平街里。衙门里像炸了锅一样，惊呆了！张桂森老人听说后，立即叫儿子孙子快骑马去看看，看看三皇姑受惊吓没有，伤着了没有。

---

① 人定：即二十一至二十三时。

② 小牌儿：辽东方言，纸牌。

那巡检杨文欣听了，可就惨了。他让清兵衙役先直奔三道岭子去，而他则跪一步爬一步，一步一个头，一直磕头到三道岭子下，磕了五里地的头。等他到了三皇姑的海青房，见到三皇姑的时候，脑瓜门儿已经磕得血糊淋的了，两个手掌都被路上的沙石硌破了，波棱盖儿①也跪破了，简直杆儿②被吓得丧魂落魄，屁滚尿流。杨巡检哆哆嗦嗦地见了三皇姑。

三皇姑说："杨崽儿啊，杨崽儿！你知罪吗？"

杨巡检连忙叩头说："罪该万死，罪该万死！"

三皇姑说："什么罪该万死！死一次就够了！限你三天破案，把这帮歹人抓来见我！记住，那银锞子他们到哪都不敢兑、不敢花。那银锞子打着皇号呢！滚吧！"

那可怜的杨巡检"喳"了一声，跪在地上，并没动身。

"怎么！三天难为你了？"三皇姑说，"好吧，那就七天。"

杨巡检回到衙门后，立即找了个能掐会算的瞎子杨先生来，让他给算算，这帮歹人是哪里的人。那个算命的一算，说抢皇姑的人位在正东，不出五里。

杨巡检叫人访听，正东不出五里的人有劣迹的只有张辅顺。这张辅顺年纪四十岁，与一个七十多岁的老母亲一起生活。这人不务正业，整天赌博混日子。那算命的杨瞎子正是抓住了这一点，才说抢皇姑的人是他。

衙门派人找了铺保③方敬斋，让他去把张辅顺抓来拷问。方敬斋说："还是先寻访寻访，仔细查查，这可是掉脑袋的事，可不能抓错了人。若是在我管区内有犯人跑了，我去顶案。"

经方敬斋这么一说，那些巡捕就没抓张辅顺，先是问他初六晚上干什么了，都和谁在一起。张辅顺说在腰段老王家要钱了，都和谁谁谁，有谁在场卖呆儿，这些巡捕一一询问，都说是这么回事，一一签字画押，把张辅顺解脱了。

张辅顺经过这么一折腾，知道是自己总要钱不务正业招来了差点儿掉脑袋的祸。打这以后，决心好好务农，不再要钱了，就找来了王金魁

---

① 波棱盖儿：辽东方言，膝盖，也有说成胳棱瓣儿的。

② 简直杆儿：辽东方言，即简直。

③ 铺保：清晚时期村级治安委员。

"万发常"铁场子的牌友，他俩操着老洋炮土枪，去抢张桂森寡居在家的大孙女。张家听说张辅顺要来抢人，也都操起了锹镐棍棒，可一看张辅顺领来的人有土枪，就没敢动，眼睁睁地看着人被抢走。那个时候农村有这种抢亲（抢寡妇）的习俗，张家觉得三皇姑有事儿，也就没有去打扰她，没有告诉她。

后来，杨巡检派人四处寻访打探，终于在外三保的道清沟地方将这七个歹人抓住了，一审问，都供认不讳，于是叫他们签字画押，拉到盛京砍头了。

三格子等人听说后，都纷纷赶了回来，一看三皇姑像没事人一样，也都放心了。

可三皇姑心里不痛快，经过这一场事以后，她决定回盛京。就叫唐阿里和陈把头把账算了，把所有的工钱都给开了，剩下的煤、焦子、铁全都卖了，把煤矿、铁场子兑给了吕允成掌柜的。这些事情处理完了，她叫来了杨珍、素雪等人，说："我要走了。你们跟了我这好几年，我没什么表示的，一人给你们些银子，你们回去做点儿小买卖去吧！"

素雪几个人听了，都趴在三皇姑的肩上、腿上哭泣起来。素雪说："我不离开您，您到哪去，就带我到哪去，我要侍候您一辈子！"

那几个丫头也一齐哭着说，不离开皇姑奶奶。那杨珍几个人，都说要保护三皇姑一辈子。

三皇姑想了想说："那好吧，咱们都回盛京，到盛京做点儿什么买卖，咱们怎么也得自己养活自己啊！以后呢，你们也都学学，学做买卖吧！"

正月后，三皇姑决定回盛京。走之前，她去看了张桂森一家人，又去看了张殿邦，都一一道了别。最后又去见了杨巡检和夫人。对杨巡检的夫人说："让巡检受苦了，我回盛京后，跟将军说说，让杨巡检去盛京谋个差事吧！"三皇姑回盛京后不多日子，巡检杨文欣奉调去了盛京，四平街派来了赵大老爷，之后是单大老爷、李大老爷、刘大巴掌，他们都没任多长时间，四平街巡检司公署就撤了。

咱们还接着说三皇姑的事。

杨巡检的夫人听了三皇姑的话，连忙跪地磕头，千恩万谢。

三皇姑要走了。蒋立满和张书田护送。这两人都是长得身材高大，英俊潇洒，年龄在二三十岁，骑着高头大马，前边开道，后边扫尾。三格子等人也都骑马护在车轿左右，那四个丫头都坐在车前轿里。四平街的百姓数百人和数千的矿工，一直跟在车轿后，出了东门，下了滴台，人们跪在滴台上恭送三皇姑。三皇姑下车，跟乡亲们一一道别，之后，上车走了。

三皇姑走了之后不久，吕允成等数十家企业也相继停业关闭了。

但是，三皇姑的事迹却留在了百姓的心中，她的故事一直流传在民间。

正是：

> 树树枫叶红，
> 片片辽东情。
> 春雨洒大地，
> 山河日日新。

四平街地方，今天已是矿业林立，百业兴旺，经济繁荣，百姓生活安宁，成为辽东工业重镇了。

三皇姑若九泉有知，一定会很欣慰吧！

附录一 三皇姑开矿

光绪初年，在新宾的大四平村发生了一起震惊关东大地的事件——三皇姑被抢了！

这位三皇姑是何许人也？据大四平村老人张立忠说，这位三皇姑出嫁后不几年丈夫就去世了，她守寡回皇宫，因与下人乱来，被黜出皇宫，撵回老家。三皇姑到盛京后，因她是皇帝的女儿，不经皇帝批准，不许自嫁。又因她是被黜出宗室，不能按皇室成员待遇，而盛京将军若私支金银，就要被治罪。没办法，盛京将军对皇姑说："兴京南界四平街地方产煤，你还是到那里发财去吧。"

新宾当时是兴京抚民厅，辖桓仁、通化二县，四平街（今大四平村）属桓仁辖村。光绪三年七月，清政府批准设桓仁县四平街九品巡检使司，民间称其公署为"县左衙门""小县署"。设衙门时，从桓仁县城往西逐村在平地上挖一尺见方的土，秤土的重量，唯有大四平的土最实最重。于是，光绪四年，在大四平村今粮库位置修建了衙门，立了匾。光绪七年，又于大四平供销社位置修了关帝庙和娘娘庙。一九六五年供销社拆大庙正殿房屋，大殿木梁柁上刻有一行"九品巡检杨文欣，光绪七年"的字。该关帝庙是大四平方圆百里内最大的庙宇群。三十二年，光绪实行新政时裁撤了四平街九品巡检司公署，设为桓仁县第六区。第一任巡检杨文欣，百姓称其为"杨大老爷"，第二任是赵大老爷，第三任是单大老爷，第四任是李大老爷，第五任是刘大巴掌。

四平街九品巡检司公署下辖长康保（今大四平、小四平、西河掌三村）、健康保（今东瓜岭、大东沟二村）、体乐保（今东大阳、羊湖沟、红土甸子三村，一九四六年划归本溪县）、胥乐保、昌乐保（后三保后来通称体胥昌村，因地处草帽顶山南，故又俗称"外三保"）等十六保四十八村。清代大四平村名四平街，民国时又称窟窿榆树，桓仁县设第六区公所于大四平，又称"六区"。

大四平村北三里半地的大平地里有一东西长一里多的大土棱子，是清初朝廷为封禁、保护新宾"龙兴重地"而设筑的柳条边墙。边墙下（北）为边里，上（南）为边外，封禁区内不准随便出入。因大四平属边外之地，在清代后期从关内涌来大批人，开煤矿、炼焦子、开铁矿、烧生铁、烧石灰、挖沙金、做买卖开店铺等就有数十家，大四平一带地方已经十分繁华兴旺了。

皇姑就是在这个时候来大四平开煤矿、炼焦子的。皇姑矿的一坑口设在今小四平煤矿坑口的北边，西河掌村煤矿井口的上边，小地名叫"石口子"（或"死口子"），现在井口残深五米，口宽四米，皇姑矿的二坑口就是现在小四平煤矿的一坑口。"石口子"上约五十米处今仍有房框子数十间，是皇姑矿工人住房。小四平煤矿矿部下河南平地原来是皇姑开矿时的大车店——丁家店、程家店，每天住有二百余辆花轱辘大车，给皇姑往鞍山、辽阳、本溪、铁岭、庄河、大孤山子等地运焦子，车上插着小黄旗，走到哪儿都"打腰"，没人敢挡。现在三道岭子工人住宅上有一个老房身，俗名"皇姑房身"。据说原是海青房，泥石墙，墙角砌青砖，里外抹白灰，上铺小青瓦，正房三间，东厢房三间（有说无东厢），西厢房三间，没有门房。

皇姑被抢，据张立忠讲是这样的。那年过年时，皇姑用"银锞子"（即银元宝，老秤五十四两一个）上供，被工人看见了。正月初六深夜，突然有七个手脸涂满黑灰的人闯进皇姑屋里，进屋就将上供的银锞子抢走，一人问皇姑："还有没有了？快都拿出来！"皇姑坐在炕上，有如吃斋念佛，纹丝不动。这时，有一人操起大锹（即平头大铁锹）放在炉火上，不一会儿就烧红了，对皇姑说："你不拿出银子，就让你坐火车。"说着，就要往皇姑的屁股下撮，皇姑仍稳坐如山，轻轻地开口说："有银子都在盛京呢，你们要就去取吧。"一人催促说："快走吧，这些也够过了。衙门的兵来了，咱们就没命了。"说完，这些人转身就要走，有个年轻人回身转来道："俗话说，要劫就劫皇纲，要嫖就嫖娘娘。"说着，上皇姑脸上就亲了个嘴，然后呼呼啦啦地都跑光了。

"皇姑被抢了！"这消息像一阵风似的传到了大四平，这一下衙门里可炸了锅。巡检杨大老爷一下子瘫了，也顾不得整理衣帽，就三步一个头地去拜见皇姑。从大四平街到三道岭子足有六里地，全是土石路，途中要过一道大河两道小河。到了三道岭子，这巡检大老爷的脑瓜门儿和两个膝盖加上两只手掌已经叩头叩得血肉模糊了，跪在皇姑面前，直门儿叩头请罪。皇姑说："杨崽儿啊杨崽儿，你知罪吗？"杨巡检连连叩头道："我知罪，我知罪，罪该万死，罪该万死。""限你三天抓来这伙歹徒，去吧！"巡检"这……"了一声，仍跪在地上叩头不起。只见他满脸红胀，血水汗水直淌，跪在地上瑟瑟直抖，皇姑又缓了口气说："七天，去吧！"

巡检杨文欣急忙赶回衙门，立时传来"铺保"方国胜，人称"方二爷"（死于民国七年，生年不详），同时，还找来了算卦的杨瞎子。这老先生说抢皇姑的人住在正东不出五里。"方二爷"一听急了，就拿脑袋向巡检作保，说："你们先寻访寻访，这是掉脑袋的事，可不能抓错了人。若是在我管区内有犯人跑了，我去顶案。"杨瞎子说抢皇姑的人在正东五里，指的是东干沟的张辅顺，他与七十多岁的母亲一起生活，因不务正业，四十岁了还是光棍一条。当巡捕盘问他初六晚上干什么了的时候，他一口咬定说，在谁谁家要钱，有谁谁在场，一直要到大天亮。巡捕一调查果真如此，就把他放了。后来，不出七天，在桓仁县八里甸子乡的道清沟抓到了那七个抢皇姑的人，送到盛京怎样处置的，就不知道了。

皇姑开矿时，西河掌村的二大神于显义的爷爷于长阳也开煤矿，有工人五六百人。于显义一九八七年是七十三岁，他说，他爷爷于长阳在三道岭子开煤矿时，三十多岁不到四十岁。皇姑的铺号叫"天兴永"，有工人三千多人。还有吕痣脸子，叫吕允成，他的煤矿铁场铺号叫"同兴永"，有工人一千五百多人。吕允成的铁场在西河掌村南西山根下，煤场在山神庙下田家铺子（田增福）山窝开的坑口，南离皇姑矿井口五六十步，三个月后见的煤，后来与皇姑矿打通了，就往里拐了。吕允成儿子的名字忘了，孙子叫小顺子，这家人后来搬到什么地方去了，不知道。

那个时候井下照明用的全是"灯虎子"，一个灯虎子装四两豆油，八股捻子。一到夜晚，从坑口到西河掌围子，上边连到三道岭子上，一路都是连绵不断的灯光，"像演电影似的"。

皇姑矿的煤质好，大的煤块都三百多斤，焦子块大体轻火硬，容易点燃，扔到水里不沉，打几个旋儿才沉。

当时，小四平有个王鸿池，在半截沟开的铁场子，铺号"万发长"。王是奉天人，后来王鸿池将铺子兑给了王发忠，他俩同姓不同宗。王发忠去世后，西河掌的代凤和捡了王发忠在三道岭子上的地，养了花轱辘车。王发忠开铁铺子了，地就撂荒了。

从小四平煤矿去黑牛煤矿的山道南，原有海青房和泥土房五六十间，没有厢房，这是皇姑矿的工房子，矿井就在房南边的小沟里。"石口子"

上的房框了还有百余间，是皇姑矿工人的宿舍，清末毁坏后开了四五十亩地，代凤和种这地时一年打六十多石粮。

给皇姑矿干活儿的大多是山东人，杀人犯了死罪，来到皇姑矿上干活儿就没事了。所以，这些人都很安心，干活儿也卖力。工人从井下一人一趟背煤四五百斤，胸前一筐二百多斤，背上一筐二三百斤。在前筐上挂灯虎子，筐高一尺，背筐高一尺半，肩和背有个小枕头垫着。

那么，与皇姑开矿直接有联系的人和事都有谁呢？一九八二年笔者做了大量调查，遍访当地故老。大四平村民、老饱学张俊谦，当年七十四岁，曾在旧社会当过私塾先生。他的爹爹张庆祥早已故去。爷爷张殿邦，号介臣，皇姑开矿时他住在边里的东升堡子，花钱托人在盛京谋了个副差，一年去当值一个月，不挣钱，当值时吃穿住由盛京将军府管，家里种地或做买卖不纳税。因皇姑在盛京时认识了他，来大四平开矿时就常常坐着小车子去他家串门。据说，皇姑除了去"县左衙门"，民户就只去张殿邦家，别地方哪儿也不去。每次去张家，张家就给做小米饭和小咸菜，说皇姑就爱吃这几样饭菜。有一次去张家时，皇姑送张家两样礼物，一是铁蒜缸子和铁捣蒜锤子，不知何时丢失；一是铁火盆、铁火铲和铁火筷子。铁火盆一直使用到一九七四年，翻建房屋吊泥打碎了上半部，下半部一九八五年被笔者征集，铁火铲、火筷子早已无踪影。

皇姑矿的技术员叫陈作为，俗称"把头"，当年三十多岁。陈作为的叔兄陈作春长作为一两岁，专门割条子编筐，供皇姑矿井下用。

在皇姑开矿期间，周围村屯的妇女单个人不敢上三道岭子，去了，让矿工遇上拽进树林子里就强奸了。谁家羊、鸡丢了，妇女被奸污了，也不敢去找。你到矿上去找，工人出来站一排让你认，一水儿的黑脸，你只能看出个高矮胖瘦。认不准人就说你诬告人，工人就齐呼啦上来揍你，你没地方诉冤；你认准了人，工人就将这人打个半死，过后你也遭殃，工人还收拾你。所以，后来谁也不去认了，只好自认倒霉。因为地面上不安宁，不清静，才在大四平街里设了"县左衙门"管理地方，修建关帝庙驱邪镇妖。衙门里设有都头，有行刑的壮班，站堂的皂班，抓捕的快班。

张文卿，小四平村腰段屯人，一九八三年七十八岁。她的爹叫张德，绰号"张三屈"，爷爷张万财。她爷爷二十六岁时在三道岭子一带地方当了十几年的保长，人称"张老总"。她说，在五六岁的时候，三道岭子有好几千人，自己常去玩，见过"皇姑奶奶"，长什么模样、多大岁数，记不清了，光记得长得挺白净，有几个浅皮麻子。

　　那时，张家住西河掌。有一天，张万财回家时脸色很不好看。张文卿爬到爷爷肩上问："爷爷，你怎么了？"张万财耷拉着头没精打采地说："爷爷今天差点儿掉脑袋啊！""怎么了，爷爷？""皇姑奶奶生孩子，是难产，官府怪罪下来，说爷爷是保长，没保好，要砍爷爷的头。""皇姑奶奶怎么有孩子了？""是她当差的（指大少爷、二少爷）。"盛京来人不让了，将张万财的脖子摁在铡刀上说："你这个保长是怎么保护的，让皇姑生了孩子！"张万财争辩说："我不能接近皇姑奶奶，没法保护，没权干涉皇姑奶奶生活上的事。"他们听了，认为有道理，就把张万财放了，张文卿看爷爷脖子上还真有刀压的红印子。

　　据说皇姑生了个男孩，生下就死了，藏在了房后马草垛里，被盛京来的兵搜出来了。盛京官兵走的时候将皇姑也带回了盛京。皇姑生了孩子，身板不硬实，有病，找巫婆看，说是谁谁作兴的，得到庙上去上香许愿。许愿时，得有几个"会友"陪着，除了这几个伺候皇姑的小姑娘外，又找了几个人陪同。

　　张万财八十四岁病逝时，张文卿正好二十四岁。

　　蒋氏家族是西河掌村的"坐地户"，六大支近百口人。人称"蒋老六头"的蒋国恩，一九八二年是八十一岁。他说，西河掌的赵振东若活着是八十二岁了，他爹爹赵成魁活着是一百零六岁。赵成魁常讲，在他孩童时常到三道岭子去玩，看见过皇姑，也说皇姑有几个浅皮麻子，三十多岁。

　　蒋国恩的爷爷蒋立福七十五岁去世时，他是十五岁。蒋立福给皇姑做菜，那时他大约三四十岁，吕相珍的爷爷给皇姑做饭。蒋立福长得高大英俊，聪明伶俐，做活儿干净利落。三皇姑每次回盛京，都让蒋立福骑马打前站，在前边开道。

　　西河掌村"坐地户"肇福臻，一九七九年六十七岁。他说，来三道岭子开煤矿的这个皇姑，据说是什么六王爷的女儿，是咸丰的妹妹或是姐姐，光绪的姑姑，因为和西太后不和，还说是因为和宫中的书童相爱被王爷逐出皇宫，贬回老家。临行，王后不忍心女儿生活无依无靠，就亲笔下了一道手谕，令各地官府对皇姑多加关照。皇姑乘坐马轿，称书童为"大少爷"，骑马前行。二人来到盛京，见到抚台大人，呈上六王后的手谕，上盖六王爷的大印，皇姑说："这是额娘书信一封，阿玛大印在上，求你给我一碗饭吃。"抚台大人看罢，急忙下轿叩接王谕，迎皇姑进府。抚台大人立即给兴京知府写了一书，将皇姑与"大少爷"送至兴京。

皇姑到兴京后，见过知府，知府跪迎皇姑。知府大人阅读了六王爷与王后和抚台大人的书信后，于是将他在大四平三道岭子开采煤矿的产权交给皇姑承管，并立刻办利索了转权手续。

皇姑和书童"大少爷"自京城到兴京，一路劳累，没有好好休息。他们在兴京知府衙门歇息数日后，夫妻二人便一同来到大四平，接管了三道岭子煤矿，铺号"天兴永"。

张鸿斌说，他在小时候常听老赵头（赵福廷）讲，在三道岭子开煤矿的皇姑，人称"三皇姑奶奶"，是咸丰皇帝的妹妹，光绪皇帝的姑姑，三十多岁时守寡。她为人正直，贤淑颖慧，对慈禧太后的作为不满，常与慈禧争辩，终于惹恼了慈禧太后，把她驱逐出宫，放回老家。皇姑无奈，才到三道岭子开煤矿维持生活。给皇姑矿当把头的姓吕。皇姑矿有工人四千余人，分两班倒干活儿。大四平紧临封禁边界，靠永陵很近，别人开矿不允许，怕漏泄了灵气，可皇姑开矿，没人敢挡。给皇姑运焦子的车上插着小黄旗，走到哪里都"打腰"，一路放行。后来，皇姑被抢才走的。

小四平煤矿一九六八年开采以来，曾多次打通皇姑矿的巷道。皇姑矿的巷道积满了水，据传说与调查得知，皇姑矿和吕允成矿都在三道岭子西坡，现在的小四平煤矿和西河掌村煤矿，已经将皇姑矿的巷道几乎全部打通了。

为了了解皇姑矿井下情况，笔者于一九八六年十二月二十八日访问了西河掌村办煤矿矿长蒋俊仁。西河掌村煤矿坑口在皇姑矿井口"石口子"西北，地质属于西流山地质层。皇姑矿井下巷道、顶板、底板较滑，煤层正常厚一米至一点二米。井下坡度陡坡三十五度，缓坡十五度，矿井斜长一百二十米，斜坡不超过二十五度。开掘一年后，就遇到了传说是皇姑矿的巷道，拣到了当时井下用的铁镐、粗泥碗、灯虎子、背煤筐等。西河掌一带有句谣谚说："谁家要想发，抓住皇姑矿的九个大鼻梁子就发家。"据老人传说，皇姑矿的井下留有九个大煤柱子做顶棚，这煤柱子就像人的鼻梁子，是支撑巷道的煤顶子。西河掌村煤矿一共挖到了三个大鼻梁子。大鼻梁子斜长一百余米，直径上宽二十四米，底宽十余米，产一等好煤三千多吨，卖了二十多万元。小鼻梁子最少也产煤两千多吨。

皇姑矿井下的人行道全打的梯子磴，磴宽三十厘米，高十五厘米，主巷、延脉都有这种梯子磴。顶子是双顶，上有帽，下有窝，顶木底为陀螺形，窝深十厘米。人行道上也是双顶子，顶帽长三十厘米，厚七十厘米，顶子帽即是楔子。顶子高一点一米，顶子底窝深十厘米，顶子柱直径十二至十六厘米。

工人用来挖煤的铁镐长七至八寸，宽四厘米，把长八十厘米。灯虎子嘴和底都是平的，没有把柄，也没有安把之处，灯上面腰部有一圆孔，直径二厘米，是装油的地方。煤筐篓形，腊条子编的，高四十厘米，筐梁高六十五厘米，宽七厘米，像手杖把手，弯头向外，挂在肩上。

井下挖有许多水仓，四五步远就一个，从掌子面直排到井外。据张立忠说，皇姑矿的三千多工人，主要用于排水，"干不干，一天打水三千六百罐（柳罐斗）"，井下停产，排水不能停。

小四平煤矿开采后，人们听传说皇姑的炼焦窑塌了几个，焦子埋在地下，矿部曾派人专门寻探过，只挖到一个窑，出焦一千余吨。

下夹河乡与本溪县交界处有个大山沟，据传是给皇姑种胭脂香料的沟，今仍有胭脂岭、前胭脂房与后胭脂房三个地名。

清代末期，究竟有没有皇姑来大四平开矿？这皇姑回盛京后与今天沈阳市皇姑区名有什么联系？为弄清其原委，笔者于一九八三年一月二十四日访问了皇姑区地名办贾力军主任。《皇姑区地名志·概述》中有关文字如下：

"一九三八年一月，伪奉天市公署实施《区域条例》中开始出现皇姑区建制。而皇姑区名称的来历其说不一。在现铁西区光明街有座坟墓，传说是清代某皇帝的干女儿死后葬在这里，因而称皇姑坟（群众习称皇姑庙）。由于年年有祭祀，又很隆重，后来群众就把坟所在地的黄桂屯（当时在我辖区内）改称皇姑屯。皇姑区名称取之于区内所辖的皇姑屯，沿用至今。"

贾主任说，原黄桂屯有一皇姑庙，据传说，每年皇帝、皇亲都来此大祭，十分繁华热闹。庙内有一皇姑坟，庙因坟而名之。庙内原有一大石碑，建楼时被埋在地下，坟被推平。

据传，老罕王（清太祖努尔哈赤）打沈阳战伤昏死于此地一间茅草屋柴门前，被主人老翁和少女救治数月痊愈。老罕王感恩，认老翁干爹，认少女干妹，答应坐天下后接他们进京。老罕王坐了天下来接他们时，老翁已谢世，但少女因未封其为娘娘，执意不进京。老罕王就封她为皇姑，少女老死家中，葬为皇姑坟，此地即名为皇姑屯。还有说老罕王来接时，少女已嫁人，才封这地方名皇姑屯，少女死后葬为皇姑坟。据沈阳故宫博物院研究员王明琦介绍，皇姑坟里骨灰罐中装的是男性骨殖。

贾力军曾拜访过永陵陵役何长清的遗孀，她说："迁到承德的一老妇知道皇姑的事。"何陵役与老妇均是原沈阳东陵守陵人。老妇人一口咬定皇姑坟葬的是皇姑，但详细情形不知。拜访爱新觉罗·溥杰，则说："青年时代长年生活在日本，不知家里事。"

沈阳市北四十余里处原有一个大坟，传说是皇姑坟，但查不清楚。

在辽宁省图书馆笔者查阅了《奉天矿产调查书》（为日本人在二十世纪初出版），第一编第四章"石炭"（即煤）中的矿产部分记有田子沟（即田师傅）东八十里兴京界的四平街（今大四平村）、响水沟子、马架子等地的石炭、铁矿，"响水沟子为四平街之一小部落，在炭坑东方约二清里"。"本处之铁矿光绪年间隋某发现后开采一年，嗣因收支不能相偿，遂即停止，以后无采掘。"一九五八年，辽宁省地质勘探队勘探，这一带的铁矿石含铁成分约占百分之三十。

调查书中记"四平等街之石炭"位置说："在碱厂东方五十清里，平顶山南方三十清里之处，道路险恶，通马车。""此处之石炭系光绪元年时山东人所发现，（光绪）七八年时四平街住民吕允成接续开采二年，嗣因资金缺乏，遂即停止。光绪二十五年土人刘万顺、刘海山、李玉一又集资开采，今仍旧每日出炭额为一万五六千斤，而所用人夫不过二三十人耳。"距大四平二十里的马架子亦"道路险恶，仅通马车"，"本处之铁矿系光绪十四年山东人柳某所发现，与村民一同采掘，然因此处本为永陵守护大臣所禁，是以二三月后停止"。马架子石炭"矿系光绪二十三年七月奉天人王某所开采，取七个月，然因在下水涌出，无法排除，即行停止，以后无人采掘"。

上列事实究竟如何，有待考证。而关于这皇姑究竟是谁，也说法不一。咨询清史学家，说别说是皇帝的女儿，就是王爷的女儿，也不可能去开煤矿。因此，这皇姑究竟是谁，不得而知。通过上述调查，四平街（今大四平村）确曾有皇姑来开采煤矿、炼焦子。而《平民三皇姑》满族说部中的张桂森，就是笔者的高祖，张满昌是曾祖，张书田是祖父，本说部的讲述人张立忠是笔者的父亲。父亲张立忠在讲述三皇姑时，不仅头头是道，有滋有味，热情洋溢，如数家珍，而且充满着发自内心的一种亲切而自豪的感情。

注：本调查发表于辽宁省政协编辑出版的辽宁省文史资料总第五十一期《兴京旧事》（辽宁人民出版社二〇〇〇年九月第一版）一书之中。

附录二　皇姑开矿

肇福廷　讲述　孟昭顺　整理

（一）

光绪皇帝有一位姑姑，也就是咸丰皇帝的妹妹，三十多岁就守寡。她为人正直，贤淑颖慧，对慈禧太后干的那些损事越看越不顺眼，可又敢怒不敢言，只好告别光绪，带着两个儿子，直奔东北祖家发祥地兴京永陵而来。

皇姑来到永陵之后，有一天听说在永陵东南方二百多里的草帽顶山下，出了煤砟子，又有铁矿石。她就亲自来到这个地方查看。草帽顶山山势陡峭，树木参天，清清的太子河水就是从这里发源的。揭开土皮就是乌黑乌黑的煤层，果然是一块宝地。就这样，皇姑带着家眷离开永陵，在草帽顶山的密林里安营扎寨。她随即贴出告示，招用矿工。这附近的老百姓听说皇姑要兴办矿业，都认为是为民造福的好事，纷纷奔走相告，没几天就有四千多人挂了号。

皇姑委派一个姓吕的来管理煤矿。这个吕掌柜的，把四千多人分成两个班，就破土动工了。井下作业没矿灯是不行的，吕掌柜的发给每人一个"灯虎子"。矿井里水多，矿工们就用柳罐斗子往出舀。采煤这个活儿是最累最苦的，可这些矿工全都不顾。他们寻思，皇姑用自己积攒的俸禄开发矿业是自古以来没有的事，到了年底又不克扣工钱，因此再苦再累矿工们也愿意干。他们硬是一筐一筐往外背，一年多工夫，挖出煤堆得像个小山似的。

皇姑雇了五百多辆花轱辘车，分成两个车队，把采下的煤运到奉天府卖掉，再用卖煤的钱买些布匹、食盐等生活用品，供矿工使用。从草帽顶山到奉天城差不多五百里，往返得半个多月，先别说道怎么难走，就是沿途胡子土匪断道截路也是个愁人的事。皇姑的车队头两趟从奉天捎回的布匹、食盐等物品，在半路上就被"胡子"抢去了。后来这些"胡子"听说皇姑开矿仁义待人的事，也就不再抢劫了。

皇姑的矿越办越好，地方上的一些贪官污吏就越恨。这帮家伙勾结起来，串通一气，上本朝廷，诬告皇姑利用开矿之机笼络人心，私造兵刃，收纳歹人，有谋反之心。慈禧太后闻听此事，心里也明白，这皇姑孤寡伶仃没这么大能耐，只不过是地方官员弹劾皇姑而已。但皇姑开矿之事长久下去，难免惹出是非，倒不如调虎离山为好。于是，慈禧太后下了一道旨意，假惺惺地说："闻知御妹身居老林，经营矿业，甚为艰难，孤儿寡母，多有不便，望遵旨退居盛京，安度晚年为宜。"

皇姑接旨后，心里是透明透亮的，这妖婆表面跟我套近乎，其实是怕我闹事，把我调回盛京看管起来。有心抗旨不遵，又恐妖婆心狠手毒，连累了黎民百姓，只好忍恨遵旨。

光绪二十八年秋，皇姑的车队就要启程了，四周百姓和四千多名矿工听到这个消息，纷纷拦住车马，不让皇姑离去。这些人哪里知道皇姑的苦衷啊！皇姑恋恋不舍地告别了人们，离开她苦心经营多年的矿山。

（二）

清朝六王爷的大女儿爱上了一宫中书童，他三番五次地训教女儿也无济于事，又多次斥责王后管教不严，并说："这桩婚事万万使不得。吾宁可不要你这女儿，也决不许你做出此等下贱之事！"尽管六王爷多次大发雷霆，又已严令禁卫们将书童赶出皇宫，也改变不了皇姑执意嫁给他的决心。

这一天，六王爷狠狠训斥了王后一顿，横下一条心，便将女儿赶出王宫。王后听了，束手无策，只好回到后宫和女儿抱头痛哭一回，才又亲笔写了一个手谕。上写道："此女乃六王爷生女，出外巡行，各地州府县衙关照衣食住行。王后。"写罢，私下拿来六王爷金印打上，叫女儿揣在怀中，便带女儿到前庭来见阿玛。六王爷见了，双眉紧皱，将手一挥，高声喝道："莫来见我，莫来见我！小小冤家，气杀我也！"说完，沉思片刻又叹口气道："咳，念你生母求饶，免去杖刑，赶出宫廷，逐出贵门，入俗为民去吧。"

当皇姑来到前门王永民客栈时，见书童微笑着站在台阶前迎候。皇姑便按讷讷临别安排和嘱咐的话，称书童为"大少爷"，当日住在客栈。过了几日，"大少爷"便又雇了一乘小轿，一同奔奉天而来。晓行夜宿，风尘仆仆，数日奔波，这日来到奉天府。偏偏抚台大人出巡去了，一直等了七天。这一天，"大少爷"探得抚台大人回府，皇姑在府门外等候，等得抚台轿到，扯住轿杆，高喊落轿。抚台大人见一女子拦轿，心想此人定有来头，便命落轿问话。

"你是何人？为何拦轿？"

"我这里有讷讷书信一封，阿玛大印在上，求你给我碗饭吃。"说罢，将信递上。抚台大人看罢，急忙下轿，待重新叩接王谕，并迎皇姑进府。皇姑急忙止住道："使不得的，使不得的。我乃王爷贬罚逐出宫的不孝女儿，不可行此大礼，更不得进府，以免父王知道怪罪于你，岂不连累你了。只求得快些给我们一个'饭碗子'，我有个吃饭的地方，就感恩不尽了。"抚台大人听了，命取来笔墨纸张，刷刷点点给兴京知府写了一书，交与"大少爷"带上。

次日一早抚台和马总兵派中军官送来一匹好战马和一架马轿，派来四名兵士，护送皇姑去兴京府（今辽宁省新宾县）。"大少爷"将自己在京雇的一顶小轿开付了工钱，打发回去，皇姑给讷讷也写了信一并带回。皇姑改坐马轿，"大少爷"骑马，向兴京府进发。

再说皇姑又经过几天旅途之苦，这日天刚过午来到兴京城，见过知府大人，送上抚台信札，知府拆开"大卡"（即信的意思）看过，大惊道："不知皇姑驾到，有失远迎。望恕罪。"说罢，叩头点地。皇姑示意，"大少爷"急忙上前扶起。知府道："奉天抚台和马总兵二位大人商议，决定把他们在窟窿榆树村（今新宾县大四平镇大四平村）三道岭子（今大四平镇西河掌村沟里三道岭子）开的煤矿和一处炼铁窑，共五百苦力，颇为赚钱，甘愿拱手献给皇姑承管，以表臣子对皇姑的孝敬之心。今日下官情愿作保，请皇姑笑纳。"

"大少爷"将兴京知府所写字据交给皇姑。次日，皇姑将马轿和兵士打发回奉天，并致信抚台和总兵表示感谢之意。等到跟随在后的四人小轿来到兴京，歇息三日后起程奔三道岭子煤矿。

皇姑和"大少爷"就这样在旅途成了亲，一切事务由"大少爷"掌管，夫妻恩爱。当他们掌管了三道岭子煤矿（今抚顺市新宾县小四平煤矿附近），为标志是皇家办矿，全部挂黄色旗，运煤车辆都插三角小黄旗，源源不断地将大块精煤运向奉天等地，运进皇宫。煤矿业发展很快，仅两年工夫，就由一口井发展到三口井，苦力发展到一千五百人，又扩大了炼铁。

　　故事流传地区为新宾县一带。

附录三　三皇姑开矿调查补记

为了拍照三皇姑开矿遗迹，我们于二〇〇八年四月十三日专程驱车回家乡新宾满族自治县的大四平村，在今小四平煤矿访问了在此办公的蒋俊仁、张连时等人。他们都是大四平村西掌河屯人，在小四平煤矿工作了二三十年，对皇姑在三道岭子开采煤矿的事非常熟悉。西河掌屯，是一九六〇年立村，为大四平公社的一个生产大队，分一、二两个生产队。一九八三年撤销人民公社后，西河掌为一个独立村，二〇〇六年并入大四平村。蒋俊仁现任新宾满族自治县兴盛煤矿三井（F4—F5）技改井有限责任公司董事长，张连时为副董事长。年近五十岁的蒋俊仁、张连时自年轻时即在三道岭子开采煤矿，因此，熟知皇姑开采煤矿、炼焦炭、开铁矿、炼生铁等生产情况，数次到皇姑矿井下查看，耳熟能详地讲述皇姑开矿的各种传说故事。一九八六年，我曾专访过蒋俊仁，那时他任矿长，在皇姑矿井下捡到过一个灯虎子、一把挖煤的小铁镐，还看到了背煤的筐等，这些情况，已写入辽宁人民出版社二〇〇〇年九月出版的《兴京旧事》中，有些内容融入《平民三皇姑》的说部里。

这次的故乡行，又巧遇张连时，有幸与其访谈，了解了更多皇姑开矿的有关事物和传说，特补记于此。

张连时，不到五十的年纪，看上去四十岁左右，身强体壮，办事干练。尤令我们欣慰的是，他对皇姑开矿的事情有独钟，不仅对传说广听强记，记忆在心，更对皇姑开矿时的遗迹和实物，广为搜集，珍为留存，使我们能一睹为快，并资佐证。

张连时讲述说："小四平煤矿（县办煤矿）的一井口，就是从皇姑矿的两井口打进去的。在皇姑矿的井下，每天出煤二百多吨，全矿主要靠这个井口出的煤养活。后来，小四平煤矿与马架子煤矿（市办煤矿）合营，这个井口又养活了合并后的二井口。"他说，"皇姑矿的煤层较浅，煤炭质量特好，全出的优质煤。"

张连时说，皇姑开矿到今天已经有一百多年了，她开矿的传说故事，到今天还是人们茶余饭后闲聊的话题。他说："头些年我们在皇姑矿井下巷道和掌子里，经常捡到灯虎子、粗瓷碗、背煤筐、小尖镐、小扁担什么的。那粗瓷碗的口沿和碗底儿都有一道蓝道道，那小扁担不足一米长，灯虎子是坐灯，小铁镐，方头下安镐把，一头尖，镐头长五六寸。在推皇姑房场建房时，出土了三个泥质烧制的'印模'，正面是一个正写的'德'字，背面无字，亦无款，有三枚铜钱厚。我送人两个，还留下一个。同时，还捡到一个瓷烟袋嘴儿，有深红色花，安烟袋杆的孔有点儿残破，这两件东西放在了家里。"

在小四平村下的烟筒沟里，张连时还捡了一块有两个巴掌大的灰石，灰石的一面有形似鱼骨或蛇骨的化石，骨长有十六厘米，宽六厘米，无头无尾。但"鱼刺"和脊椎的缝隙较深，特别鲜明，"鱼骨"化石呈深红色，类似铁锈的颜色。

张连时还介绍说："皇姑矿井下水多，那时没有排水设备，井下的渗水得靠人工往外倒。有句话说'不管干不干，一天三百六十罐'，就是说不停地往外打水。从掌子头到巷道上，不到一米远一个水坑，水坑的下半部用柳条和泥围成半个圆圈儿，用柳罐斗往上倒水。"这里说的是"干不干，一天三百六十罐"，与张立忠老人等说的"干不干，一天三千六百罐"有较大出入。

张连时还详细地介绍了皇姑矿井下巷道的支护。他说，"皇姑矿的'井下支护'（即木制"门"字形的棚子，支巷道顶棚的）做工水平非常高，现在煤矿的棚子工（木工）达不到那么高的水平。人家那'支护'，不用锯拉，不用钉子钉，全是用斧子砍的，严丝合缝。不管顶棚好赖，都按一米宽一架顶棚支扩，不能冒顶，不会塌方，确保矿工安全。那时的技术高超劲儿，令人叹服。"

皇姑矿井是顺山坡走向开的，距离地面也就在七八十米深。从井口下到掌子约三百米。在这斜下的井巷上，每隔一段就从地面与井下巷道垂直打个斜井，最深的斜井七十多米。现在，在三道岭子西坡皇姑矿井地面上还留有三个斜井的井口，当地人俗称为"石口子"（死口子），最深最大的石口子口宽六至八米，残深四至五米，呈漏斗形。张连时说："据说，打这斜井口子的时候，正赶上过年，大班工人都放假了，只留下井下排水的和开挖斜井的。为了赶进度，鼓励工人多干活儿，出一柳罐斗矿渣，就给一柳罐斗铜钱。"说到这时，他还笑了，说这可能太悬了，多给钱是可能的，可不会一罐渣给一罐钱。

据传，皇姑矿工人在挖掘斜井口子时，挖出了两个石龟。说来也巧，这时天头下起了瓢泼大雨，下起来就不停，矿工们不能继续干活儿，只好歇工。皇姑非常着急，又无计可施。她找人看（即找人算、占卜）了，说得许愿祭天神。皇姑照办了，雨真的住了，天头晴了，矿工们又开工干活儿了。

张连时说，皇姑往外运煤炭的车都插着小黄旗，走到哪都没人敢挡。皇姑矿的矿工升井后都不洗脸，全是黑脸，露出一口白牙。说，皇姑长着一脸大麻子。一年过年的时候，边外的人来抢了皇姑，案子破了，抢皇姑的人都抓住杀了，皇姑也走了，轰轰烈烈的皇姑煤矿，从此销声匿迹了，留在人们心中的，只有那些传说故事了。

但是，在三道岭子，仍可寻觅到皇姑矿的遗迹。据传说，皇姑炼焦炭的窑，临走时还有十来个窑没出焦炭，仍埋在地下。一九六八年抚顺市和新宾县在三道岭子开采煤矿以后，曾注意探挖过，找到一个焦窑，出上好的焦炭一千多公斤。最近，蒋俊仁也曾挖到了一个焦窑，他留下了一块焦作纪念，放在家里。他说，他留下的这块焦有碾轱辘那么大。张连时也留下一块小的，放在煤矿的库房里，但掉地下摔成了几块。说时，他找来仓库保管员开了库，几块焦子放在南窗台上，每块都有两三块砖摞起来大小，共六块，拿在手里，确实很轻。

为了使本故事传说更具有真实性，特将上述访谈补记于此。

后　　记

　　满族传统说部《平民三皇姑》故事流传于辽宁省新宾满族自治县大四平镇大四平村一带地方。至今，该地七十岁以上的人仍有记忆。但是，能从头至尾讲述完整故事的，已无一人。而整理者张德玉等人生于斯、长于斯，其祖父和曾祖父又是本传统说部故事中的人物，张氏氏族是本故事的参与人和经历者。张德玉的父亲、本传统说部故事的直接传承人张立忠老人，是本故事的第一代传承人。因此，整理人张德玉既是第二代传承人，同时，多年来，又做了广泛大量的采访、调查和查阅相关文献，在此基础上，才有幸将本故事整理传承下来。一九八四年，整理者张德玉在新宾满族自治县县志办先后担任编辑、主任，后又任抚顺社会科学院满族研究所研究员、所长，张立忠老人随子张德玉迁居，自此而后，才于一九八六年前，将本传统说部故事较为完整地讲述和记录下来。一九八八年四月二十九日，张立忠老人病故，在老人的晚年，将本故事抢救出来，真是幸事。

　　《平民三皇姑》就是根据张立忠老人讲述的记录，于二〇〇五年整理出来的，主要由张德玉整理，其女张九九（张一）与学生赵岩协助最后完成。《平民三皇姑》一书出版，与广大读者见面，皇姑的故事传播于世，令这一传统说部得以流传，使满族的历史文化得以弘扬，九泉之下的张立忠老人，也一定能安然欣慰了。

　　亦因此，衷心感谢该丛书编委会及吉林人民出版社！

　　那么，我们是怎样整理《平民三皇姑》的呢？就是说，我们是根据什么原则进行整理的呢？

　　我们遵循的原则就是保持讲述人讲述的原貌，保持故事的原汁原味，使其没有加工痕迹。我们基本是这样做的：

　　第一，我们本着保持故事的完整性的原则。张老人讲述时，将有的故事情节单独列为一章，如皇姑游铁刹山，是作为独立的故事来讲述的。又如，皇姑与奕䜣阿治贪，也是独立成章的。但它们却都是《平民三皇姑》说部中的一部分。因此，在整理时，我们稍做加工，使其前后与整个故事成为一体，成为皇姑故事的有机组成部分。然而，并不显加工痕迹。

第二，如何保持讲述故事的原貌问题。我们知道，一个皇帝一天的生活，尤其是清代皇帝，是有专门的官员予以记注的。那么，道光皇帝究竟有没有姑娘被贬出皇宫，或者说，道光皇帝的这个三皇姑是不是在东巡兴京时，与"一夜皇妃"（有说为一夜皇后的）所生，又于咸丰末年被贬出皇宫这一情节，在任何清代文献，或是个人著述与私人笔记中，都是无法找到记载的。我们也曾请教咨询过清史专家和清福陵、清永陵陵役夫人，甚至是爱新觉罗·溥杰，都不能证实这位皇姑的真实性。陵役夫人也只是说听过这个说法，而无法证实等事实。我们在整理过程中，只能依据讲述人的口述进行整理。但是，就道光皇帝于道光九年东巡永陵祭祖，并驻跸于夏园行宫，历史文献记载清清楚楚，非常明确。而在今新宾、永陵流传的，本长篇说部中讲述的"一夜皇妃"故事，正是在这个历史背景下产生的。因此，可以说，本长篇说部的产生是有历史的影子的。

第三，努力保持讲述人的讲述风格问题。读了《平民三皇姑》的读者，会深切体会到，或者说注意到，讲述人的讲述口吻、口气和风格。如"太子河在早叫东梁河"这话只有辽东人，甚至可以说，只有大四平地方人才这样说，对此，我们一概按原话整理。又如，"滴台"，这个地方在一九六五年修筑本桓公路时，即已铲平，大四平的年轻人已不知其所指，按说，整理时应改成今天的地名，以便当地人了解。

第四，讲述人的辽东方言的使用问题。有辽东方言，可以说是故事发生地大四平一带地方的地方语言，如"乖子"，我们一概保留。为了保持说部的原汁原味，保持故事的原貌，很多口语，不做改动，如"缠巴头束巴尾地糊在了三皇姑身上"即原话使用。

第五，整理人所加的，即章目。这是为了使整个说部讲起来方便，读起来方便，而有一种有起有落、有紧有缓的感觉。故事中的主要人物、主要情节，贯穿全部说部。然而，每一章却自成独立故事，使本长篇故事既可一讲到底，亦可一章一章地单独讲述，也便于阅读，加深故事印记。

总之，我们是遵循一个原则，即努力保持说部的原始性、原貌性、原风格、原模原样，很少加工，几乎不露整理人加工痕迹。

　　整理出版满族传统说部，我们是第一次，对这种艺术形式把握得还不够准，更加上本故事的流传年久日深，能完整地讲述的人又极少，所以，在整理时很不好梳理。特别是与历史文献记载符合与否，尚欠研究。因此，本说部只能作为传说故事而已。有不当之处，敬祈批评指正。

张德玉谨识

戊子年仲春于珍玉斋